前言

　　一個像戲劇性般的人生歷程，有人說人生如戲，我說戲如人生。每個人背後都有自己的故事，你背後的故事呢？幸福？不幸福？幸運？不幸運？我的故事就像一部長篇劇集，一幕幕，一段段，回憶瀝瀝在目，五味雜陳的滋味，有彷如隔世的感覺。

　　從越南的成長生活，直至離鄉別井逃難到海外，當時帶著五個小孩的單親媽媽的我，成為別人眼中的越南難民，當中經歷過無數的辛酸苦難。在孤立無助的逃難過程中，直到全家人能平平安安定居在瑞典，由零開始帶著五個小孩逆境求存的故事。

目錄

1. 我的背景

　　親生父母是中國人，籍貫不詳，聽說養父籍貫是上海，養母是廣州。雖然我們都是中國人，但一直卻住在越南南部的堤岸市。自小我便很自慚形穢，因我有兩個母親，那就是親母和養母。繼而我有三位父親，那就是親父，養父和後父。在超過半個世紀前在越南居住的中國華人的社會道德觀念是很保守的，社會接受每人只有一位父親和母親，不然會受到一般人歧視。

　　養父是做小木船行業的小老板，他的妻子是位慈祥婦人，我叫她做大媽，養母是妾侍，我叫她做媽媽。從沒見過她們聚在一起，養父也不是天天回家的。

2. 養母的付出

　　在記憶中幼年時的家境是小康，養母對我很好，她刻意聘了一位保姆名叫芳姐，她只負責照顧我的起居飲食。養母的背景不詳，幼年時的我，不懂什麼是背景，長大後曾經想探知，但礙於不敢查問，而養母也從沒告訴我關於她的一切。

　　在四歲那年養母便送我進一間學費昂貴的私立中學唸中文，她常對我說，當年有好些經濟不錯的父母也捨不得像她那樣四歲便給我上學，一般家庭子女通常是在五歲或六歲才開始上學的。當年的私立學校比公立學校的學費貴很多，尤其是那間環境特別好的。

　　那所學校是從一間面積很大的別墅改裝成一間私立中學，校長聘請一些優質師資來教導學生，學校有午膳提供，但要付費。有宿舍讓學生寄宿當然也要付費，如果沒記錯的話，當年的堤岸市只有這間是最大的私立中學吧。養母除了交昂貴的學費和午膳費之外還特地為我租下一部腳踏黃包車，車伕每天準時送我上學和接我回家。一切的付出費是月結的，而學費卻是一年付兩次，分別在春季和秋季。

3. 幼年時的回憶

　　忘記了在哪一年保姆芳姐的離開，只記得在某一天芳姐在傭人房內在梳理她的長髮時，我走到她的面前抬著頭默默地看著她。

　　她輕聲地對我說：「我今天要走啦。」

　　我不捨地回應：「我要跟妳走。」

　　「不可以的。」

　　自那天後我再見不到芳姐了，養母也沒有再聘保姆照顧我。養母有一位好朋友，我叫她做蘭姨，養母從沒有帶我去過她的家。蘭姨有一個手提箱是長期寄放在我們家中，每次當蘭姨到訪時，她總是慣性地從箱內放一些東西或是拿走一些東西。直至某一天養母不在家時，她如常地做她的動作，但在她臨走前卻特地走到我面前告訴我芳姐是被養母開除

的。因為有一次我做了一件使養母很生氣的事情，她很兇的責罵我，而芳姐一向視我如己出，她為了維護我便對養母說了幾句語氣很重的說話而激怒了養母，她認為芳姐出言不遜，不尊重僱主，所以她被解僱了。我實在很懷念芳姐一直無微不致地照顧我的日子。

家境未變遷前我是過著十分幸福的生活，在衣食住行上。例如：我有一個住得很舒適的家，養母性格並不吝嗇，她對吃的要求是頗高的。至於衣著更加不用多說，她給我什麼都是最好的。她常對我說很多有錢人的父母也捨不得像她這樣豪爽花錢在自己的子女身上，我可以過著如此幸福的生活，自問對她十分感激。養母有一位好友名叫安娜，安娜有時會來和養母小聚。某一天，安娜來訪，我無意中聽到她跟養母的對話：「這是妳女兒的學費，這是最後一次了，我真的再無能力幫妳了。」一聽之下才知道一直都是安娜支援我讀書的學費。

4. 家道中落

命運弄人，好景不常，大約在我十歲左右便覺得家裏出現了問題。不久我發覺養父不大回家，再不久見養母把家中的一個房間租給一對夫婦居住，更加不多久發覺收租員常常上門催促養母要準時交屋租，從前收租員是一個月來一次的。當我發覺了這麼多的變化之後，不久，我們要搬家了。

養父一向甚少和我交談的，但在搬家前他卻刻意教導我要乖乖地聽從養母的說話，要對她孝順。我聽了之後沒作聲也沒任何反應，自此之後便不再見到養父的蹤影。記憶中我好像從來沒問過養母為什麼不見養父如常地回家，他就像陌生人一樣，我們是二條平衡線，不會有任何交集。

5. 搬家後的新生活

搬家後養母在一家旅館做招待員，她的工作內容我是一無所知，因為我們一向甚少溝通，相信她這份工作是挺辛苦的，否則，當她下班回家後便常常要我為她按摩，搥骨來消除疲勞。我理解一向過慣了少奶奶悠閑生活的她，一下子要出來捱世界，捱苦滋味並不好受，她怎能吃得消，真是此一時彼一時了！

從養專處優的少奶奶生活轉變到要辛苦上班的打工生活，從大屋聘用傭人的生活到現在要屈居於一間彈丸般的小房間，事事要親力親為，我知道對養母來說並非容易。

我們的房東是一位沒有兒女的中年婦人，相信她也是身為人妾吧！因為她丈夫和我養父從前一樣不是天天回家的。搬了家我們的生活就是每一天早上，我們各自上班和上學，學校離家很近，步行只需十分鐘。我知道是她是刻意為我安排的，我如常在學校內用午膳。養母這份工作是輪班制的，若她當下午班時，在傍晚的六點正我便要在旅館的食堂和她

一起用晚膳，晚膳費是員工自付的，當晚膳後她便繼續工作到次日清晨才下班。似乎我的生活並沒有很大的改變，但一切的重擔卻落在養母一人身上。

6. 內心的感受

對養母的感覺是又愛又怕，對她的愛是發自內心的，感謝她一直以來對我的付出和照顧有加。我不知道害怕的感覺是如何形成的，我只感到她有一股無形的威嚴，讓我敬畏。我是否很矛盾呢？是的，隨後自會有交代。

7. 養父母的容貌

仍未忘記他們的樣貌，養父長得高高瘦瘦，說一口不流利的廣東話，年紀不詳。養母身型是不高不矮不肥也不瘦，臉圓圓，挺著一個略為大了一點的鼻子，她最美麗的地方是一張薄薄的嘴唇，因為我喜歡薄嘴唇的女性，有看過她年輕時的相片，我覺得她是個可人兒。

8. 第一次的體罰

大約在我六歲左右，我們尚未搬家之前的某一天的中午。忘記做錯了什麼事使養母十分憤怒，跟著便被她體罰。事緣家中有一條來歷不明很長和很重的鐵鎖鏈，她用那條鐵鎖鏈

　　綑綁我的雙手，然後把我懸空吊起在客廳的一條橫樑的石柱
上，忘記被吊了多久也忘記我有否大哭，只深深記得當她放
我下來時我的手背被鐵鎖鏈擦得很紅和皮膚有些微損傷，那
次的體罰在我印象中揮之不去。

9.　心聲

　　對養母我的確是出自內心的愛她，因為感激她養育之恩，
還對我百般的提攜和照顧。幾乎給我都是最好的，可惜我命
蹇時歪，若不是環境變遷了相信我仍然是她的掌上明珠，過
著幸福的生活。雖然知道了她是我的養娘，但我從不介意，
因為我知道生娘不及養娘大，沒有她便沒有我。

10.　再度搬家

　　不知是什麼原因，我們又再次搬家，這次的房東是兩位
中年女性，她們好像是同性戀。房東有一位已成年的養女，
她們三人是住在一起的。房東的屋子很大，有一個小客廳，
那客廳是房東專用的。另外有三個房間，第一個房間是最寬
敞的，當然是房東和她們的養女住的。第二個房間較細小了
些，住的是一對中年夫婦和他們的小女兒，聽說男的是做記
者，女的是家庭主婦，專職在家中照顧自己的小女兒。我們
住的是第三間，也是最細的一間，房內只能容納一張木床，
一張圓形的小桌子，一張籐織有椅背的椅子和一個小衣櫃。
房子實在是又細又窄，擺放了四件家俱後，已顯得寸步難移。

　　房東的養女看來有三十多歲，她性格沉默，言行舉止很男性化，從未見過她穿著裙子，她每天騎著腳踏車上班，下班回家後便躲在一向都是房門關上的大房間內。在假日她也足不出戶，房東兩人沒有出外工作，但時常看到一些已經步入老年的男士到訪，當他們一到便很熟悉地直接步進房東的大房間。不一會便聞到一種是我很熟悉的香煙氣味，有一次終於讓我見到在她們房間內有一張小圓桌和幾張椅，一張特大的木床，床上有一些是我最熟悉的，是吸鴉片煙用的工具，因為當我養父在家吸鴉片煙時也是用這些工具的。相信它們是房東用來供給既相熟而又花得起吸食鴉片煙的癮君子，藉此賺些服務費來維持生活吧。當年吸香煙的消費很便宜，但吸鴉片煙的消費卻不是人人能負擔得起，在那些年吸鴉片煙是犯法的。我們在第二次搬家後，養母便在一間酒樓做女跑堂，女跑堂的工作制服是束著腰圍的白襯衫和黑色長袂，工作制服是自己掏腰包添置的。

11.　養母的第二段戀情

　　我們平淡的生活過了不久便有一個中年男士出現了，他姓譚，我叫他做譚叔叔，他常來探訪養母，不久他們便同居了。我不喜歡譚叔叔，因為他闖進了我和養母的空間，有時我無意中聽到他向養母說我的壞話。他認為我拿了某些東西用了之後從來不會放回原位，雖然這是事實，但這只不過是雞毛蒜皮的小事，有這個必要在背後向養母投訴我嗎？因此使我更加不喜歡他。除了不喜歡譚叔叔也不接受他越來越不

重視養母，這是我對他最反感的事，因養母在我心目中佔的是第一位。遺憾的是養母從來不介意，甚至處處遷就他，譚叔叔是在他遠房親戚的旅店做會計員，工作時間是傍晚上班直至次晨才下班，自從他們的愛情發展了之後我和養母之間原有的疏離感便更加疏離了。

12.　轉校

忘記在某一年校長結束了這間由他一手創辦的學校，聽說他和家眷移民去了台灣定居，於是我便轉去另一間公立中學繼續讀中文。

13.　第三次搬家

不久之後，我們又再搬家，這次的房東是一對老年夫婦。他們把自己的客廳用來賣一些如腳踏車電動車和汽車等等的零件，甚至兼賣一些零食和紙包飲品。這兩老就是靠賣這些來維持生計，他們有兩個養女，小的還在上學，而大的已結婚。她丈夫是在一間中餐館做廚師，她時常帶些食物或日用品回娘家探房東夫婦，我覺得房東這個大養女是一個有情有義的好人。

14. 那些年在越南的堤岸市

堤岸市是位於胡志明市的西南部,當年的堤岸市是最多華人的聚居之地。很多不同的行業如:電影院百份之九十是放映粵語片,只有寥寥一兩間的電影院是放映西片。中文學校也是華人創辦,旅店和餐館差不多是華人經營,只有一些賣越南餐的餐館多數由越南人經營的。有兩間華人大醫院,據知是由幾位有名譽,有地位的華人富商出錢創辦,若一些要在醫院留醫卻無能力支付留院費的華人可以向院方申請豁免住院費。華人醫生診所到處都有,西醫師大多數也是華人,中醫更加是非華人莫屬。其它如大小廟宇、手飾店、鞋店、服裝店、文具店和書店等等,應有盡有。多不勝數的商店差不多都是華人經營的,堤岸市可以說是華人世界,只有一些賣布疋商店是印度人經營,而且售賣布疋的職員也是印度人,但他們也能說一口流利的廣東話和很熱情地為顧客服務。

昔日堤岸市的一些地區中有一個介於在內和在外的食物市場,市場內有很多大小不一的攤檔,各攤檔賣的是不同種類的乾糧、日用品、新鮮蔬菜、水果、肉類、貝殼類、生猛海鮮和活的家禽。馳名的牛肉湯粉和手屈一指被稱為越南式的法國麵包,現在好像簡稱為越南麵包。一些熱的或凍的飲品或甜品,有辣的不辣的冷盆或是熱的小食。每個賣小食或飲品的攤檔大多數有一些座位讓人們在買菜之餘也可以在市場內或外歇歇,坐下來喝或吃一頓價錢既便宜又可口的食物,更可打包帶回家。

當年我住的地區有在內和在外的食物市場。每天清早市民如常去市場買食物，例如：蔬菜、活家禽、海鮮、豬肉和牛肉等等。在那些年吃羊肉並不普遍，越南在還未是共產主義國家之前是沒賣急凍肉類或家禽的。縱使不是活魚類或蝦類但大致上仍然是很新鮮的，若買活家禽或魚類時一般人可以要求販賣者現場即時宰殺，當清理乾淨後才付錢。至於賣肉類的肉擋普遍由顧客告訴肉販所需的重量，也可自由挑選豬或牛的部位，肉販通常會依照顧客的要求來切割。當年在內和在外的食物市場的小販大都是越南人，在那些年普遍只限於某些種類的食物在買賣時才會討價或還價，這是很有趣的。

越南的天氣，在一年之中有幾個月天氣是很炎熱，秋天雨水多，冬天有些涼意。越南本國有很多種不同季節又合時令的蔬果或海產，那些食物，整年供應充足。越南是魚米之鄉，土地肥沃適合耕种。若經濟許可的話，華人通常喜愛購買優質白米來享用，如果越南不是變成共產主義的國家，相信百份之九十九我會在越南終老此生的。

在語言方面，當年在越南一般華人都會操兩種語言，那就是廣東話和普通話。那些年住在堤岸市的華人多數是用廣東話溝通，如果學中文時是讀普通話發音的話，日常生活中便可兩言互用。

學中文時如用普通話發音，那麼同時在讀和寫都是依照中文的文字來使用。如果用廣東話發音的話，便不能像說普通話般照著文字來唸，因為普通話和廣東話是有文字差異的。

　我覺得普通話和瑞典話的聲調有些相似，因為它們像音樂的旋律般可以把聲線收放自如地提高或調低，廣東話的聲調比較低沉了一些。

　雖然說廣東話和說普通話這兩種語言的發音是截然不同，但中文字卻差不多是類同，我所指的中文字是有分繁體字和簡體字。中國大陸用的是簡體字，而台灣用的是繁體字。

　據知廣東話有很多種分類，我不是博學多才的人只懂說廣東話的俗語，我個人覺得俗語是別豎一格的口頭創作語，甚至可以說是通俗的藝術語。如果把中文字用廣東話來發音，一定會引來很多笑話，畢竟廣東話的用字與中文不同。

　住在越南的中國人被有禮貌的越南人稱呼為華人或華僑，當年住在堤岸市的華人差不多只是說廣東話，雖然我們是住在越南，但就讀的中文學校是不需要讀越文的，甚至沒有必要的話是不需要說越南話。若一定要說越南話的話便是坐計程車或是坐腳踏的黃包車，或在食物市場若遇著賣食物的小販是越南人而不懂說廣東話時才需要說些簡單的越南話。

關於交通：

　堤岸市的交通很方便，有巴士、計程車、三個車輪的摩托車和腳踏的黃包車，只有坐黃包車時是可以和車伕討價還價，當年是沒有華人從事這四種行業的。

關於昔日一般華人的家庭生活和其它：

　　例如：一對已婚夫婦依照中國人的傳統是男主外女主內，男的是家庭支柱出外工作養妻活兒，女的是家庭主婦。若經濟負擔得起的話，普通家內都聘用一位女傭，她們是負責打理家務和膳食，主婦便負責照顧孩子，因為當年是沒有托兒所的。一些更富裕些的家庭更會多聘一位司機，他隨時要準備開車接送僱主一家人往返內外。當年我的養母便是悠閒和無憂地享受少奶奶的生活，在那些年普遍傭人或司機的薪酬是很低的，但僱主要負責供應他們三餐和住宿，即是傭人或司機是住在僱主的家中。傭人的生活是沒有休假的，可以說是年中無休，但如果做了有十二個月的話，在第十二個月的時候便可以得到雙倍工資，即是僱主要多付一個月的薪酬給已經做滿一年的傭人或司機，這是很普遍的行規。僱傭雙方需一個月的通知才可互相解顧。僱主和傭人是不用交稅給政府，所以市民亦沒有什麼社會福利可言，當然也沒有退休金這回事。

　　在幾十年前一些華人的家庭是普遍都有幾名子女的，尤其是家境不大好的家庭。如果生長在兄弟姊妹眾多的貧窮家庭裡，父母可能沒有能力供全部的子女上學，甚至有些小孩在年幼時便需要在家裏分擔父母一些家務事，甚至出外做童工幫補家計。

　　在我生長的年代，很多華人的家庭都多生子女，目的是養兒防老，積穀防飢的觀念。但卻沒有想到為下一代傾盡所

愛，而上一代的情懷又何在呢？世事真的會盡如人意嗎？子女真的是這麼容易依靠嗎？世事無絕對，往往是事與願違，這是我的愚見。我在年青時曾目睹過一些雖有兒女的老年人仍然是過著孤獨無依的淒涼生活，話雖如此，但我仍絕對相信世界上到處有孝順和關心父母的子女。他們懂得珍惜自己身邊的親人，問題是「你」有沒有這個運氣碰到。

由於我有機會經歷過一些是別人施與我的溫情，但不多。反之經歷過不少人情冷暖，世態炎涼的遭遇，所以我不輕易相信人，除了感恩和珍惜生命之外也看透了人生，現在的我是以豁達的心態做一個現代的老年人！

關於婚姻和其它的：

當年一對戀人若要長相廝守，最好就是名正言順去結婚，昔日的社會風氣是不認同和不接受同居生活的。在那些年一般的華人保留著傳統守舊觀念，認為女性是要一生一世忠於自己的丈夫。社會一向歧視女性離婚或改嫁，若離婚或改嫁時拖著前夫所生下的子女，那麼孩子接下來的命運一定是苦不堪言。因為他們會無辜被牽連，逃不過被社會人士所歧視。所以上一代的婦女都不會輕言離婚，那怕當覺得自己的婚姻不幸福，或面對種種不同的壓力，更或有說不出的苦衷等等的原因，都不敢輕率離婚或改嫁，因為背後有很多擔心和要顧慮到的問題。所以很多婦女們只能啞忍著一段不美滿，或不幸福的婚姻，真的為上一代婦女抱不平。女人嫁後要從一而終，但男人卻可以三妻四妾，只要有錢或有能力負擔多幾

個家庭的男人是不愁沒有女人來投懷送抱的，我相信做男人情婦的女人背後總會有些不為人知的原因吧！因為做情婦的感受我最清楚，做一個沒有身份地位，更沒有保障的情婦的個中辛酸，相信只有當事人才能體會到。總而言之就是欲哭無淚，欲語無言的感受。所以我個人認為運氣是十分重要，尤其是做一個男人背後的情婦，真是小一點運氣都不行。打個譬如吧！有一個女人雖然身為情婦，但她有運，運氣帶給她除了被對方萬般寵愛之外，而且當遇上一個有情有義的男人時，這類男人通常都是豪爽的，對她會大洒金錢，除了負責一切生活費之外，還會額外送贈如房屋或價值不菲的手飾鑽戒等等來討好自己的情婦歡心。反之若運氣欠佳，雖然也是做情婦，但可能得到的只是不錯的生活費，其它的便免談。若運氣很差的縱使也是做情婦，雖然每月得到的也是生活費，但可能隨時被生厭甚至被拋棄，連同為他所生下的子女也遭同一命運。男人要拋棄自己的情婦是件輕易而舉的事，但被拋棄的情婦可慘了，在法律上沒有合法名份的保障，跟著下去的生活費沒有著落了。以我個人的經歷相信在那些年最普遍做男人情婦的大多數是做舞女或是做妓女這兩個行業的女人。

關於宗教信仰：

我個人認為當年信天主教最多的是越南人，信佛教最多的是華人，其次也有信基督教和天主教的華人但並不多，而我卻是個無宗教信仰的人。

關於學校：

昔日在堤岸市的中文學校共分開兩種類，以不同的教學方式來教學，所以便有一些中文學校的老師教學生時只是教讀廣東話。一些中文學校學生讀的只是普通話，總而言之，如果在學校裡教中文的老師在教科書裡教的文字只是普通話發音的話，學生們在教科書裡是不懂得讀廣東話發音的。相反，若教中文的老師在教科書裡教的文字只是廣東話發音的話，學生們在教科書裡是不懂得讀普通話發音的。昔日這些中文學校把教中文字的發音是讀廣東話或是讀普通話的方式是分得很清楚的，就讀的學校是教廣東話或教普通話是父母替子女選擇的。此外，在堤岸市還有一些專科的英文學校。

當年堤岸市在街道行人路旁的街頭或街道上的一角隨處都見到有賣些熟食的小販，我嘗試介紹其中馳名的越南式法國麵包吧。

賣越南式法國麵包這個行業的小販通常有一部小型四輪的手推車，連著車子上面有一個玻璃櫃，櫃裡擺放了幾種可口和不同口味的越式肉片、牛油、蛋黃醬、新鮮芫茜、辣椒絲、青蔥段、鹽、胡椒粉和已醃了味的酸酸甜甜的紅和白的蘿蔔絲，這就是馳名的越南法式麵包。在車子下面有一個小櫃子，櫃內放有一個小炭爐，它只有微微的熱度烘著形狀不大不細的新鮮麵包，好讓麵包保持鬆脆。以我個人認為這些麵包好吃的原因是帶微熱和鬆脆，麵包的包心並不豐滿，所以有足夠空間放下不同的食材和配料。另一個原因是小販不

會把全部食材預先放在麵包內，而是當有顧客來買麵包的時候才依照顧客的喜好選擇各式各樣的食材。因為不同食材的配料，麵包的價錢也不一，可豐儉由人。小販的速度很快，若顧客要買二十元麵包的話，小販通常便可在一分鐘內完成交易。

　　現在讓我描述賣麵包的小販是怎樣開始和完成吧！例如要製造一個二十元的麵包，首先小販從下面的小櫃內取出一個既香且脆，形狀是不大和不細的麵包，然後對邊切開，跟著便塗上一些牛油和蛋黃醬，同時心算著要放上多少肉片在麵包內，之後再加進一小撮的芫茜，些少青蔥段，辣椒絲和一些酸甜的紅和白的蘿蔔絲，最後洒上少許鹽和胡椒粉，不到一分鐘便完成了一個價值二十元又色香味俱全的越南式麵包了。如果顧客要買三十元的麵包時，製造方法和流程是一樣的，只是因應價錢不同的餡料增加一些吧。這種越南式麵包我最愛挑兩種或三種不同口味的肉片，因為只有一種肉片放在麵包內太單調了，若有兩種或三種不同口感的肉片混合配料放在麵包內，吃的時候感覺是滋味無窮的。街邊小販通常是在人流多的行人路旁邊佔些小位置便來賣些熟食或甜品像外賣般賣給過路行人，做這些行業的小販他們是自由身的，沒有固定營業時間。此外，也有一些行業就是流動小販，他們通常是運用一輛小型的摩托車，專門賣飲品或水果，然後停在路旁候光顧。若等候了一段時間生意不大理想的話，便會很迅速地轉移陣地到別的路旁再繼續營業。通常光顧的是路人或是駕著汽車的人經過時購買。這些流動小販多數是

賣青椰子,在他們的車子上通常放滿了很多鮮嫩的青椰子,一把開青椰子的長刀,吸管和膠袋。當路人經過要買的時候小販便立刻用刀子把青椰子破開一個小口跟著放下一支長而幼的膠吸管,讓顧客可即時飲用或是把它帶回家。昔日在越南這類流動小販並不多,不知現在還有沒有保留著昔日在堤岸市中心有一條很寬闊的行人路,那條在日間是行人路但接近黃昏時份,便變身為一條露天的美食街,各類小販在這條美食街上販賣些既可口又便宜的小食,甜品及飲品等。一到傍晚便人流擠擁,各自休哉悠哉地來享受可口的凍或熱的街頭小食,冷熱飲品及甜品。在堤岸市中心的另一處有一個不是很大的空地,該處也有一個露天的美食街,接近黃昏時份,那裏也是十分熱鬧。因為有著不同年紀的食客已經在該處享受著價廉物美的各式小食,甜品及飲品。但每當下雨時,該些在露天美食街的食客們稍會變得狼狽了,因為他們是坐在撐起了大帳蓬下,一面避雨一面享受著美食。

15. 任性的決定

忘記了在那一年是我讀的中文學校要學生兼讀一些越文,我很抗拒甚至毅然輟學,養母無可奈何地幫我轉去一間專科英文學校,就讀英文。堅持不肯讀越文的原因是在那些年我還是個天真無邪,思想單純又不知天高地厚的小學生時,曾見過一些學識低的越南人在街上毆打妻子,更沒文化地在街上說粗口,又在街上無禮貌的與別人對罵和打架。由

於看見了太多負面的事情，從而影響了我堅持不肯讀越南文。我也十分看低一些做舞女做妓女的她們，感覺她們缺德及做不道德的職業，在那些年越南有一條合法的妓女街。不知是否心理作遂，每當將要交學費時便見安娜出現。我也心知肚明憑養母一份低微的收入，除了要交房租和日常開支，再供我在專科英文學校讀書，在經濟上一定非常困難。校內教英文的老師全是外國人，我只讀了兩個學期的英文初班，便聽到中文學校不用兼讀越文的消息，我便馬上放棄繼續在英文學校就讀，要求轉回去一間公立的中文學校再讀中文，就這樣轉來又轉去，我的成績根本就是乏善足陳。

16.　我的身世

　　某一天養母上班後蘭姨來訪，她如常地從手提箱裏放了一些東西之後卻突然告之關於我的身世。原來我在嬰兒時便被養母領回家，當聽了之後我非但不以為意，還天真地告訴養母此事。事隔不久，某一天養母不用上班，蘭姨又來訪，這次她的麻煩可大了，因為我把我得知身世的事告知養母，而她聽後默不作聲，誰知她不露聲色地在蘭姨再次來訪時，便不由分說地責罵她不該向我告之身世之謎，把她罵個狗血淋頭，甚至差不多要跟她翻臉和絕交，更要蘭姨帶走她的手提箱。養母很生氣的時候會口出髒言，她不是完全文盲的。因我的無知，卻連累了可憐的蘭姨被痛罵了一頓，更只見她向養母頻頻點頭認錯及賠不是。

17. 幼年時的家庭教育和養母相處的日子

養母家教很嚴，從小我必需要遵從她定下來了的家規。例如：若要做任何事要先徵求她的同意若她允許了我才可以去做，久而久之習慣了什麼都聽從她。雖然我不愛讀書但年輕時是挺喜歡看書的，不是讀書人卻喜歡看書？是的，凡事有例外，例如我從不會錯過看瓊瑤的愛情小說和中文版的讀者文摘，尤其是有對白的漫畫叢書，中篇或長篇的言情小說，一些有諷刺意味或攪笑和圖文並茂的書，一些雜誌…等等，也是我當年十分喜愛看的中文書。在那些年還很普遍的是有些人在家中的門口旁邊擺一個小攤位，出租一些不同種類和厚薄不一的書籍，一本書的租期只有三天，租書手續甚簡單，只要告訴檔主住址和姓名，然後給些小按金便可以租書，如果是檔主的長期顧客便按金豁免。當年若我要求養母給些買書錢或租書錢時她從不拒絕我，甚至在假日，若我想去看某部電影時她會給我足夠的金錢，也讓我自己單獨去看電影的。

養母第一份工作是輪班制的，分早班和晚班兩更。而她第二份工作是全日的，所以我們相聚的時間並不多，就算遇著我們倆都不用上班及上學時，她都是和譚叔叔在一起，所以我認為我是在沒有溫情和沒有家庭教育的環境下長大的。相信每個人的童年都需要有正確的家庭教育吧！例如是對或是錯，該做或不該做及該說或不該說等等，養母從來沒有教過我或斜正我，我們通常是沒有溝通的，這是為什麼？我也不知道。

　　每個人在成長過程中都會有自己的感受，例如喜、怒、哀、樂，而我卻沒有，雖然很多事情是我不喜歡，不滿意或不接受的，但我從不敢表露，發洩或是反抗，養母是從不理會我的感受。記得在某一次她不講道理和狠狠的責罵我時，當下我當然不敢反駁，但心中實在很氣憤，還覺得她很霸道，實在忍不住她的專制甚至覺得她彷如是家中的獨裁者。於是我禁不住在一張紙條上寫下了幾個字來發洩我的情緒。我寫下了「人太緊則無智」，倒楣的是當我剛剛寫完養母又剛剛經過，我心虛地立刻把紙條藏於背後，而使她懷疑了，她要我立刻解釋寫在紙上的字的意思，不用多說當然又是再次被責罵。

　　在童年時實在有很多難忘的苦事，其中最難忘的一件就是每天早上上學之前我一定要吃下她為我準備了的一小碗米飯，那是用一隻沒有煮過的雞蛋和一些食油混在米飯裏，我要吃完了才能上學。可能養母認為這是很有營養的早餐，不知她曾否吃過這樣的早餐？其實這是很難嚥下的！但我不敢拒絕或反抗，每天早上無奈地迫自己吃下這份可怕的早餐。還有，在童年時養母很喜歡把我的頭髮留得長長的，在家境未變差時，她挺有心情每天在我上學之前總是像個很專業的髮型師般為我的長髮梳成不同的髮型，有時候她把我的長髮左右分開了之後，便把這兩邊的頭髮向上梳成像兩個圓形的小球，跟著便用髮夾插著和圍繞著它。有時候把我的長髮紮得高高的像馬尾型的，總之就是喜歡把我的頭髮梳成各種奇奇怪怪的髮型。我最不喜歡的就是她幫我紮孖辮，但偏偏卻是她最喜歡的。有一次我實在是忍不住了，當養母幫我紮孖

辯時我微微地搖搖頭，但立刻便捱罵。自此之後我便乖乖地坐著和不敢動彈讓她把我的長髮隨便整弄。我一向像乖乖女般順從著她，從來沒有感覺養母給過我是母親的愛或是我曾渴望想有的母愛，我只感覺她給我所有的都是物質生活上的享受，所以我不敢像其它的小孩子般有時候不顧一切的向她表露自己的感受或反叛的個性。在家裏我感覺孤單，在學校裏也不例外。

18. 第二次的體罰

　　有一件事使我感到十分抱歉和必需要先向讀者交代為什麼在我的劣作裏經常用大約，某日或某年等字句後，才繼續描寫發生過和經歷過的往事，那是因為我沒有想過我會寫書，甚至有出書這個奢念。自知我中文程度只是一般，更在這一把年紀時才出書，不自量地妄想出一本自傳式的書。但有時候人的心境是會隨著環境而改變的，因退休後的生活真是很無聊呀！尤其是藉著幾種因素的影響下使我感觸良多，感慨人生苦短，慨嘆人生七十古來稀。既然有感於此為何不利用我的餘生，當下頭腦尚算清醒時，嘗試在晚年挑戰自我，我認為是做不來的又或可能會做得來的事，不去做又怎知自己做不來呢！尤其是昔日經歷過不少難忘的，無奈的和遺憾的事，有正面的，有負面的，一一藏在腦海中，有數十年之久，那都是我刻骨銘心不吐不快的心中事。既然有了這個思維跟著便有一種無形的動力推動我，鼓勵我提起筆來寫這一本像戲劇般的人生歷程的故事書。因此我只能從記憶中寫下

我童年時、年青時、中年時和老年時種種過去了的故事，至於日期，時間和地點實在是無可交代，請讀者們見諒。

　　第二次被養母體罰的禍因是在某一個假日的下午，因為養母不用上班和她要和譚叔叔出外，得到她的同意準許我獨自去看一部我很想看的電影。她給我足夠的錢買一張電影的入場卷，這間電影院離家很遠，若是步行大約要五十分鐘的路程。當我步行到電影院時卻見一個大牌子上寫著全院滿座，當時很失望，怎辦好呢？步行回家？不願意。想了一會便決定倒不如等大約一個半小時之後看下一場電影吧。在那些年一般的家庭是沒有電話的，何況我住的只是一個小房間。於是我便獨自在街上流連，邊逛商店邊消磨時間，看完了電影後已天黑了，在回家路上我尚懷然不知大禍將臨頭了。回到家裡當踏進房間時便被養母嚴厲地責罵，她認為我不該這麼晚才回家，一個女孩子在黑暗的街道上獨行是十分危險的，隨時會遇上色狼甚至會被性侵犯，她的責罵是對的，唯有默默地坐在籐椅上低著頭聽她不斷地責罵。可能當天養母心情極差，當她一面責罵一面走到我的面前情緒失控和激動地用手指不停的扭我胸前的肌肉，當時是夏天，天氣炎熱，尤其是不喜歡炎熱天氣的我當日穿的是很薄的裙子。養母喜歡留長手指甲，我被她修長的指甲扭得很痛但不敢走避和不敢哭，只是瑟縮著身體和無助的強忍痛楚，讓她施與這第二次無情的體罰。到了次日我望著胸前受過體罰之後留下的是一點點有大的有小的患處，顏色是介於藍色、黃色和紫色之間的傷痕，望著傷痕只有默然和難過，這也是使我一生難忘在這第二次被體罰後的陰影。

19. 養母刻意為我安排

　　不知被誰人穿針引線養母第一次安排我認識一位從星加坡來越南的華僑青年，他只會說普通話，幸而當年就讀的一間中文學校雖然只是教廣東話，但教語文科的老師卻有兼教普通話，所以和那青年在溝通上的問題並不大。那青年個子很高，舉止溫文有禮，戴著一副很襯他面型的近視眼鏡，他父親在星加坡賣布正的商人。這是養母略略告訴我的，曾經想知道為什麼她會讓我認識這位男生，但我不敢問。已忘記了他的名字，他很浪漫，每次來探訪我總帶一束玫瑰花相送。他喜歡上有情調的高級餐廳用膳，和他在一起他有些害羞，但我比他更害羞。那青年人送過兩疋香布給我，布料質地不錯，而且從中散發出一些香水氣味，是名符其實的香布。和他交往是不由自主的，是遵從養母意旨的，不久他告訴我將回星加坡，之後他曾經寄過幾次信給我，但我沒有回信給他，慢慢地他無再寄信給我了，這段友情也不了了之。

20. 養母再刻意為我安排

　　某一天養母對我說：「在某一個假日天妳要到某一處的電油站會一位賣電油的老闆，我會安排一輛計程車送妳往返。」真的想知道為什麼呢？但我如常般不敢問，如常般依照她的意旨去做。

到了那天，天陰還下著毛毛雨。當我到了電油站便見到一位中年女人坐在收銀機旁，我向她報上名字之後，她似乎已知道我是誰，於是便帶我走進一條很長很窄和很暗的走廊，當我們走到一個房間的門口時，她停下腳步對我說：「妳自己進去吧。」說完便立刻轉身走了，由始至終沒有和我說過一句說話。當我進入房間便感覺到氣氛有些恐怖，因為這是白天但房內卻漆黑靜悄，有一盞半明半暗的小油燈在一張小桌子上，一張雙人床和一張帶有微黃顏色的薄紗蚊帳籠罩著整張雙人床。在床的旁邊有一張木椅，我站了一會兒一把低沉的聲音從蚊帳內傳出說：「請坐吧。」我戰戰競競地坐在床邊的木椅上。房內仍然是鴉雀無聲，我不敢動，只是靜坐著和心裏在想躺在床上的是誰？卻不敢偷窺睡在床內的是什麼人，我如坐針氈般，一會兒之後床上再傳出聲音說：「妳可以走了。」聽後我立刻站起來，步履匆匆，急不及待地離開這個恐怖的房間。過了不久，安娜來探訪養母，很清楚聽到她對養母說電油站老闆嫌我太年輕不適合做他的填房，呵呵我終於明白了。

21.　養母嘗試誤導我走歪路

某一天養母刻意和我交談，她說：「我再沒有能力供妳上學，而且也不見得妳是個努力好學的人。」她說得很對我真的不是個勤力讀書的人。養母繼續說：「既然妳不喜歡讀書就不要浪費時間，趁青春趁年輕為何不拋身去做工賺錢呢？有了錢之後我們的日子會好過些，也不用屈居在這個小

房間，光靠我一份低微的工資，實在難以改善我們的生活。」
我沒作聲只是底頭地聽著。跟著養母漸漸進入話題向我提議
說：「在夜總會做舞女大班的是安娜可以相幫，如果妳肯做
舞女的話，其實做舞女這個行業是賣藝不賣身，沒有其它的，
安娜會特別照顧妳的。」

22. 我該何去何從？

在幼年時很害怕接近養母，直到長大後不知道為甚麼總
是避開她，和她保持著距離。除了不敢接近她也不敢和她交
談，原因是沒有話題，不知道跟她談什麼好，更害怕一旦說
錯了話會被她罵。雖然養母提議了關於我人生將來的出路，
但弦外之意卻是很明顯的想說服我去做舞女，可惜舞女是我
最鄙視的職業。因為在電影裏看過做舞女的女人都是不顧羞
恥地向男人獻媚，厚顏的週旋在不同的男人和討好各樣的男
人，完全沒有自己的感受和尊嚴。但養母卻想我幹這行業，
怎辦好呢？我沒有虛榮心，想在金錢堆裏打滾或追求物質上
的享受，但養母卻不以為然，我該順從她嗎？如果是親母提
議想我幹這行業的話我便不用這麼苦惱了，因為我認為母親
付出一切給自己的子女這是母愛的天職，是徹底無私的奉獻。
為人子女似乎不需要存著要還養育恩的念頭吧！孝順父母是
應該的，但若逼自己報養育恩好像是有點不合邏輯的想法。
而事實擺在眼前，我是養母撫養長大的，她曾經付出過和給
過我所有都是最好的，她對我的栽培和養育之恩是不可抹殺。
而且當家道中落時她仍然給我學昂貴學費的鋼琴科，可惜我

沒有音樂天份和鋼琴老師很嚴很兇。例如當她教了我，而我仍然不會彈或是彈得不好時，她總是愛用木間尺狠狠打我的手指，這是很痛的，使我很不喜歡她，所以不肯繼續學。讀書成績差是我自己不長進，但養母仍然支持我上學。在後期的家境變得大不如前了，她仍然是毫不介意厚顏地向安娜求助，幫忙交學費供我在學校讀書，縱使有過兩次難忘的體罰但這當別論。撫心自問，我是在不愁衣，不缺食的環境下長大，只怪自己命塞時歪，如果不是環境變遷了相信我仍然是養母的掌上明珠，過著像千金小姐一般的生活吧。也有徹底的再分析過我和養母雖然沒有任何血緣關係，她卻一直悉心照顧我，提攜和栽培我，這本來不是她應該做的份內事，但她卻全部都做了，所以我絕對要認同中國人有句老話說：「生娘不及養娘大。」就憑著這個思維使我覺得我應該順從她。到了這個地步我唯有認命，因為她已經直接開口提出來了。既然如此，我應該義無反顧了，現在是報恩的時候了，處於該種情形下我還有選擇的餘地嗎？這個恩可以不還嗎？可以不報嗎？可以再拖嗎？既然已經想清想楚了，還在猶豫什麼呢？滿腦子蘊藏著養育之恩勝過親生，我就當下決定了。我知道前路將會是崎嶇難走的，但既然選擇了便要負責任地走下去，施恩不望報，受恩不可忘，這是我人生的座右銘。

在學校我曾受過正能量的教育，不忘老師教導過有關中國人傳統的美德，就是人應該盡量做到忠、孝、仁、義，可惜現代人對傳統的美德好像越來越不大重視，人與人之間相互疏離，人與人之間的誠信、信任、互助和關心，孝順父母

等行為及思想已越來越不復當年了，這是我個人的看法。其實這是無奈的，原因可能是世界不停的在變，社會也跟隨著在變，人便更加順應而變吧！

23. 整裝待發投身做舞孃

做舞女之前養母是要投資在我的身上，聽說她向夜總會老闆借了一些錢，跟著我便停學。開始的第一步便是跟一位舞蹈教師學跳社交舞，跟著便是形像包裝，讓裁縫師依照我的身材量身度造了不同款式的舞衣，包括裙子，中國式的旗袍和晚裝等等的衣裳。最要命的要算是穿著我從未穿過的高跟鞋，安娜好像是我的形像顧問，她很著意地為我安排一切，忙個不休地而我卻像一個沒有靈魂的人任由她和養母擺佈。當一切準備就緒了，我的舞孃生涯便在一間高級夜總會揭開序幕。

在那些年的華人服裝店的裁縫師要為不同年紀和不同性別的顧客度身做衣服的，他們依照顧客各種要求來度身訂造，顧客有指定的衣服款式，當衣服縫好後若顧客認為未達到自己的要求時，那些裁縫師便要重新修改直至顧客滿意為止。聽說這個行業的華人裁縫師差不多已經離開越南了，現在這個行業也跟著被淘汰了。

24.　堤岸市最高級的夜總會

　　當年在堤岸市有一間最大最高級的夜總會，在進入夜總會之前要經過一塊很大的空地，那是夜總會專用的停車場。兩旁各有十多個泊車位，空地的中間有一條寬闊的路是讓客人進出的。

　　在黃昏時份，進入夜總會後的右手邊，便看見一組耀眼的燈光照著一個大玻璃的窗櫥，在窗櫥內擺放著很多是舞女的相片，相片上有她們的名字。而夜總會的左手邊便有一張長和窄的酒吧檯，在酒巴檯櫃面的角落放有三部電話，在電話旁邊有一本大和厚的記事簿，記事簿內記下了每個舞女的名字。在她們的名字下面留下了幾行空位，那些空位是讓舞女大班記下各舞女在當天晚上的工作詳情。例如某舞女有否上班？如果沒有上班，她這幾行的空位便當然是空著的，相反，就是舞女大班把她們當晚的工作的詳情記在那幾行的空位上。例如記下她們在工作上應召了那些編號檯的客人，或是收了多少舞客的舞票錢。在酒吧檯旁邊有一張不是很長但是很闊的寫字檯，檯上放有很多文具，包括有紙、筆、簿和計算機等等，這些都是給幾位文職人員使用的，他們整晚都是坐著，低著頭寫著，和全神貫注的計著。一共有四位女性的舞女大班，三位是中國人，其中兩位只懂說廣東話，安娜比她們略勝一籌，因為她除了說廣東話也懂說些英語和日語。安娜以前是做過舞女的，她知道這個行業是需要懂得些外語來方便自己應酬不同國籍的舞客。第四位是越南人，在

那些年也有一些越南人到夜總會尋歡作樂的。有一位巡場經理，每天晚上他總是悠悠閑閑，行行坐坐，東張張西望望，好像是無所事事，當然啦如果沒有什麼突發事情發生，否則，便有賴他出面調停和控制夜總會的場面和氣氛。室內有兩個舞池，一個是在室內的大舞池，一個是在外露天花園的小舞池，讓我先描述這露天花園的小舞池吧！

從夜總會內可看到外面有一個露天花園，花園裏有一個小舞池，這個小舞池是很適合跳舞，因為它是由光滑的瓷磚鋪成的，大約能容納十多對人士同時跳舞。花園內設有一些檯和梳發椅，圍繞在這小舞池附近，有十幾個光線柔和的小電燈圍繞著和藏在小舞池的邊沿內，以致能把整個的露天花園襯托得更抒情和更優雅。這些小電燈是整個晚上都亮著的，大與小的舞池距離很近，舞客只需向外踏下數級台階便可到達那個露天的世外桃園。由於兩處距離不遠，在室內樂隊吹奏的音樂聲連坐在露天花園的舞客都能清晰無間的聽到，所以有些舞客若興起時也喜歡出去，在露天起舞。

每晚有數名男侍應穿上整齊潔白的工作制服，整個晚上是站著和等著為舞客們服務，他們有時被分配到一部份的檯專責服務，主要負責向客人遞茶或酒水及交帳單等固定的工作。當舞客結帳離場後，侍應們便要趕快收拾及清理桌子，又再重新換上一張白色的檯布和還原檯上所有的擺設。他們每晚都是重覆地做這些既乏味又沉悶和固定的工作，所有職員都要清一色穿白色制服，只有舞女例外，因為要刻意打扮

和穿著適合自己身材的衣裳，盡量以最美麗的一面來吸引舞客們的注意和欣賞。

在夜總會內盡頭的左手邊有一個小房間，在那小房間旁邊有一個是女洗手間，在洗手間旁邊有一個大的略為高聳的音樂台，在音樂台旁邊有一個男洗手間。讓我先描寫左手邊那個小房間吧，那是一間無人也從不關門的小房間，房內只有一張小桌子和一張椅子，我喜歡到那裡面小休，因每晚當我上班後還未被舞客點名時，我一定會躲在那裡，當有客人點我名時，安娜便很熟悉的來房間找我，跟著便帶我去坐檯，坐檯的意思就是應酬和陪舞客跳舞。至於那小房間旁邊的女洗手間是由一名中年婦人打理，她名叫亞美。洗手間內有一張長木凳，它是方便女士暫坐一會。亞美是個勤奮的婦人，她除了把洗手間打理得很乾淨之外，還在家裡做些可口的甜品帶來夜總會賣給我們，我們會在下班時帶回家享用。最接近夜總會出入的門口有一張細檯和幾張椅子，它只是讓那四名舞女大班們坐的，我稱它是大班檯。那張大班檯是和酒吧櫃面角落的電話距離很近，電話只由她們負責接聽，若遇上大班們沒有空的時候巡場經理才代接聽。這張大班檯還有一個作用，就是因為它靠近門口讓大班們容易見到當有舞客進入夜總會時便立刻為他們提供服務。時常見到有些舞女同事，上班後喜歡坐在大班檯旁邊的座位和大班談笑聊天來等舞客，另外一些女同事卻喜歡坐在夜總會內的某一個角落，圍坐著來談笑聊天，而我卻愛獨自坐小房間。在那些年有一些超綽有份量的紅牌舞女是不會上班等舞客的，她們通常是

晚一點才上班，想知道何謂紅牌舞女嗎？就是她們不賺茶舞的舞票錢。何謂茶舞？就是當夜總會剛剛開門營業七點至八點的時段便稱之為茶舞時段，只有那一個小時的舞票錢較便宜些。但從八點至深夜十二點的時段的舞票錢便貴些了，因為是晚舞時間。在夜總會內只有舞女們是沒有上班時間表，這個行業是挺自由的，也可以說是多勞多得的，因為可以自己決定上班與否。我做了大約半年左右便離開了夜總會，但在那短短的半年裏所發生的盡是我始料未及的事。

以上曾經描述過在夜總會有一個大和略高聳的音樂台，台上有一組十分專業的樂隊，他們每晚都現場彈奏不同旋律的音樂，讓客人和舞孃們聞歌起舞，更有兩位年輕貌美的歌星每晚都輪流上台獻唱流行英文歌曲，她們的歌聲美妙悅耳，當音樂響起時，歌手便站在台上最前的中間位置獻唱歌曲，當歌聲響起時台上隨即亮起柔和的燈光，聲畢燈滅，音樂台上的燈光是隨著歌聲時亮時滅。台下面有一個略為低陷的鵝蛋形大舞池，它同時可容納大約二十多對的舞伴，舞池是用質地上好的薄木板鋪成，十分光滑，跳快舞時若然偶一不慎很容易跌倒。內外的大小舞池同樣用柔和光線的小電燈圍繞著，亮著的小電燈在昏暗中使充滿著情調的夜總會更增添羅漫蒂克的氣氛。整個場地鋪上了美麗和柔軟的地氈，圍繞著整個略為低陷的大舞池的旁邊擺放著很多桌椅，能讓客人舒適地坐在梳化椅上，略高的音樂台和略低的大舞池已佔了夜總會大半的地方，還有另外一層稍為略高的座位佔據在左右兩旁各自剩下的地方。無論近舞池略低的座位或是兩旁

略高一層的座位都是任隨客人選擇。整個夜總會的高低設計，形成了視覺上強烈的對比，更突出了不同層次感的線條美，使它形成了與眾不同和有氣派又豪華讓男士來尋歡作樂的銷金窩場所。

夜總會的座位距離不疏也不密，座位只有兩種方式。一種是四方形的細檯，鋪上潔白檯布，擺放著一個玻璃煙灰碟和一個有座位編號的塑膠小牌子，伴隨兩張舒適的大梳化椅。另一種方式是把兩張細檯合併在一起，然後也是鋪上一張潔白檯布，一個玻璃煙灰碟和一個有座位編號的塑膠小牌子，加上四張舒適的大梳化椅，整個夜總會座位就是用這兩種方式來編排座位。四方形細檯和兩張大梳化椅的二人座位給與單身舞客加一位舞女，還有兩張合併的四方形細檯加四張大梳化椅是四人座位。如果來的是成群結隊的舞客，那麼專業的侍應便把附近空著的檯合併成一張生動活用的長檯，也是把附近空著的大梳化椅搬到長檯附近務求有足夠的大梳化椅讓人客和舞女入座，侍應要行動敏捷的為客人服務。當舞客離去後侍應便馬上迅速地還原所有的擺設，夜總會的外貌和內貌在記憶中差不多已經描寫完畢了。

25. 夜總會內一些行內語

「舞女」是在夜總會上班的女性的稱號，是被一般人歧視的職業。舞女的工作內容是應酬男客人和他們跳舞以此賺舞票錢。一些不大歧視做舞女這個行業的人，會稱她們為「舞小姐」。

「舞女大班」的意思可以說是舞女的領班人，當年只是女性做的行業，她們的工作內容是負責帶舞女「坐檯」應酬及招待舞客。

「坐檯」的意思是在夜總會工作的舞女坐在舞客旁邊應酬及相陪客人便謂之是「坐檯」。

「過檯」的意思是當舞女坐了某客檯之後，要繼續轉坐其他客人的檯時便叫過檯，以便應酬其他的舞客，有「坐檯」必然有「過檯」的。

「熟客」的意思是一向都點同一位舞女的客人，那客便是她的「熟客」。

「生客」的意思是第一次點自己名的便是她的「生客」。

「大客」通常是很闊綽大方的付舞票錢給舞女的便是她的「大客」。

「失檯」舞客所點名的舞女沒來應酬他，這便謂之她「失檯」了。

「失客」是指某舞女的「熟客」突然不再點她的名便謂之她「失客」了。

「坐冷板凳」意思是整個晚上沒被點名的舞女，便謂之她整個晚上都是「坐冷板凳」。

「淡場」的意思是只有廖廖不多的舞客，場面冷清清的謂之「淡場」。

「旺場」是「淡場」的相反意思。

「買鐘出街」的意思是某舞女應酬了某舞客，但他餘興未盡，不想她過檯，還想和她出外繼續相陪自己，如果這舞女願意繼續相陪他的話這舞客便要為她「買鐘出街」。意思是當下舞客除了要付慣例公價一百元的舞票錢給該位舞女外，還要額外多付些舞票錢給她，至於金額多少為她「買鐘出街」是沒有規定的，只視乎這舞客是慷慨或吝嗇而已，在芸芸舞女的心中當然是多多益善小小無拘啦！

「包」這是在夜總會時常聽到的行內話，例如是某某舞女不幹了，她被某某人「包」了。以我個人認為「包」的意思是道盡了做舞女的辛酸和恥辱，舉個例子，一位舞女不再在夜總會上班而是被某某人負責包養了，她的一切生活所需

費用是多少呢？這便要視乎雙方妥協了的數目。接著她便要辭去夜總會的工作，被人「包」的時間有多久呢？這便要看她的運氣了，走運的話會被「包」一輩子，衣食無憂。否則有機會被「包」了幾年或幾個月之後被對方生厭拋棄，因而再重返夜總會去重操故業的女性在那些年來說是大不乏人，我個人認為被「包」是一件十分可悲的交易！

26.　舞女類型的分析

我淪落做過舞女這個行業，以我個人認為當年的舞女大概分為三類型。

第一類是孝順女型，通常因為家境貧窮而想脫貧，為家庭，為父母，自己沒有一技之長卻希望家人有好日子過的，所以甘心情願做舞女。

第二類是自暴自棄型，通常是被虛榮心拘使，追求金錢和物質享受而自願做舞女，這類型的女性我認為她們的頭腦是一片空白，甚至可能是文盲。

第三類是身不由己型，因為自幼被人領養，長大後做舞女還養育之恩。

年紀也可分為三類型：

第一類是青春型，年紀很輕彷如含苞待開的花，人比花嬌。

第二類是成熟型，像盛開著的花朵開得燦爛和美麗，花瓣仍未凋零脫落，有無比魅力顛倒眾生。

第三類是遲暮型，徐娘半老了卻仍然在夜總會裏混日子，我覺得這是最可悲的類型。

當年在夜總會內第一類青春少女型的舞女並不多，因為年輕，佔盡了青春逼人的優勢，相反也有劣勢，因為年紀輕，缺乏應酬舞客的口才和討好舞客的經驗。

第二類成熟型的舞女通常是佔上風的，因為在夜總會裏混的日子不短，臨場經驗豐富，對舞客能應付自如。當年是指那些離了婚或重操故業的舞女為成熟型。這兩類不幸的成熟型女性在當年來說也是大不乏人。

第三類遲暮型的舞女，說起遲暮使人聯想到這類型的舞女已是年華消逝，青春不再但仍然在夜總會裏混，淪落到如斯地步確實是可悲。

27. 舞客種類的分析

舞客方面大至上也可分作三類：

第一類是坐長檯的舞客，他們是為消遣和尋開心逢場作慶才踏足這煙花之地，多數都是三、五成群，遇著飯局或是喜慶，在酒餘飯後便愛拉大隊到夜總會輕輕鬆鬆的跳跳舞和有美相陪。這類舞客是我最喜歡的，因為這一百元公價的舞票錢是最容易賺的，這類舞客通常愛在週五、週六或節日的晚上來夜總會盡興，享受人生。

第二類舞客通常是心儀某位舞女而展開追求，這類舞客是很專一的，每次都是單獨前來。

第三類舞客多數也是坐長檯的，這些坐長檯的舞客中有些表面上也是為消遣而和朋友們來夜總會，其實這些是尋芳客，因為他們逗留在夜總會只一會兒便為某舞女買鐘出街，而朋友們仍然還未離開夜總會。

當旺場時場內紙醉金迷，場外汽車如雲，場內夜夜笙歌，美女相伴如芸，在那左擁右抱的風月場中的溫柔寵，怎能不令男士們陶醉？怎能抗拒不來夜總會？享受讓自己身心愉快的歡樂呢？

28.　舞女大班的分析

不要看低做舞女大班這個行業的女性，因為這是既不簡單也不容易勝任，一個出色的舞女大班是要具備很多條件的，例如：要有口才和經驗，有主見和有手段，最重要的便是要有過人的記憶力。要成為紅牌舞女，除了本身有過人的條件外，還須有賴舞女大班的支持和配合，她們的實力是不容忽視的，雖然號稱是舞女大班，但實際上也是老闆需要的人材，在夜總會內是擔任舉足輕重的角色，工作有表現的舞女大班是老闆的寵兒，因為夜總會生意是盈是虧她們是佔著重要的一席位。

29.　養母為我鋪路

在做舞女之前養母為我做足了準備工夫，她幫我鋪了一條順利走的路，因為她知道我也知道，論樣貌我不算美，論高度我不高，屬於是矮，論身材更加不好意思說了，我唯一有做舞女的條件就是夠青春，還未到二十歲的驕人青春。養母和安娜感情深厚，當養母經濟有困難時都是靠安娜相幫，她們是知己，既然安娜在夜總會任職舞女大班，基於她和養母的交情，所以安娜對我確實是特別關照，不然真的不敢想像我在夜總會裏怎樣混下去！

30. 舞女大班和侍應負責做的工作

　　每個晚上當舞女大班上班後，需換過潔白制服，便坐在最接近夜總會門口的大班檯。當有舞客進入夜總會時，她們立刻笑臉相迎和人客打招呼跟著為舞客服務，若來的是三、五成群的舞客，以她們的專業能力，只需一個舞女大班已綽綽有餘。至於做侍應的便先以迅速行動安排一張生動活用的長檯，還要安排給舞客們和稍後舞女們來時有充足數量坐的梳化椅子，之後侍應便開始記下各舞客要的飲料和這張檯的座位編號，同時還要留意記下是哪一位舞女大班服務該長檯，因為稍後要通知她繼續跟進。當侍應安排妥當後一位舞女大班便自律的走過來招待這張坐長檯的舞客，她會隨意地坐在一位舞客旁邊，循例向他們先聊聊天，之後便從口袋裏取出上班時要隨身帶在身上是自己專用的一本小冊子，它的作用是讓舞女大班即時記下某舞客點了某舞女的名字來相陪和該檯的座位編號，然後她便走到酒吧櫃面角落，在電話旁邊的記事簿內找剛才記下了被舞客點了名的舞女的名字下面的空位內寫下該座位編號，若當稍後有其他舞客點名請她們來應酬的話，舞女大班便繼續在她們名字下面餘下的空位裡也是記下各座位的編號，如此類推，這就是每個舞女名字下面為什麼會留著幾行空位的原因。

　　當舞客將要離場時，侍應要盡快交帳單給舞客，而且要盡快通知負責過該張長檯的某舞女大班，因為舞票錢是舞女

大班向舞客代收的。侍應和舞女大班要緊密合作，就是當舞女大班收到了侍應通知後，便會盡快地趕到該座位編號，跟準備離開的舞客寒喧後，便從口袋裏取出小冊子和迅速地重新翻回這座位編號的一頁資料，及在各舞客們面前收下和記下他們各自付了多少的舞票錢給來應酬過他們的舞女。當舞女大班做完了以上的工作後便循例向舞客們道謝，然後拿著那些舞票錢和她已經跟進了及已記錄的資料，再核對記事簿裏各舞女們名字下面有她先前已經記下了座位的編號，之後便記下各舞女所得到的舞票錢以作屬實和交代，最後舞女大班把全部是該座位編號的舞客們所付的舞票錢和相關的該頁紙內所有的資料一起交給文職工作人員，讓他們跟進及計算核對。舞女大班在工作過程中是不能記漏或出錯的，因為若工作人員跟進了之後發現有某些出入或有某些紊亂的話，該舞女大班是要負起全部責任的。

昔日跳茶舞的舞票錢是七十元，而跳晚舞的舞票錢是一百元，遇著一些舞客喜歡一些舞女或是很滿意她的服務時，通常不會只付一百元的舞票錢。侍應必須留心當每位舞女坐下應酬每位舞客時便要盡快送上一杯香茶給她，這杯香茶是由舞客付錢的。一般舞客只是喝香茶，每杯香茶的價錢很便宜。只有坐長檯的舞客通常是喝紅酒，啤酒或其它醇酒。在夜總會喝酒費用不菲，當年坐長檯的舞客差不多都是做生意的華人，在結帳單時通常是由其中一位付全部飲料的費用，但不包括舞票錢。意思就是坐長檯的其中一位舞客會很豪氣地請朋友們只是在飲料的消費，至於舞票錢便要各自

付，這是他們不成文的習慣。坐長檯的華人舞客是十分豪爽的，因為光是酒水消費已經是一千元上落的數目，在半個世紀之前的一千元實在不是一個小數目。

31. 老闆

老闆愛在晚間獨自坐在夜總會內某角落的一張檯，來看各員工的工作效率，過一會後才走，他沉默寡言個子矮小身型肥胖和有一個啤酒肚。

32. 舞女大班和舞女之間的合作之一

上文曾提及舞女大班的工作，當舞客坐落後，大班要盡快安排一切，有關舞女坐檯的事宜。安娜和我是大班及舞女的關係，讓我寫下我們是怎樣合作，她是怎樣關照我，我是怎樣去坐檯。

華燈初上，客人開始入座。如果有第一位舞客請我相陪時，安娜便熟悉的去我喜歡躲著自己的小房間裏找我，當我和客人禮貌地握過了手之後，安娜便算是完事了。留下舞客由我招待他，遇著旺場時，安娜會用銳利的眼光橫掃全場，若見到有些舞客還未得到招待時，她便迅速走過去為那些舞客服務，若是淡場，舞女大班便圍坐在大班檯等舞客。

33. 舞女大班和舞女之間的合作之二

譬如：當我和舞客在喁喁細語，低談淺笑時，若見到安娜緩緩地在我面前擦身而過的時候，我便要注意了，因為這是舞女大班和舞女之間的默契。例如：當她一邊走一邊伸出三隻手指向著我，意思就是我有三張檯的舞客等著我應酬，跟著我要回應的就是微微地向她點頭，意思是我收到通知了，這就是舞女和舞女大班之間的默契，手語時常有加或有減的。譬如：當安娜向我伸出了三隻手指之後，過了的一會兒她再緩緩地在我面前擦身而過和向我伸出五隻手指的時候，我便知道前前後後一共有五張檯等著我應酬了，這就是加。再作個譬如：當安娜向我伸出了五隻手指之後，再一會兒她卻向我伸出了四隻手指時，我知道有一張檯的舞客等不及我應酬已經走了，這就是減。亦即是我「失檯」了，失了一張檯起碼損失了一百元的舞票錢，這便是職場上有趣的手語加減暗示。遇上淡場心情是很納悶的，雖然我也是在應酬著舞客，但安娜給我的手語只是兩隻手指而已，最提不起勁的更加是在應酬著舞客時盡管安娜行來行去但什麼手語都沒有給我。旺場時是最興奮的，因為大家很忙，舞女大班在忙，舞女也在忙，工作人員更加忙。各人有各人的忙，感覺上時間過得特別快，但因為應酬不暇，在旺場中有時候少不免會有「失檯」的情況。

34． 內心的感受

　　一開始實在很不習慣要應酬不同的舞客，尤其是在旺場，一個晚上有十幾張檯要應酬陪坐和陪跳舞，在上班的五個小時內完全不可以歇一歇。整個晚上不斷重複就是「坐檯」和「過檯」，一張接一張的檯，應酬著一個接一個的舞客，直至曲終人散才可以靜下來，感覺是力竭筋疲，連嘴巴都覺得有點兒僵硬了。但如果能讓養母滿意我在夜總會的收入，我是不會介意的，時常提醒自己要盡展歡顏面對舞客，我知道沒有一位舞客喜歡坐在一個木美人的身旁，何況我不是個美人！

35． 一個沒有固定工作崗位的職員

　　一位中年男人也是在夜總會內工作，他和其他職員一樣穿著工作制服上班，但不管是旺場或淡場，他總是沒有固定的工作崗位。有時見他無聊地獨坐，有時和舞客聊天，有時和老闆坐在一起，在一個淡場的晚上他刻意地走到我的面前對我說：「如果妳在一間規模比較細些的夜總會做的話，妳會是紅牌。」聽後我望望他，沒有回應，因為並不認識他。

36.　為什麼最喜歡第一類的舞客

　　前文提及我最喜歡應酬的是第一類坐長檯的舞客，因為他們是經營不同行業的華僑商人，來夜總會目的是為尋開心，而我在夜總會工作目的是賺賣笑錢，我們彷似是如魚得水，互相配合，互相需要。這類舞客的作風出手十分闊綽，他們從不介意要付昂貴的酒水錢，甚至舞票錢也很豪爽的支付。他們除了喜歡自己點名外，也從不介意賣個人情給舞女大班出主意介紹多幾位舞女來相陪。若舞女大班有口才有手段和這類舞客的關係打得很好的話，他們通常不會拒絕舞女大班帶多幾位舞女來坐檯的，甚至還很愛為舞女買鐘出街，陪他們宵夜，相信只是一個尋歡作樂的晚上，消費也要花上幾千元，但這班豪客通常一擲千金，面不改容。

37.　外國籍的舞客

　　當年有些日本企業在越南開分公司，所以有些日本人會被公司派來越南公幹，他們逗留在越南不會很久，多數在一段短時間之後便要返回日本，這些日本人也是很愛來夜總會尋歡作樂的。

38. 第一次的尷尬事

最感到有壓力和為難的可算是舞步還未純熟便要在夜總會上班，當下心情實在是緊張到不得了，以致有時候會跳錯或跳亂了舞步。和舞客跳得不大合拍，有一次被巡場經理站在舞池旁邊看見了，他對著我雙眉緊皺，嘴角微微向下彎和搖搖頭，露出一幅不滿意的表情，而我只有低頭，感到尷尬！

39. 安娜的關照和教導我對舞客的守則

當年坐長檯的舞客不外是有兩種，一種是做生意的華人，另外一種是日本人，因為有安娜關照每次有坐長檯的舞客都少不了有我的份，甚至因為有她特別關照，我常常被列入在買鐘出街的名單內。

剛剛上班對應酬舞客的經驗十分生疏，適應能力也很弱，但安娜確是有一手，憑著她的關照，我在夜總會的收入很不錯，她居功不少。如果沒有她，可能在夜總會難以有立足之地，安娜常常打救我，她確實是我的救世主。

憑安娜做過舞女而得到的經驗，她傳授給我一些做舞女的心得，就是一定要笑臉迎人和懂得圓滑溝通，才使他們對我留下印象，不然，我可能會「失客」。縱使安娜是怎樣地為我打圓場也無補於事，因為舞客不會再賣人情給她的。

在夜總會裡「坐檯」的時間長短是無規定的，安娜教過我要心裏有數，當知道有多少張檯將要應酬時，相陪舞客的時間盡量要好好分配，以免因時導至「失檯」。她又有教過我遇著當天晚上若我只有六張檯要應酬的話，當我應酬到第六張檯時，便要用眼睛繞場細看，如果應酬了的五張檯的舞客已經全部離場了，而我又沒有收到她任何手語通知時，便要趁著現有的時間繼續相陪第六張檯的舞客多一會，因為這是討好和抓緊舞客的心理和手段，安娜也有教我如果要應酬的舞客都已經應酬了，也要留意的是若見到有些仍未離場但已經應酬過的舞客時，我要爭取再回去應酬他們一會，這也是抓緊舞客的心理和手段的做法。因為不論生客或熟客他們是很樂意見我回頭相陪的，這是對自己很有利的，因為若遇上旺場時，縱使我陪他們的時間比平時短了一些便「過檯」也不會因此而引起客人不滿。總而言之「坐檯」應酬舞客的時間長短雖然是沒有規定，但也要小心分配。遇著是追求自己的舞客自然是容易得多，因為他們會體諒，我可以來「坐檯」只一會兒便匆匆的「過檯」，他們會遷就和理解，不會計較的。每個晚上我有自己本身的「熟客」加上安娜關照和介紹給我的「生客」，再加上是坐長檯舞客肯賣她人情而讓我應酬的舞客，憑著有以上三種的舞客我在夜總會的收入是很不錯的。

40. 對舞女的印象改觀

當年在夜總會尋歡作樂的舞客對我從來沒有輕薄行為，他們跳舞便是跳舞，聊天便是聊天，斯斯文文很有禮貌的尊重，並不歧視我是以賣笑為生。

當我在夜總會打滾了一段時間之後，才明白有些風塵女子背後有鮮為人知的故事，各自有辛酸和可憐的遭遇，並不如我想像中她們是那麼犯賤，是那麼不值得原諒，因為我本身就是做這個行業的人。曾經暗自慨嘆人生真是充滿了諷刺，從前我是很鄙視做舞女的女性，但想不到我偏偏就是淪落至此。世事真是無絕對，我除了對舞女印象改觀還產生了唏噓和同情，感同身受罄筆難書！

41. 開始了我人生的轉捩點

不知道我真正的年齡便開始了伴舞生涯，因為接近往夜總會工作之前的某一天，養母交了一張身份証和對我說：「這是妳的身份証，千萬不要遺失。」拿著它細看不知養母從哪裏弄來的，剛滿十八歲，是成年人的身份証，我默言地拿著它，知道我將開始踏上人生的苦路了。

在夜總會上班不久養母便辭去了女招待的工作，房東騰出一個小房間分租給我自己住，變成了我獨立住在一個小房間，和養母一向住的小房間只是一板之隔。

　　當做了舞女之後的生活便完全顛倒了，晚上上班白天睡覺，養母固定的租用了一輛腳踏的黃包車，負責每天送我準時七點鐘上班，只送單程。因為有時會有舞客為我買鐘出街然後送我回家，不然每晚打烊後，在夜總會門外一定有數輛的腳踏黃包車在等生意。

42. 薪酬的計算

　　當年夜總會發薪酬給舞女是一個月兩次，所以每兩個星期我便收到一份薪酬。會計師除了把我們在這兩個星期內賺來的舞票錢總結後會扣除一些必需費用，如果有向老闆借過錢的話便要在薪酬內以分期付款的方式償還給老闆。所以在每兩個星期我便收到一個寫上我名字的信封，內有該期共賺的金額，及一張列明細節清單把該扣的和該付的都清楚顯示。當我收到薪酬的信封後便全部交給養母，每次當她收到信封時臉上從來沒有表示過開心或不開心，對我賺來的舞票錢也沒有表示過滿意或不滿意。這種不明朗的態度使我很失望，因為我已很努力迫自己去賺賣笑錢，而且我每次都是把信封原封不動的交給她。在夜總會上班期間我不需要用錢，日常出入都是和養母一起，只是有時會向她討些錢來買些書，此外她都會給我一些錢旁身，好讓我在下班時沒有舞客送回家的時候可租用黃包車，其餘所有的開支都是養母負責及打點，從來不用我費心。

43. 我的性格

　　我喜歡樸素，不愛塗脂抹粉來修飾自己，我沒有穿耳孔，但愛佩戴不用穿耳孔的耳環。有感自己不美，便戴上不同款色的耳環用作裝飾和襯托我不美的面孔。一向喜歡我行我素，甚至做了舞女之後有時候自己出外時仍然喜歡穿著學生裝，白色襯衣和藍色裙子，到現在一把年紀了我仍然喜歡孤獨，性格孤僻的我不喜歡和任何人交往，喜愛生活在自己的世界裏，我知道與人保持距離是不大好的，但性格使然是很難改變的，而且也沒有必要改變。

44. 壓力

　　在伴舞期間常常警惕自己要沉著，要積極的面對現實，要學適應環境來賺舞票錢報養母的養育深恩。這是我昔日第一個要做的目標，不自覺地讓自己產了一種無形的壓力，迫自己要向養母有個好的交代，務要使她滿意。忘不了在那半年的伴舞生涯，每日的上班途上時常禁不住憂心的想著，例如：今天晚上夜總會的場面會冷清嗎？今天晚上會有多少舞客點我坐檯呢？今夜能賺到多少舞票錢？今天晚上我⋯？

　　我是在日復日，月復月，夜復夜，不斷地有不同的憂慮，來捱著過著很不開心很不好過的日子。

45. 感慨

　　記不起我第一晚上班的心情是如何？使我深刻印象的就是當我做了舞女不很久的一個晚上，有一位新同事加入，她很年輕，雖然這是她第一夜，但卻見她神態自若，在夜總會內碰到任何人總是笑臉迎人，笑容自若，她看似心情興奮，走起路來步履輕盈，好像是很接受這個現實。使我懷疑地為她劃上一個問號，是真的嗎？是真的值得這麼高興嗎？泥足開始深陷了真的可以這麼從容面對嗎？反過來說，如果她是掩飾自己的話，心中感慨夜總會又多了一個身不由己的犧牲者了。還記得她的名字叫白雀，不知道她的皮膚是被太陽晒黑了還是與生俱來的膚色是棕黑色的。但她的名字卻叫做白雀，白色的雀？名字和她本人毫不對稱，實在是很攪笑，聽說她是某某人的養女，我不禁微微地搖搖頭，唉…！

46. 養母的謊言

　　在夜總會打滾了不久，總算是適應下來，同時也知道了一些夜總會背後黑暗的一面。真的可以相信養母當日對我說過的一句話，就是「做舞女是賣藝不賣身」？還記得本來我有些懷疑，但始終都相信她，可是當我發覺情形有些不對勁和覺得養母是存心欺騙我入這個行業的謊言之後想抽身？已遲了！

47. 第一位喜歡我的舞客

　　每次當安娜帶我坐檯應酬生客的時候，她會和我一面走一面勿勿的先告訴我一些有關該客人的背景，用意是讓我應酬這生客之前對他有些了解，因為不同背景的舞客對他們應酬的手法是有些不同的。例如：多了解客人的背景能讓我們交談時容易掌握內容，不輕易產生讓對方產生不滿的話題，總之對舞客有不良反應的說話便要避之則吉。安娜教過我，若對方性格開朗，便可以在聊天時和他說說笑，相反地，面對一些比較嚴肅或穩重的舞客時，可要小心翼翼了，要打起十二分精神和要隨機應變，很感謝安娜的教導和忠告。

　　第一位喜歡我的舞客忘記了他姓甚名誰，安娜告訴我他是獨身王老五，是白領一族，他很年青個子高高，是一位性格隨和的舞客。他是從生客變了我的熟客，他有時和一位或兩位朋友一起來跳茶舞，但多數是跳晚舞，雖然他從來沒有單獨來夜總會捧我場，但我知道他是喜歡我的。

　　做了舞女不久養母生辰將到，我想為她擺個小壽宴，但錢從哪裏來呢？記不起我用甚麼甜言蜜語哄這位年青舞客，他竟然給了我五千大元讓我在酒樓為養母安排筵席慶祝她的生辰。在半個世紀前的五千元真不是個小數目，私底下覺得這位仁兄很單純和料不到他會如此認真和豪爽的對我，雖然我有向他坦言相告需要金錢的原因，但他就在次日的晚上便再來夜總會，並且很豪氣地把五千大元交給了我。當我拿著

這五千大元的時候，除了感謝之外，心中覺得奇怪，難道他
沒有聽過歡場女子無真愛嗎？撫心自問很同情這位年青舞客
這麼容易受我哄，因為他給我的不是五十元，也不是五百元，
而是一個數目不算是少的五千大元。深深知道做人難，想做
好人更加難，尤其是幹我這個行業，好像什麼都可以說，除
了說真話。深深記得我曾經有望著這青年舞客的臉孔和掠過
一絲的內疚，但這內疚只維持幾秒便消失了，因為我要很自
私的回轉頭來面對現實。當我得到了這五千元便如數交給養
母，至於她邀請了什麼人赴她的生日宴？我不知道。在哪間
酒樓擺壽宴？也不知道。養母沒有告訴我，我也沒有多問，
因為我只知道要盡量讓養母開心和滿意。在我腦子裏想的只
是錢、錢、錢，甚麼都與我無關！

48. 代罪羔羊

　　以上寫過在夜總會內沒有固定工作崗位的男職員，突然
刻意的針對我，見他總是和我的熟客聊天後，便有一些舞女
同事來應酬我的熟客，很明顯他想我的熟客點名他介紹的其
她舞女？這樣會使我失客的？想攪破壞？到底是什麼一回
事？我不敢問安娜，於是向清潔洗手間的女工亞美打聽。我
喜歡亞美，因為她和靄可親，打聽了之後知道了這個男職員
姓黃，在夜總會內表面上沒有固定的工作崗位，其實他的工
作是介紹一些尋芳的舞客進行色情交易的淫媒。他個子不算
高，但卻是個很注重儀表和很有口才的人，表面上斯斯文文，

但聽說有些舞女同事被他的口才和外型吸引而被迷倒了，甚至無條件自願獻身。亞美告訴了我養母的生日小宴是安娜幫她安排的，邀請了巡場經理和幾位夜總會的工作人員，只是沒有邀請這位淫媒黃先生，因為安娜一向跟他不和。由於這淫媒沒有被邀請所以覺得自己沒面子，藉著我是安娜的愛將，所以便遷怒於我更展開報復，他的目的是要給安娜瞧瞧。這又如何？我沒有感到不安，因為安娜是一個很有份量很出色的舞女大班，她會照顧著我的。

49. 沒有魅力

在夜總會內混日子的人，都認為如果有大客或是有追求客便會顯得自己很有魅力和很有面子，而且能讓大家羨慕和妒忌。安娜有介紹過一些商場上有名望有地位的大商家大富豪給我認識，可惜我缺乏的偏偏就是魅力，未能成功地牢牢抓住他們，使之變成為我的大客或是追求者，安娜感到失望，我感到失敗，汗顏！

50. 虛偽的面孔

第一位喜歡我的白領青年並不是我的目標，近朱者赤不知不覺已被環境感染了，因為我學懂了怎樣去做一個虛偽的人了。

在夜總會捱過了一兩個月之後，我開始適應了環境，學懂了面對舞客說盡口是心非的說話，學懂了深藏不露，學懂了用虛偽的面孔周旋和應酬不同類型的舞客，學懂了…。

雖然這第一位喜歡我的青年舞客對我很細心，也很關心，雖然他多數是付固定一百元的舞票錢，當我需要錢的時候他卻對我豪不吝嗇，可惜他不是我的目標，我卑鄙地利用他為我撐場面而已。其實我是身不由己的，為了要面對現實，在夜總會內我要做一個虛偽的人，寫到這裏禁不住沉思了片刻，想起當年的他，真是一位很純情很好的舞客呀！

有一句老生常談就是「適者生存」，隨著經驗和環境的磨練，我變得越來越圓滑地應酬所有舞客，原因只有一個，就是要努力賺舞票錢，在無選擇的情況下便只有隨波逐流。

51.　第二位喜歡我的舞客

這位舞客姓鄧，是中年人，個子很矮，身形肥胖，面型圓圓，衣著如紳士，樣貌並不惹人討厭，他是中越混血兒，妻子是越南人。鄧先生是從商，因生意失敗逃債去了外國一個時期，重返越南後東山再起再從商，這是安娜告訴我關於他的背景。

自從我應酬了鄧先生幾次之後，他每次都是單獨一人來夜總會，他從來沒有為我買鐘出街，但付舞票錢卻十分闊綽。

有時他會在白天來探訪我，鄧先生每次來訪時便送我一大束百合花，他是一位很洋化的人，懂得說幾種語言，如越文，法文，英文和廣東話。

鄧先生是我唯一的大客，本來我會引以為傲，年輕人好勝心人皆有之，我也不例外，也想讓別人或舞女同事們妒忌和羨慕。但我卻介意鄧先生的背景，因為離開了學校之後我便在夜總會裏混日子，思想仍未完全變質，私底下仍然保留著純真的一面，如我曾經寫過不管什麼因由，總之就是不接受某些人做不正當的職業和做缺德的事。我鄙視鄧先生不面對自己的錢債問題，卻選擇置身事外而逃之夭夭，因此對他很反感，甚至看不起他，鄧先生不知道我早已洞悉了他的背景，也不知道我對他的人格打了一個大折扣。雖然對他印象很差，但始終是我唯一的大客，表面上我盡展歡顏地應酬他，鄧先生給了我他辦公室的電話號碼，著我有需要的話可直接打電話找他。他對我一向都是有求必應，其實求來求去都是和金錢有關，雖然如此，我對這位財神爺仍然是一點好感也沒有。

52. 第二次的尷尬事

事緣鄧先生有一位男接線生在他的辦公室工作，所以我每次打電話找他都是這位接線生先接電話，而我每次找鄧先生不外是金錢相求，因為我要遵從養母意旨，當打電話的次數多了，便知道每次先接電話的都是這位接線生，而我每次

都是在不願意的心情下打電話找他的。請問一句，如果你很不喜歡某某人，你會願意打電話去找他嗎？因為這樣，每次當電話接通了而接線生還未開口我已經急不及待用語氣很重和很不禮貌的口脗問：「姓鄧的在嗎？」然後接線生便用慣常禮貌的口脗回答：「請等一會。」當電話駁通了，我知道是鄧先生接聽，於是便改用溫柔的語氣禮貌的說：「鄧先生你好！」然後便向他提出金錢的要求。怎能忘記這第二次的尷尬事，因為那次我如常在電話接通後便急不及待像債主追債的口脗問：「姓鄧的在嗎？」我知道我的語氣聽來絕對是很不禮貌，但奈何每次都是被養母所迫，迫不得已的心境下去做自己不願意的事時，情緒是很難自控，無可厚非語氣會過份了，說話語氣便重了。誰知道這次當我如常般不等接線生說話，便劈頭一句的問姓鄧的在嗎？之後卻意外的聽到回答：「我就是。」聽後立刻使我呆了一呆，糟糕，從電話中聽到鄧先生的語氣是很不高興，這次我除了尷尬之外，唯有硬著頭皮扮不知，如往常一般在電話中向他提出金錢的要求。自那次的尷尬事之後，每當我打電話找鄧先生時，不管是誰接聽，第一句便是很有禮貌和很溫柔的說：「請問鄧先生在嗎？」因為我怕再碰釘子，不敢忽視我這位財神爺，不敢當他不存在，因為在九位喜歡我的舞客中他是我唯一的大客。形勢告訴我要珍惜他，如果得罪了這位財神爺是自己活該，在夜總會失去了一位大客是件非同小可的事。

　　鄧先生是很闊綽的，因為我每次向他要求金錢的數目小則一萬元，多則幾萬元，他從來沒有拒絕過。

53. 第三位喜歡我的舞客

舞客王先生也是中年人，他的身形和鄧先生相似，也是矮矮胖胖，面型也是圓圓的，他特別之處是眼睛炯炯有神，看來像是位頭腦很精明的商人。在傾談中覺得他是一位風趣和有幽默感的舞客，如果把他和鄧先生相比的話，鄧先生是沉默寡言，王先生是隨和開朗又成熟穩重的中年人。安娜告知我關於他的背景並不多，只知道他也是從商。當應酬他的時候我覺得一點壓力也沒有，王先生不會付固定一百元的舞票錢，但也沒有像鄧先生般豪爽。他有時候和一位朋友一起來，有時候是自己單獨來。某夜王先生獨自來夜總會，他選擇了坐在露天的花園，這一晚是淡場，舞客不多，抒情的音樂伴著柔揚的歌聲，我們坐在幽靜中帶著羅曼蒂克的露天小花園，忘不了他曾經情不自禁的吻向我的臉。當時我沒有生氣，因為我對他確實是有一點兒好感。王先生有時候也會為我買鐘出街陪他宵夜，他也是一位很好的舞客。

54. 第四位喜歡我的舞客

這位舞客姓馮個子矮小，頭髮有些班白了，面孔瘦削眼睛細小，他也是沉默寡言，屬於內向型的男士。不知為什麼每次和他聊天時他的眼神總是閃爍不定的左望右望，聽安娜說他是一間大木廠的老闆。馮先生很喜歡跳舞，每個星期會來夜總會一或兩次，每次帶幾位看來是他的伙記陪他來尋歡作樂，每次

來應酬坐他們檯的舞女不下十幾位。馮先生不喝酒所以整張長檯都是香茶杯子，他喜歡熱鬧，喜愛有美相陪，每次結帳總喜歡多付些「買鐘出街」的舞票錢，帶幾位舞女和我一同陪他宵夜。因為他是老闆，所以每次都是他豪氣埋單。

安娜叮囑我要好好應酬這位馮先生，憑她經驗看得出馮先生喜歡我。安娜說對了，因為有幾次差不多是晚上十一點鐘，他特地進入夜總會找安娜說要為我「買鐘出街」。有時候我還在忙著，馮先生便先付「買鐘出街」的舞票錢，然後和他的伙記坐在汽車內很有耐性地等我忙完了才陪他一起宵夜。馮先生從來不會單獨去夜總會，但卻喜歡在日間著司機載他來找我陪他看戲或是上餐館。

55.　自保

常常見到一些舞女同事在晚上九點鐘之後便讓舞客為她們「買鐘出街」。我從來不敢，大多數是在接近打烊或是當天晚上的下半場是很「淡場」的時候我才敢讓舞客為我「買鐘出街」，因顧慮到若太早便離開，碰巧晚來的是我的熟客而我不在的時候，舞女大班不會讓晚來的舞客有所失望，她們會介紹其他的舞女來代替我。因為舞客帶著希望而來，是不想失望而歸，通常是不會拒絕的。這樣一來分分鐘對我不利，因為我對自己無信心和體會到同行之間的競爭很大，每位舞女同事的魅力都是我招架不來的強勁對手。我自認條件不及她人，為了自保從來不敢讓舞客太早便買鐘帶我出街，

把坐檯機會拱手讓人，有可能間接地被她們搶了我的熟客，甚至是鄧先生這位大客。

56. 第五位喜歡我的舞客

這位是我最深刻印象和永遠也忘不了的，他是日本人，他是橋本先生，是日本公司派來越南公幹，資料也是懂說日語的安娜告訴我的。

橋本先生帶我去過他住的地方，住址是在西貢市的一間大別墅，他是和幾位中國籍的男同事住在一起，在別墅內每人有一個獨立居住的大套房。

我不是讀書人不清楚地理環境，只覺得西貢市是很接近堤岸市，據我所知，介於西貢市和堤岸市之間好像有四間夜總會，我上班的是最大和最高消費的夜總會。橋本先生是由他的一位中國籍的男同事帶來堤岸市這間高級夜總會裡尋歡作樂的。

猶記得當安娜帶我坐檯時，我們一邊走她一邊告訴我要應酬的是一位會說一點普通話的日本人，什麼？日本人！我聽後心裏緊張難奈，當我們抵達時，我循例禮貌地和舞客們握手，之後安娜便安排我坐在橋本先生的身旁。我見他向我面露和靄的笑容，使我頓感輕鬆。他有一位姓黎的同事，黎先生是高高大大戴著一幅近視眼鏡，他是個禿頭的中年人。

我肯定他不會是我的熟客,直覺他是位尋芳客,因為見他和淫媒黃先生很熟落,他們交頭接耳笑談得不亦樂乎!

　　橋本先生在初初的幾次是和同事們一起來夜總會的,往後他便獨自來捧我場,每次當他來便總愛坐在比較高一些層次的座位,應酬了橋本先生幾次之後,覺得他不是舞客也不是我的熟客,他彷如是我很投緣和很願意接近的一位異性朋友。我們溝通只憑一些十分簡單而我又勉強懂得說的英語,他也是說一點點不流利的普通話和用一點點簡單的中文字跟我溝通。橋本先生每次來夜總會都會教我學一點點的日文,我們就在很多的一點點之下互相發展了一段忘年戀。他的樣貌和舉止是我一輩子忘不掉的,他也是中年人,身型適中,人與人之間對審美眼光不會一致,我認為他樣貌不錯,他是唯一的一位讓我每晚都想他來的舞客。我們相處時,常會視旁若無人地哈哈大笑,因為只有他使我忘記了當下的身份,甚至忘卻了安娜曾教我對客人保持應有的矜持和含蓄的儀態。常常被橋本先生逗到我忘形的哈哈大笑,有一次安娜看見我們聊得這麼開心,也忍不住走過來跟他聊了幾句日文,然後連她也大笑起來。橋本先生是一位很有情趣的日本人,因他喜歡玩新意,他愛寫一些很攪笑的中文。橋本先生曾經寫過兩句中文給我看「妳是溫室之花,我是溫室之草。」我看了之後面上帶著微笑,心底裡卻在冷笑,我是溫室之花?唉!到底是日本人寫中文字,用詞不當。他是我第一位投契和投緣的舞客,尤其是語言和文字方面,我們是介於懂與不懂,似明非明之間來溝通,這是很有趣和很好玩的。不容否

認，我們曾相愛過，可惜我們這段異國戀情曾經開花但沒有
結果，唯有把這份遺憾藏於心坎中。

57. 第六位喜歡我的舞客

這位舞客姓徐，已婚，也是個商人。徐先生是個挺健談
的人，本來我並不討厭他，對我而言就算對某舞客沒有好感
也不是件難以接受的事，因為是有時間性的應酬，只要過了
檯，稍一轉身便把所有事都忘記得一乾二淨，繼續去坐別的
檯和應酬別的舞客。

對徐先生不滿的就是在白天他也常常來纏著我，不知道
他給過養母什麼好處，因為只要他一到，養母便殷勤招待和
催促我盡快更衣跟他一起外出，連白天的自我時間也都被他
剝削了。久而久之，一見他來我便板起了臉孔，這位徐先生
是最懂得討好養母的，而我對他印象不深。

58. 第七位喜歡我的舞客

如果有來世的話真是很希望可以和何先生再相聚，但有
來世這回事嗎？唉！深信世界上是沒有這個如果的。當我寫
到這第七位喜歡我的舞客何先生的時候，便緬懷起我們的昔
日情，這是我第二段過去了的戀情，我是在無限感觸和傷感
的心情下，不禁一面寫一面流下了悲傷的眼淚。命運安排了

我們有緣相識和相愛，卻安排了我們無緣份長相廝守，他的恩與情，這輩子我是欠定他了。流過了傷心的眼淚之後，心情雖然平伏了，但我仍然是不由自主的嘆氣幾回，今日在暮年的我，一想起他便是遺憾，便是懷念，便是…！

他是我永遠不會忘記，除了橋本，他是我一生中的異性知己。何先生也讓我永遠留下深刻印象，是相識在夜總會內的一位過客。我一輩子都烙印在腦海裏，因為他給過我一份刻骨銘心的恩與情，我會珍藏著保留在心底直至永遠。

59.　第八位喜歡我的舞客

陳先生是個子高高瘦瘦皮膚略黑的青年人，是安娜推薦給我的。陳先生不是常來夜總會，他是我認識最遲的一位舞客，因為不久之後我便結束了伴舞生涯，安娜知道他的背景並不多，只知道他也是一位商人，我猜他還未結婚，否則他不會把家裏的電話號碼告知，雖然他明知我家裏沒有電話，但仍然對我說隨時都可以打給他。在夜總會裡混了一段日子我的思想成熟了一些，我找來一位退休了的英文女教師，一個星期來我家一次教一些簡單的英文會話，可惜她教了我沒多久便不幹，跟著我也不再繼續學。我曾經在一間私人創辦只有四個課室供成年人就讀不同程度的越文學校學越文，一星期上課三天，每次學習時間是下午一點正至三點正，一個月為一個學期，這類越文學校當年在堤岸市是很普遍的。

這位舞客陳先生特地著他的司機準時來接送我往返,因為他知道我是坐腳踏黃包車去上學,當他的司機接送過我兩次之後使我覺得這樣的排場好像太誇張了,實在無這個需要,於是婉拒了他的好意。我在這間越文學校讀了只有一個學期便沒有再繼續,因為我始終不是個有上進心讀書的人,很多科目我只是憑一時興趣去學的。如:縫紉班、烹飪班、除了越文班連日文班我也有去讀過,全部的學習班我只是第一個學期開始第二個學期便終止,因為當各科目由淺入深時我便無興趣繼續,性格追求輕鬆,不愛認真,不要有壓力,所以學什麼都是半途而廢而致一事無成!

60. 第九位喜歡我的舞客

這舞客也是姓陳,可惜此陳不同彼陳,我們關係複雜。首先他是從生客變熟客後,馬上成為追求客,再之後便是我終身最痛恨的仇人。在我有生之年若是有機會讓我向他報復或可以對付他的話是絕對不會手軟的,絕對不會留手的,這種人不需要被尊重,我直接把他叫做「姓陳的」吧!

我應該有無限的感恩,因為若把我一生的經歷來個總結算的話,我的遭遇是有幸多過於不幸,最不幸的就是遇上這個姓陳的。

我的命運是先苦後甜,當捱到幸運之神找上門來帶我走向嶄新的人生路的時候,就是我在瑞典定居了。我的前路不

再是茫茫然，而是漸漸露出曙光，我便利用了這點曙光找機會擺脫這個變態狂「姓陳的」魔掌，還我自由，使我重見天日，經過了不氣餒和密謀步署為自己的下半生奮鬥，不再認命，不再委屈自己，不再忍受被他的欺凌，我秘密進行了家庭革命，暗中聯絡了設有幫助女性求助的機構，協助我解決了困擾我的問題，很幸運地我成功了，衷心說一句多謝瑞典，謝謝您。

接著下去是我經歷不同遭遇的故事，希望讀者有興趣繼續細閱。

61. 親母的信

一個晚上我剛剛上班，因為未有被舞客點名，便如常般躲到老地方去，突然一位身穿白色制服的侍應進來停在我的面前，他問我：「妳是…小姐嗎？」問對了，本來我就是，但由於不認識他，所以便本能地回說：「我不是。」這侍應是明知故問的，因為我已經向他回答了我不是，但他仍然遞交了一封信給我，我來不及看清楚他的樣貌便掉頭走了。接過信後，在好奇心的拘使下，拆開信封，意外的竟然是親生母親給我的信。忘記她寫下了什麼，只記得親母寫下了她住的住址，還著我去見她。原來親母住的地方和我住的地方只有一條小街之隔，看完信後使我無名火起，因為她在我嬰兒時便棄養我，害到我要報養母的養育深恩要淪落做舞女，要賣笑求生，要委屈做人，要…。我從來沒從她身上得到過半

點母愛，現在卻想和我相認，有這個可能嗎？我肯嗎？除了對親母起了按不住莫大的反感之外，更加堅持的就是生娘不及養娘大。

　　整個晚上我輾轉反側，直至次日一整天仍然在考慮這封信該怎樣處理？交，還是不交給養母好呢？曾經想過把這封信扔掉吧，既然決定了不會和親母相認，這件事乾脆只有親母和我知便算了吧。但見過養母向蘭姨大發雷霆之怒都是因為她告訴了我是被收養的事，基於想到了這個原因，使我覺得應該把這封信交給她，因為這是最好的証明來表明我的心跡，也可趁此安撫和穩定養母的心，我要使她對我懷有安全感，信任我不會背叛她或離棄她，希望她放開懷抱，我不會介意她是我的養娘，我是忠於她和孝於她的養女，經過了一整天慎重考慮後我不再舉棋不定，因為已經有了決定。

62. 做人應該坦率嗎？

　　我和養母的感情是十分微妙的，從幼年開始我已經是很怕她，直至長大了也不敢和她一起坐下來互相溝通。甚至我是刻意地和她保持著距離，真不明白，為什麼我們從未有坐下來大家一起聊聊天？為什麼我總是避著她和不敢接近她？但任何事只要她一聲令下，我便欣然地照著她的意旨去做，從來都是我自我管束，從來不敢做她不喜歡我做的事。雖然長大後養母已經不大會罵我，但我們依然是不曾一起坐下來互相傾談和溝通，不知什麼原因她避開我，我也避開她。

本來坦誠應該是很好的，為什麼會適得其反呢？看來坦誠真是不容易呀。

猶記得那天把信交給養母時，我只說了一句「信是前天晚上收到的」。養母默然接過了這封信後的她沒有問過我半句話，之後我也不了了之，因為我已坦誠相待，以為一切已是盡在不言中，甚至還以為我做得很對，誰知道…。

坦誠應該是件好事，為什麼會適得其反呢？有時候真的不知道做人應該如何是好？

63. 養母的懷疑

某個晚上，沒有舞客為我「買鐘出街」，夜總會打烊了，我便乘黃包車回家。當到家門準備下車之際，便見有幾個男士剛剛從我家隔鄰的小旅店走出來，他們一面走一面嘈嘈吵吵的大說大笑，夜深了，我不想下車便碰見那些陌生男人，於是便著黃包車伕繼續踏車在街上繞一個小圈，用意是避一避那群陌生人。

夜瀾人靜，街上的人事物都能一目了然，當車伕照我意思在街上繞了一個小圈之後就快回到家門時，卻望見養母衣衫不整，腳步急促的從家中走出來。同一時間黃包車已踏停在門前，當養母看見了我之後她也停下腳步和看著我下車，我們互相對望了一兩秒，我們都默不作聲，她轉身而入，我也跟著進去。一路我們都一言不發，各自返回自己的房間。

　　躺在床上實在是無法入睡，腦海中不斷思量和分析剛才發生的事，難道養母以為我剛才是折回去找親母？因為我們住的地方只有一街之隔。以為我記掛親母想跟她碰面，所以不下車還叫車伕繞路去找她。我猜應該就是這個原因使養母匆匆出門欲直接地去親母的家求証以釋疑團吧，而不知我只是為了避開從旅店走出來的幾個陌生男士才繼續坐黃包車繞一個小圈才回家。

64. 弄巧反拙的坦誠

　　為了坦誠而弄致有反效果，讓我心情十分苦惱，一心以為把親母的信交了出來以示對養母忠心，誰知道好心做了壞事，更是間接做了一件很錯很錯的事。可能錯在我收了信的當天晚上沒有立刻把信交給她，我有怪責自己為什麼要和盤托出對養母說：「信是前天晚上收到的。」為什麼我不把親母的信扔掉，反而把它交給她，我實在做了一件是多此一舉的事，無意中挑起了養母敏感地為自己日後的依靠而擔憂的思緒，「信是前天晚上收到的」，這句坦誠的說話會使養母心生很多不必要的疑慮，怎麼我會沒有顧慮到這一點呢？看來我真是太疏忽了，縱使已經是三思了，本以為此舉可以釋養母心中的疑團，不必心存芥蒂，甚至耿耿於懷的介意她是我的養娘我是她的養女的關係，以為可以使她消除了我們之間的隔膜，可惜…！

　　一件要認真解決的事是需要時間慎重考慮，謹慎處理，可惜我和養母一向缺乏溝通，她想的是她自己認為的和負面的，而我想的是我自己認為的，但卻是正面的。我們思想是背道而馳，她不了解我，我也不了解她。想不到我的坦誠而導致弄巧反拙，自此之後我們從一向已經疏離的關係變得更加疏離了。

65.　內心的感受

　　發生了這件事之後我的心情是難過和不滿，難過的是親母的信我已交出來，養母還在胡思亂想，對我更加有顧忌和有戒心。不滿的是養母怎麼不想想若我有心和親母相認怎會把信交給她呢！難道我會這麼過份刻意把信交出來，目的是向她暗示我會和親母相認嗎？與此同時讓我發覺原來每個晚上養母都是坐在房東漆黑的客廳裡悄悄留意我的一舉一動，她要清楚知道誰人送我回家或是我怎樣回家。自此之後我對養母起了一種心寒的感覺，覺得她除了提防我也是暗中監視我的監護人。

　　初初在夜總會上班時，是很不習慣整個晚上除了要和舞客跳舞也要不停的應酬聊天，當夜總會打烊了，可以靜下來的時候我才覺得很累了。話說得太多了，嘴巴也累到疆硬了，不想張開了，這種不舒服的感覺曾經有向養母訴苦，忘不了她用很不在乎的語氣對我說：「做這個行業就是要這樣的。」我聽了之後默然不語，自此之後我再沒有向她傾訴，沒有，

完全沒有。當我做了這個被社會人歧視的職業之後,她從來沒有對我說過一句些親切和鼓勵的說話。這種被人冷落和遺棄的感覺,我只有默默地藏於心底,日積月累,不自覺磨練到怎樣逆來我都能順受。養母從來沒有向我傾訴過是她內心的感受或心中的心事,我也不曾有過。

命運弄人,以為辭職後便有好日子過,可惜我日子過的仍然是不開心,不快樂和不好過。我也感到養母雖然依靠我照顧她的下半生,但她也不快樂。我們都各自捱著不好過的苦日子,除了我的兩段戀情。有時候真的不知道該怎樣能讓自己過的開心,過的快樂。現在人到老年時,對開心和快樂的分別仍然是有些模糊不清。慨嘆我活著就是不懂什麼是真正的開心,什麼是真正的快樂。對我而言開心似乎等於是笑,不開心又怎可以笑呢?但又覺得笑並不等於是開心,因為笑是表面的,可以虛偽地哈哈大笑,隨時隨地扮開心的笑,至於快樂,它好像是一種捉摸不到的,是內心開懷了才感覺到的。我是有感而發的說說吧!其實我不知道我在寫什麼,我猜如果我的夢想或目標有朝一日終於可以實現了的話,相信我會感受到什麼是快樂,什麼是開心。

回顧過去我前半生走過的盡是坎坷之路,養母後半生的路也不好走,我知道她在晚年的日子裏沒有開心或快樂過。當她雙眼一合,這樣便一輩子了,她很可憐,我也很內疚!

暮年的我仍然是耿耿於懷,仍然是心有愧疚,總覺得對

養母有所虧欠。她的劬勞未報，因為我感到她下半生和我共
處的日子是完全沒有開心或快樂過。

　　面對有些過去了的事是可以豁達和洒脫的，我曾勸自己
和開解自己過去的讓它過去吧。但無論怎樣有些事情是永遠
揮不去，忘不掉。我騙不了自己，因為我無時無刻擺脫不了
藏在心底裡的難過事和遺憾事。使我慨嘆當年我忠於自己不
肯為養母犧牲，對她養育之恩我提不起以義相報，她去世已
經有幾十年了，但我仍然想念她，偶爾禁不住落下愧疚的眼
淚。因為我真的十分記掛她和懷念她，我知道這是我一輩子
可能也解不開的心結。這種感受是很痛很痛的，不是身體的
痛，是精神上，心靈上不許我擺脫的痛，是永遠纏著自己的
隱忍之痛，是心裏永遠藏著無可宣洩的疼痛。

66. 堅持六親不認

　　某一個晚上，有位女士來夜總會點我的名，當我們見面
時她介紹自己說她是我的親姊姊，使我意外和百感交集。想
不到我還有機會和親人聚首，我沒有正視她，因為眼眶已含
滿了淚水，其它的完全記不起了！當年我抱著不管什麼原因
被親母遺棄，總之在我有生之年我是堅持不跟生母相認。直
覺告訴我，親母和親姊見我已婷婷玉立長大了，又目睹我有
能力養家，便別有居心地跟我相認，想在我身上打鬼主意，
妄想取得分毫，可惜，她們的如意算盤打得太響了，也太天
真了，簡直是痴人說夢話。

67. 夜總會裡的妙人妙事

　　當年身在風月場中發生了一件可以說是妙人妙事，事緣有一班常來夜總會的長檯舞客，他們既是商人，也是尋芳客，他們很粗豪，愛大聲說笑。其中一位個子像北極熊般巨大身型的舞客王先生，他給我的印象是沉默寡言，他不愛聊天，只愛跳舞，王先生來過我家數次，奇怪的是他不是來找我而是來找我養母。

　　有一天養母對我說：「妳要和王先生出埠去頭頓市，你們早上去中午回吧。」我心裏在想，去頭頓市？聽說從堤岸市到頭頓市若自己開車也要兩個小時，雖然感到這事莫名其妙，但我如往常一樣只聽命，不問根由總之照做可也。

　　到了那天的早晨，王先生駕著車子來接我去頭頓市，沿途上我們談話不多，甚至我在車上睡著了，當到了頭頓市後，我們在一間餐廳共進午膳。碰巧跟他常常一起去夜總會的朋友遇上，我見他們仍然是一貫作風，就是大聲說笑，不一會王先生和朋友們互道再見之後他便開車從頭頓市送我回家。在回家途中王先生問我：「知不知道為什麼我會和妳到頭頓市只是打了一個轉？」我回答說：「不知道。」他微笑著繼續說：「因為常去夜總會的朋友們互相談論過關於妳的性格，他們認為除了在夜總會之外，是沒有誰能進一步接近妳的，於是，我和他們說我除了可以單獨接近妳，甚至和妳二人出埠都無問題。他們不相信，於是我們打賭，賭注是一萬元。

如果我能和妳出埠去頭頓市的話，他們便輸一萬元給我，否則我便輸他們。我有和妳養母商量如果成功和妳去頭頓市的話，只是一轉而已，我便給她一萬元，安娜也知道我們在玩打賭遊戲而已。」

過了數天，王先生和朋友們如常來夜總會，他們亦如常是坐長檯子的舞客，而我卻成了他們賭輸贏的犧牲品，因為去了一次頭頓市代價就是再無機會坐他們的長檯了，不知是什麼原因，我也不想知道。

藉此一提昔日的頭頓市是旅遊勝地，有環境優美的大海灘，風景怡人，是消暑游泳的好去處。有渡假酒店供遊客入住和所費無幾，讓遊人品嘗到適合時令的新鮮蔬菜和水果，還有各類生猛海鮮，所以吸引了不少喜愛去頭頓市渡假或一遊的旅客。

68.　初戀情人

自從橋本先生喜歡了我之後，他每星期都來夜總會數晚，但他沒有為過我買鐘出街，每次的舞票錢不會付特別多，但也不會只付一百元。他一向愛坐在右手邊略高一層的座位默默的等我，當旺場時見他心情低落的眺望著我和舞客聊天或是共舞，其實我也很心急只想與他相伴，奈何夜總會有場規，要順著次序去坐檯。有一個晚上，正當我和某舞客共舞時見到橋本先生來了，不知怎的突然間心如鹿撞，心跳加速，直

覺聽到自己的一顆心急得好像快從身體裏跳出來，砰然心跳的急促聲使到正在和我跳舞的舞客也慌忙問我是否不舒服？不其然心跳得這麼急，這麼的不正常。我自己也莫明其妙，自此之後連續了很多次都是一見橋本來了我便心跳加促，從未戀愛過的我開始明白，那是戀愛的感覺。又是一個晚上，不是週末但碰巧是旺場，當我和其他舞客聊天時見到橋本來了，但我要顧及其他舞客不敢匆匆的轉檯，在忙碌中，好像只是一會兒，當我和其他舞客共舞時，再偷偷望向橋本的坐位，但他已不知蹤影。一陣莫名的失落感驟來，因為來不及應酬他而感到有些惆悵，忽然一把聲音在問自己，我是否已經愛上了橋本？

可能從未得到過父愛，所以我從不介意年齡比我大很多的男士，因為覺得成熟的男士甚麼都比我強，什麼都比我懂。

橋本不介意我的職業而對我動了真情，每當他來了，卻久候仍未能與我共聚的話，他便悄然離去。我知道他來的目的只是想見一見我，只有在週末，他一定是獨自地坐著等我，可惜我們的戀情很快便結束，因為他只是來越南公幹數月，之後便返回他的祖國日本。我伴舞生涯並不是很長，我和橋本的戀情是來也匆匆去也匆匆，之後便發生了很多不如意的事，而他早已離開越南了。

橋本是我一生永難忘記的，我們相知相愛過，他是我生命中的過客，感慨和他的情緣是這麼的短暫。

69. 畢生難忘的兩天遊

　　某一天，養母對我說我將要和橋本出埠去芽莊市兩天遊，聽了之後我便暗自開心，但表面上卻裝作不以為然，也一如既往的沒問根由。

　　到了當天早上，司機載我和橋本去芽莊市，芽莊市也是旅遊的好地方。那地方一樣有大海灘，酒店，餐廳到處林立，也是風景怡人適合旅遊及渡假的小城市。

　　安娜和養母是朋臂為奸，兩人對我一切的安排，到底出發點是什麼？我是一無所知的。任何事她們不告訴我，我是不會問的，每次都只是抱著麻木的心情，遵照養母旨意去做，既然這次是她批準我和橋本到芽莊市遊玩兩天，簡直就是求之不得的快事。

　　橋本挑選了兩天平日的時間，當我們到了芽莊市便住在一間高級的大酒店，一位侍應帶我們進入一間大套房，房內有一個客廳，右面是浴室和洗手間，左面有一間很大的睡房，睡房裏面有兩張單人床。

　　中午我們在酒店內用過午膳之後，便往酒店附近的海灘漫步，把臂同行，他手牽著我手，情深款款，郎情妾意，我們彷如一對在熱戀中的情侶，我們一時忘我地在沙灘上嬉戲，像小孩子般玩追追逐逐，玩累了便席地而坐，旁若無人般。我像小鳥依人般依偎在橋本的臂彎裏，忘不了我們互相

對望的一剎那，他柔情的眼神，看在眼裏和記在心裏。他忘形的泛起愛意擁抱我和親吻我，這種甜絲絲的感覺是我從來沒有得到過，從來不知道沐浴在愛河中會是這麼的甜蜜，感謝愛神賜給我們整天都在這溫馨和浪漫的時刻中歡渡過。到了黃昏我們在餐廳裡聽著抒情的音樂，在寧靜中帶有羅漫蒂克的氣氛下共進了一頓可口的晚餐。花前月下我和橋本沉醉著，享受著在無聲勝有聲的環境下在酒店附近的海灘再依偎漫步。到了晚上倦意正濃，便回去酒店休息，我們是同房但不是同床，橋本是一位正人君子。他對著一個自己心儀的，又年輕的我，完全沒有一點情慾上的衝動，他對我發乎情止乎禮。我們禮貌地互道了晚安之後，便各自上床休息。整夜我對他在完全不設防的心態下一覺甜睡到天明，翌日實在有點依依不捨，因為要離開芽莊市，無奈也要打點一切然後懷著落寞的心情跟橋本一齊離開酒店回家去。

70. 最後的一晚

在旅遊之後不久的一個晚上，橋本如常來夜總會，如常和我跳舞聊天，我還未知那晚是我們最後的一夜。在我還未打算過檯的時候他突然對我說：「我明天要回日本了，現在就要走。」接著緊握著我的手，用普通話和日本話跟我說再見，之後便頭也不回，望也不望正呆坐著的我。他像是在逃避債主追債般的步履，匆匆離開了夜總會，我不知所措茫然地呆坐著。

71. 緣盡

　　全無跡像，始料不及橋本的道別來得太突然了。剎那間的心情是我永遠忘不了的。心裏在難過，心裏在淌淚，心裏十分捨不得他的離開。橋本是我在歡場中遇到的和愛上的第一位戀人，他給過我愛情的甜蜜，他給過我一份親切又無微不至的溫馨與關懷的愛。這份真摯的感情是我從未曾擁有過，而又那麼真實，那麼的溫馨，那麼的舒服，那麼的…不知該怎樣形容，當年真的很不願意接受這個十分殘酷而又使我十分傷心的事實。

　　自從那晚之後，橋本再沒有在夜總會出現。他已經回日本了，一段短暫的異國情緣就這樣曲終人散了。他是我心愛過的人，可惜最終他只是夜總會內的一位過客。

　　回想當年情和當年事，如果我無猜錯的話，可能橋本知道回國在即了，本著我們在夜總會相遇相愛過，他珍惜這段沒有結果的戀情，於是便托安娜做代言人。首先當然是要過養母這一關，甚至可能要有金錢相贈給安娜和她，所以才被養母批準我們那兩天之遊。是他終身難忘的一遊，藉此在他人生的旅途上留下一頁難忘和美麗的回憶吧！

　　兩情若是久長時，又豈在朝朝暮暮。

　　人在一生中總會遇到一些無奈或遺憾，我怎能例外呢？嘆一句人生聚散本無常，緣聚緣散，緣起緣滅。事已至此，

除了有無限唏噓和傷感之外，唯有勉勵自己要挺起胸膛接受現實和收拾心情繼續走我的人生路。

在垂暮之年，過著苦悶無聊和空閑的日子。有時候禁不住追思往昔把一切都俱往矣的，一樁樁，一件件難忘事獨自回味重溫。

72. 際遇

人的際遇是無從揣測的，我甚是認同的一句說話：「世事如棋局局新。」失去了心中所愛的橋本不久，幸運地在夜總會讓我遇上了另一位可遇而不可求的恩客，我們也是曾經相愛過，更加被他的俠義心腸打救過，他除了是我的愛人也是我的恩人。

何先生是我畢生難忘的大恩人，恩情與愛情集結於一身。雖然這第二段戀情來臨了，但又讓我再嘗到一次戀愛的苦果，因為，到頭來我們的戀情也是無疾而終。

73. 第二次感人的愛情故事

現在開始細訴我和何先生的一段情，雖然短暫，相信很感人，希望使人讀後，會感盪氣迴腸也感到黯然神傷的淒美愛情故事。

　　我和何先生當然也是結緣在夜總會，他是未婚青年，他身高適中，不肥也不瘦，外型不是文質彬彬，而是屬於硬朗型的男士。

　　安娜告訴我何先生是世家子弟，他是長子，父親仍然健在，而且是一間中藥店的老闆，何先生不喜歡子承父業卻選擇了和一位好朋友范先生一齊合作做生意。

　　何先生對我可以說是一見鍾情，自從第一次應酬了他之後他便變成我的熟客。他常常是很晚才和好朋友范先生來夜總會，當快要打烊時何先生便愛為我買鐘出街。他不喜歡宵夜而只是愛駕著車子在街上兜兜風和我在車內閑談聊天，當我們熟落後自然無所不談，和他在一起，時常禁不住向他傾訴一些使我不愉快的心中事，心底總有向他訴不完的話。漸漸他很了解我，接觸多了，溝通也多了，跟著何先生便愛上我了。

　　何先生的好朋友范先生鍾情在西貢市一間比較細的夜總會內一位舞小姐，她名叫小雯，她的姊姊名叫大雯。她們是在同一間的夜總會內伴舞，這對姊妹花的背景我一無所知，是否真的是同行如敵國呢？不知道，只知道我不喜歡和同行打交道。不知何解在心態上仍然是很抗拒她們，甚至每個晚上在夜總會上班時碰到的舞女同事本該點點頭或是打個招呼，但這些禮貌上要做的我卻從來不會做。

　　何先生和范先生好像有君子協定，因為每次都是何先生

先陪范先生去西貢市的夜總會，先會他心儀的舞女小雯，然後范先生才陪他來會我。何先生是有車階級，如果他為我買鐘出街的話，通常是先送范先生回家，最後剩我們倆在車內聊天。從言談中得知很湊巧的就是他的妹妹和我就讀過同一間的中文學校，而且又是同班同學，何先生是一位很好的聆聽者。我們交淺言深，無所不談，甚至處世之道也在我們的話題內。有時候我的隱憂和心事也忍不住向他略略傾訴，因為接觸多了日久生情，不久他便很自然地對我追求。自從他展開了追求便不只是晚間去夜總會，在週末白天也來我家找我出外，在白天找我的舞客不是看電影便是上餐館，何先生也不例外。

有一天我們去看一部有中文字幕的外語片，那是六十年前看過的電影，因為劇情太感人了，所以我還記得片名叫做孤雛淚。劇情是幾個無父無母的孤兒從孤兒院裏逃出來，顛沛流離，茫茫然的走遍天涯路，被人歧視，遭人欺凌，每天吃不飽穿不暖，少小年紀便無家可歸，無依無靠，沒有人照顧，又不懂得照顧自己。這幾個孤兒，每天在街上檢拾垃圾充飢，過著流浪行乞的生活，十分可憐。雖然這不過是一部電影，但劇情太扣人心弦，他們實在太孤苦了，使我禁不住同情這幾個小孩子在劇情中無奈和無助的可憐遭遇。看得太投入便在觸景傷情的心態下掀起了我感懷身世，而禁不住一面看一面流眼淚，忽然何先生緊握著我的手，事情來得太突然，一時間使我不知所措。因為不明白他的用意，是突然對我情不自禁？是看見我在流淚？實在來不及理解。因為到底

他是舞客我要有些反應的，於是我便裝作情深款款地從銀幕緩緩的把面孔朝向他和向他淺笑，以示無言的交代。然後我把面孔轉回去，表面上是繼續看電影，實際上是避免他看見我面上的眼淚。當有了交代才有時間分析，戲院在放映期間是一片漆黑，無理由何先生見到我在流眼淚，難道他不是在看電影而是見我在流淚，所以憐愛之心猶然而生，而情不自禁便緊握著我的手？不管怎樣，我要裝作若無其事地對他深情一笑，來掩飾因為劇情掀起了我積存在心裏的苦。牽動了無父無母的感觸和悲傷，這套電影的情節實在是太感人了，使我不禁悲從中來眼淚便不能受控。

我們約會越來越密，在白天何先生會和我去西貢市的動物園，又帶我去我從來沒有去過的大花園，我們通常不會在假日去，所以行人稀少。何先生愛牽著我的手，柔情蜜意，情話綿綿，他愛和我談情，我愛和他說笑，感覺上我們已是一對情侶了。在動物園內有收費的職業照相師為我們拍照，因為所費無幾我們拍了很多親密照片。在那個動物園裏留下了不少是我們雙雙對對的足印。我們在一起這段日子裡，他給我的感覺跟橋本給我的很相似，他們對我的愛很類近，也是很在乎我，對我無微不至和關心。這一份真摯的愛使我失而復得，戀愛的感覺又再出現於心底。也有暗地裏問過自己是否我又墮入了情網？我已經愛上了何先生嗎？

在舞客之中和我來往最密的最有勇氣使我敢說敢言的莫過於是面對著亞何，因為我可以暢所欲言，和他在一起的感

覺是自然和舒服的。我敢坦誠面對他，因為可以做回真正的我。我很幸運，失之東隅收之桑榆，失去了橋本卻來了亞何，我應該感恩，因為上天對我不薄。我們經歷過很多刻骨銘心的往事，但一切都消逝了，過去的戀情有如流水般，很痛恨自己本來可以和他過著幸福的生活，但因為不懂得珍惜他而放棄了。時至今時，往事只能回味，只能惋惜，只能慨嘆。

74. 不幸的遭遇

在夜總會上班的期間，發生了一件轟動社會的大事，消息還刊登在頭條的新聞版內。

話說一位貌美和年輕的越南舞女在我上班的夜總會的門外，被人用潊水淋面，以致花容盡毀，聽說是一位官太所為。這醋娘子在妒火中燒的心態下，失了理智，而施以毒手，向這位舞小姐報復。可憐她顏容被毀了之後，過著像乞丐般的日子。當越南解放後，我已經是五個子女的母親了，聽說那個不幸的舞女命運依然坎坷。也聽說她昔日美麗的面孔被潊水侵蝕到不像人形，面孔和骷髏沒有什麼分別。

是命運安排嗎？下場如此慘淡。雖然我不認識她，但對她的不幸深表同情，除了同情我覺得與其終身過著這麼痛苦及無尊嚴的日子，何不勇敢些面對這殘酷的現實，而狠心一點對自己，就是一次過了此殘生。總好過要厚顏靠行乞渡日，偷生人世久延殘喘，活著完全無尊嚴，又貧困交逼，生活在

行乞中求人可憐和救濟的苦日子裡，為了求生值得這樣苦苦
拖延下去嗎？苦苦撐下去嗎？苦苦捱下去嗎？活著如此痛苦
還留戀什麼？生存尚有意思嗎？難道是人都是貪生怕死的
嗎？她的故事太傷感了，還是繼續寫我的故事吧。

75. 最容易賺的錢

　　當年尋歡作樂的日本人多數也是坐長檯的舞客，他們出
手闊綽，吃喝玩樂從不吝嗇，很愛流連至將近打烊時才願意
離開，甚至很喜歡買鐘帶幾位舞小姐出街，陪他們到堤岸市
郊外環境優雅的露天餐廳宵夜。這些日本人是很懂得及時行
樂和享受人生，他們消費的作風和華人商家們是不相伯仲，
也是喜歡喝紅酒，飲啤酒或其它的醇酒。每次點不下有十幾
位舞女來坐檯，因為有安娜關照，除了我可以坐檯應酬他們
之外，買鐘出街我也被列入名單內。每次陪他們宵夜之後，
我通常都是被先送回家的，除了感謝安娜這也是最容易賺的
錢。若把那些日本舞客跟華人商家互相比較的話，他們絕對
是毫不遜色，唯一不同的是他們的帳單是由日本公司支付，
這是安娜告訴我的。

76. 嗜好和習慣

　　雖然不愛讀書但我的嗜好除了看報也喜歡看書和看電
影，每個晚上下班回家雖然已經是夜深，但我仍然有一個小

習慣就是睡覺之前躺在床上亮起床頭的小電燈看書或追小說，直至疲憊才入睡。

77. 內心的感受

當我在房間內的話，養母從來不會進入的，我很了解她，為表沒有私心當我上班或出外時房間的門從來不鎖上，不管她對我是否仍然是疑心重重，也不管她有否趁我不在便進房間搜搜查查，總之我沒有隱藏什麼，管她愛怎樣做便怎樣做。

習慣了什麼都不在乎，什麼都不管，更加習慣了遷就養母，唯命是從。很清楚自己，因為我是在報養育之恩，尤幸天生我懂得心態平衡，時常安慰和開解自己世界上活得不開心的人多如恆河沙數，我只是冰山一角而已。人生總會經過逆境和挫折，或是無奈和遺憾事，一切何必太認真，當想到這裏時我便釋懷了。

我心內的苦養母不知道也不了解，但她心內的苦我知道和我了解，她是想靠我達成她的心願做她一棵聽教聽話的搖錢樹，她是在苦苦的等著母憑女貴這一天，可惜…。人生有百般的苦，各不相同。

78. 仇人出現了

　　第一次認識這姓陳的也是從坐長檯的舞客開始，安娜慣例告訴我要應酬的生客的背景，那陳的背景是辦出入口貨的商人。在堤岸市是有些知名度的商界人士，他出入有司機開車接送，來頭真不少，背景吸引了我。

　　陳通常在婚宴，喜慶或飯局之後純粹是為了應酬才和商家們來夜總會。他從未對過任何一位舞女動過情，更沒有被任何舞女的魅力牢牢綁著過，他有時候會和一些外藉人士來夜總會。他說得一口流利英語，這是安娜一邊帶我坐檯時一邊告訴我，聽後心裏在想我要把握這個機會把他由生客變成我的熟客。在那些年我只是年輕而不算貌美，但卻很重視儀態的美，當我第一眼見到他時便心生好感，因為他穿著一套十分稱身的西裝，舉止斯文，他符合了我對男士起碼要的要求。既然安娜事先告知他的相關資料，使我不禁對這姓陳的另眼相看，因為他的條件實在是太好了，我要向高難度挑戰，首先我要使他對我產生好感，之後便不難成為我的熟客。然後希望他再成為我的追求客，做我裙下不二之臣，在夜總會混了雖只有幾個月，我已經不自覺地產生了虛榮心和好勝心。抱著我要讓同行的人羨慕和妒忌的心情，如果做到了的話安娜很有面子，我亦很自豪的。當我第一次應酬了陳之後很幸運他已成為我的熟客了。

79. 仇人展開追求

不久真的如我所願，這姓陳的對我展開追求。開始時他和一位好朋友陳先生來夜總會，他的朋友本來只是陪他來夜總會，但卻被一位名叫倩影的舞女搭上了，於是便不再和陳作伴而來。陳便獨自來夜總會追求我，表面上的風光使我十分自豪和不禁對自己起了莫大的信心，覺得我以前實在是太低估自己了，原來我也有魅力的，於是不禁暗對自己說我要竭盡所能來討好他，應酬他，使他對我神魂顛倒，誰說這姓陳的不會被誰綁住了他的感情線？

80. 不受養母歡迎的舞客

雖然這姓陳的是有名譽有地位的富商，但養母不喜歡他，事原他是很理智和很審慎地追求我，一向只是為我買鐘出街的舞票錢是不大吝嗇之外，其它什麼都不會做，養母當然從來沒從他身上得到任何金錢的好處。不用多說，試問養母怎會喜歡一個這麼吝嗇的追求者？我也從未收過他送我取悅我歡心的送贈，對我而言是無所謂，因為我要的只是在夜總會有熟客，更加有多些的追求客來顯示我夠風光，夠面子的虛榮心而已。

81.　避過了的尷尬

　　和亞何戀愛的事傳到他父親也知道了，由於亞何父親覺得自己的大兒子和一個舞女談戀愛不是件小事，於是亞何父親便和他的朋友來夜總會，來的兩次都是特地點名找我。他可能是想看看我是何方神聖吧，很幸運，湊巧這兩晚我沒有上班，而是被陳在我將要上班之前從家裏接了出外陪他。

　　自從被陳追求了之後，表面上我的確是很風光，但背後卻隱藏著不為人知的壓力。因為和他在一起真的要提起十二分精神，小心翼翼地應酬他，迎合他和討好他，陳是個沒有情趣不苟言笑和沉悶的人，這類型的舞客是最難侍候的。每次應酬他我會感到無比壓力，心中害怕稍一不慎便會失去這個有名譽有地位的追求客。是我的虛榮心作遂吧！因為我怕掉面子，所以縱使陳在傍晚接我出外陪他，我都不敢拒絕和要扮作欣然的願意。他通常和我上餐廳，上電影院或是去別的地方跳跳舞，然後便送我回家。雖然我在夜總會做伴舞女郎不是很久，但已經厭倦了對人歡笑的生涯，我有計算過若單獨應酬陳對我有不少好處，因為每晚上班後便要陪舞客，不是和他們聊天便是和他們跳舞，直至三更半夜才回家。若我只獨陪陳的話，他補償我整晚沒有上班的舞票錢通常是二千元，這數目是很不錯的，他也很知情識趣，因為在節日或週末這些繁忙日子裡他是不會找我相伴。

　　亞何的父親來過夜總會兩次，都是安娜相告的。當我聽

了之後真的為自己抹了一額汗，幸好沒有上班使我和亞何的父親大家緣慳一面，應該說是避過了尷尬的場面。自問雖然我是做舞女，但我有受過良好的學校教育，而且做這個行業不是很久，我的本質仍然是單純的，仍然保留著純真的一面。如果要我面對著亞何的父親，這位長輩的尊嚴壓下來時，我何以為對？況且不知道這位長輩會對我說什麼？問什麼？他是有備而來，這是很要命的，我怕怕。幸而這位長輩不堅持一定要見到我，因為他來過兩次夜總會，在見不到我之後，他便沒有再來了，使我避過了要面對他時會產生無地自容的尷尬。

82. 第四次搬家

過不了多久，我們又再搬家，為什麼又搬家呢？不知道。慣例養母不對我說我是不會問，在搬家前的某一天我要出外，當然是要經過房東的客廳，我是在一面行出客廳時一面聽到房東自言自語地說：「這麼快便可以買屋搬走。」我是很清楚聽到房東所說的這句話。但不知道他說的是誰，我性格不愛和別人交談，一向抱著事不關己，己不勞心的心態做人，所以並無理會房東的自言自語。

83. 新居

　　這是一間面積很大的別墅，別墅內住有一妻一妾和兩個女兒的越南華僑王先生一家人，他在自己別墅旁邊的一塊小空地建起了兩層新屋，每層有三個單位可獨立銷售。底層的三個單位被一個買家全部買下了，然後把它們打通用來做紡織工場。樓上第一個單位的買家是一位徐娘半老風韻尤存獨居的淪落婦人，我們是在同一間夜總會上班的同事。第二個買家是一對中年夫婦，第三個單位的買家便是養母。若站在我們新家的露台上的左手面斜斜向下望時，便看到王先生那間大別墅其中的一部份，在他的別墅內有一個大花園，園內種有很多不同種類的盆栽，正在盛開著的，也有開始凋謝的。當中有一棵長得不是很高的檸檬樹，樹上長滿了一顆顆綠色的，黃色的大小不一的檸檬，使人看見了會忍不住想把它們摘下來。另外更有一棵又高又大的芒果樹，在芒果季節來臨時樹上便長滿了成熟芒果，它的果實很細，縱使果實成熟了也不好吃，因為味道很酸。王先生看來年紀很大，元配是越南人，她懂說一些廣東話。王太與佛有緣，終日敲經唸佛，面相看來很慈祥，德配也是越南人，也是懂說一些廣東話，順理成章德配當然比元配年輕。聽說王先生有一個是自己管理的大賭場，他個子高大，身材肥胖，除了妻妾之外雪茄煙便是他的至愛，可以享受齊人之福，妻妾共處都能相安無事和家有寧日，我覺得真是奇！奇！奇！王先生僱有三名女傭，各司其職。另外有一名男管家和一名司機，元配王太終日青鑿紅魚，長齋禮佛，德配終日悠悠閑閑過著無憂無慮

的少奶奶生活。王先生家中每天都設有養母最喜歡玩的麻將賭局，若養母從家裏步行到這間大別墅時只需一分鐘而已，所以天天的麻將賭局沒有她多數是不能成局的。自從搬進新屋後，養母僱了一名女傭人，她負責打理家務和膳食。新居面積很細，一個小客廳和兩個小睡房，一個小廚房是連著洗手間和浴室，在小廚房上面養母特地命裝修工人加建了一個小樓閣讓傭人住。養母是個不大懂得思考處理事情的婦人，為什麼我會這樣說？除後自有交代，而我除了跟養母一樣也是不大懂得思考處理事情之外，更加什麼事都懶得去管和去理。例如：付了多少錢買下這個單位？屋子是全新的，花了多少裝修費和置家俱等等的開支，養母從來沒有向我提及過，我也懶得問，本著有屋我便住，有班我便上，有覺我便睡，總之就是過著很灰和像是沒有靈魂的日子。養母天天都不在家，每天去王先生的別墅打牌局。

84. 養母推我入火坑

在搬家不久之後的某一天，養母對我說：「鄧先生很喜歡妳，他想包起妳，我知道妳不喜歡他，但不要緊因為他是個有家室的人，不會和妳明來明往。鄧先生承諾他的人一定是交不足，但錢一定會交足。」我聽了之後沒有回答，養母繼續說：「如果妳不喜歡讓鄧先生包起的話，也可以和他作一夜情的性交易，金錢方面他絕對不會虧待我們的。」養母見我全無反應，她沒有再多說了。之後她也沒有再提起這件事了，我還天真地以為這件事已不了了之。

85.　直接相迫

又是過了不久養母舊事重提，這次是單刀直入不再用婉轉語氣和我商量，而是以命令式的口吻對我說：「待我稍作安排後妳要和鄧先生出埠兩天。」言下之意聽得出她暗示我要出賣初夜給鄧先生。

86.　逼自己還恩

心裡十分擔心，因為噩運終於找上門來，是福不是禍，是禍便躲不過了。我每天都在苦苦思量，這個將要來的禍已經迫在眉捷，燃眉之急要盡快解決，想來想去養母在我心中仍然是佔著最重要的第一位，當我反覆想過了之後便有很多充份理由來勸服自己應該要順從她。例如：養母這一輩子肯定是和我相依為命的，只要我點頭，她下半生便有好日子過，是她一手養大我，是她提攜我和照顧我，沒有她便沒有我，我曾經擁有無憂幸福的童年，也曾在正規的學校受教育，雖然家庭經濟惡劣過，但我從來沒有失過學。一切是她曾對我慷慨的給與，讀書不成是我自己不長進，尤其是見養母的頭髮漸漸班白了，漸漸年事已高，既然她施恩給我在前，為什麼我不還恩在後。俗語說得好「有今生沒有來世」，這是很對的，我應該珍惜身邊的她，她是我唯一的親人，也是養育我成長的恩人，有恩不報枉為人，現在不報這個恩尚待何時才相報呢？我應該無怨無悔背上還恩這個概念。深恩不能量，報恩也好，還恩也罷，這是值得的，還在猶豫什麼？我

漸漸想通了，本來走的已是崎嶇路，往後走下去也不會平坦，百般憂慮在我腦海中盤旋，在心情矛盾和反覆心情的分析下，我終於敵不過要報養育深恩的思維，最後決定接受這個躲不過的禍。

87. 迫發誓

在無助的情形下我答應了和鄧先生只是一夜情的性交易，雖然如此，養母仍然害怕我會出爾反爾，她是個虔誠拜佛的佛教徒，為了以策萬全養母特地帶我到她常去拜佛的一間香火頂盛的的廟宇，要我跪在佛祖面前雙手合十和低頭誠心向佛祖許諾就是「我答應和鄧先生性交易的事一定會做絕對不會反悔」。發了誓之後養母放心了才和我步出廟宇，我知道接下來的就是等她的安排。

88. 忠告

很了解養母，就算我明天和鄧先生出埠，但在今天晚上也要如常上班如常向舞客賣笑。某個晚上，亞何如常來夜總會為我買鍾出街，我忍不住把將要發生的和我無能力解決的，無可選擇和無助的心事向亞何傾訴。記得我是坐在亞何的車子裏，他一面開車一面默默聆聽我和鄧先生將有一夜情交易的事，我是在因果的概念下才決定的。

「請不要這樣做，妳犧牲自己為了報養育之恩，但有否想過妳養母對妳的要求是沒完沒了的？她會催毀妳的一生，妳不應該不為自己的將來打算，如果妳今次出賣了自己，日後過的日子是會萬劫不復的，若妳走錯了一步將來是難以翻身的。」他一面開著車子一面勸我跟我分析，我回答他說：「我不會接受你的勸告，因為你不是我，你是溫室之草，你是局外人，你不會明白我這個局內人的處境。」

自此之後，亞何頻頻為我買鐘出街，他每次都是一面駕著車一面重覆又重覆很認真地勸告我和提醒我，但每次都被我拒絕。

89. 求婚

某個晚上，我們如常在車子裏談論關於鄧先生的事，亞何如常勸我要改變主意，我一如既往堅持我的決定，忽然亞何把車停下，他緊握著我的手和用很深情的眼神凝望著我，問我：「妳願意嫁給我嗎？我保証我的父母不會反對，也不會歧視妳，而且會接受妳，我會一生一世照顧妳，使妳擺脫妳養母的操縱，我會給妳幸福的。」

90. 拒婚

心裏有說不出的難過，傷心的眼淚在心裏流，深深知道我們是兩情相悅，可惜的是介於愛情和恩情兩者之間我必須

抉擇，應如何抉擇呢？放棄和亞何的兒女私情？放棄回報養母養育的恩情？我不停的在腦子裏分析又分析，思量又思量，最後清醒的勸告自己，不應該被愛情牽絆著，還是放棄愛情吧！

這是一個淒苦的晚上，我向亞何拒婚了，我是以無奈的心態逼自己放棄一位真心愛我，可以給我幸福，可以付托終生的好男人，這是我無奈的決定，也可以說是我的宿命吧！

91. 訴衷情

沒有誰比我更清楚自己的處境，只是事情還未發生，所以便未有想到而已，其實應該知道我的處境是我可以被人愛，但不可以去愛任何人，因為我要報養育深恩，我是心甘情願背上還恩這個重擔子。我也有仔細思量和分析過我知道養母視我如一棵搖錢樹，若然我和亞何結婚了，他便會從舞客的身份搖身一變成為我最親的人，但養母和我的關係由始至終都沒有變，因為她仍然是養大了我的恩人。這樣一來介於他們倆人之間，若他們倆日後發生磨擦，我便會成為夾心人，到那時候，手掌是肉手背也是肉，我如何是好？我曾經比譬過，亞何是正，養母是邪，雖然明知她是邪，但又能怎樣呢？我可以因為她是邪便抹殺了她對我曾經的付出的嗎？結婚？從沒有想過，因為結婚對我來說是件遙不可及的事，而且婚姻背後隱藏著很多是我要顧慮和要有心理準備可能會發生的問題。我有假想過，如果是親生母親養大我的話，是

多麼的好呵！因為在正常的親情下，我是不會不顧自己的將來而捨身去還自己生母的養育之恩。孝順父母我會，但犧牲自己的孝順我不會，但遺憾的是我從小就是個棄嬰，沒有養母撫養成人怎會有我的存在呢？做人要飲水思源。這個大恩我是沒齒難忘的，最無奈的就是養母有供我在學校受過多年良好的教育，我知道做人是該憑著良心發揮中國人傳統的美德，那就是忠、孝、仁、義。在那些年我就是因為思前顧後而使我在很多的憂慮不敢嫁給亞何，因為我深深知道幸福與我無緣，它一向是遠離我。清晰地知道和提醒我自己，避免日後可能會發生很多是我獨力難以解決的問題，而草率地和亞何結婚。越南是沒有退休金制度的，養母一天天的衰老下去，她只有一個我依靠，很自然地會如影隨形一輩子跟著我，我要用一輩子來照顧她的呀！因為我常向亞何傾訴心事，所以他已漸漸洞悉養母的為人，如果我和亞何結婚，他會願意和養母一起居住嗎？這是一個最大的問題，也是很難徹底解決的問題。總而言之，我不會把養母置之不理。若和亞何結婚我有能力兼顧這個愛錢的養母的下半生嗎？說句真心話，若我結婚當然想擁有一個是我自己的家，我真是不想和養母同住，但問題是我如何有經濟能力照顧她一輩子呢？我知道我辦不到置她於不顧，但婚後再想在經濟上處處為她張羅的話，可能會有心無力了。實在不忍心讓我這個恩人老來覺得處境孤單，晚景生活淒涼。我和養母的關係像是千絲萬縷，剪不斷的理還亂，我不可以自私地為情所困。因果因果，有因便有果，我有義務照顧她一輩子的，而亞何呢？要他和我一齊面對嗎？要他承擔這個非要背上的重擔子嗎？應該這樣

做嗎？行得通嗎？唉！當年就是因為有這麼多憂慮和顧慮，一想到既然是如此便何必多此一舉，不顧後果和亞何結婚，累人累己呢！和他結婚不是我願意或不願意，而是無可能！當決定了之後我便釋懷了，放鬆了，所以縱使內心有多麼難受也要無可奈何地婉拒亞何對我的求婚。我始終不願意把因由徹底告訴他，因為太複雜了，不知該從何說起。

災難終於來臨了，養母通知我和鄧先生出埠的日期，地點是順化市。相信養母已收了他和我一夜情交易的代價了，順化是我從未去過的城市。只知道從堤岸去順化的路程很遠，既然一切已被安排了，我便要有心理準備犧牲自己了。

92. 無奈的抉擇

當亞何知道了我將和鄧先生出埠的日期之後，反而晚晚去夜總會為我買鐘出街，他仍然在乎我，仍然為我焦急和憂慮，他仍然是苦口婆心不斷地想說服我，希望我改變初衷，可惜每次他的忠言總是屢勸無效，因為既然塵埃落定了，幹嘛我還猶豫不定，該面對的便面對吧。

做人就是這樣，我不忍心見養母苦，亞何不忍心見我苦，如果和他結了婚，我更加不忍心見他為了我而苦，這些苦，那些苦，這個苦字在我幼年時已經和它結下了不解之緣。

93. 臨崖勒馬

　　這是心情最沉重的一晚，亞何如常駕著車，我如常坐在他的旁邊，但我們沒有說話，互相沉默不語，寂靜中相對無言，因為明天我便要和鄧先生出埠去順化市。突然亞何在車子內打破了沉悶和靜寂的氣氛，「既然妳對養母唯命是從，既然不和我結婚，也不應該為了她而放棄自己，犧牲自己就是為了報養育恩，這個報恩的代價妳不覺得實在是太大了嗎！可不可以不要只是為了妳的養母？可不可以為自己的將來清清楚楚地想一想呢！」

　　他竭盡所能地提醒我和對我說了以上語重心長的說話，我一言不發，因為他說的仍然是一大堆我不會接受的忠言，我也暗自提醒自己要控制情緒，不可以改變原有的決定，不是為了我，而是為了他，我是真心愛亞何的，況且結婚是一生一世的事，我不可以做一個愛他將來反而會害了他的罪人。我知道我的決定是對的，我一定要放棄他，縱使他在我心中肯定是可以付托終身的好男人。亞何仍然盡最後努力勸我說：「今天晚上是最後的機會了，妳還來得及解決這個問題，不要再堅持已見吧！我真是很希望妳臨崖勒馬不要再固執的放棄妳自己。」

94. 義無反顧

儘管亞何一而再，再而三的分析，他的相勸讓我依然沒有反應和沒有回應，於是他光火了：「如果妳願意放棄為了還養育恩來犧牲自己的話，我願意無條件代妳償還妳養母收下了鄧先生的錢，我不忍看著妳一步步走進深淵，難以自拔，我只希望妳在這最後關頭能抽身不放棄自己。」以上的是亞何一面開著車，一面對我說的話，忽然他把車子停下和緊緊握著我的雙手，他的眼神中充滿著哀傷，充滿著希望，充滿著期待，充滿著…。一輩子也忘不了他那幽怨和情深的眼神，我知道他期待我的答覆就是他想要的答覆！

95. 感動

聽了亞何一翻肺腑之言，我已被他感動得熱淚盈眶和不勝感激，快要不能控制自己了，真的想立刻擁抱他和向他哭訴，向他真情剖白，但我始終沒有這樣做。反而此一刻卻在心裏想，我是多麼的幸運呀！有誰能像我在夜總會有如此機緣，如此幸運遇上一位大貴人，我們認識了不是很久，只是萍水相逢，尤其是在紙醉金迷，燈紅酒綠的歡場中竟然讓我遇到了這位難能可貴的真君子，縱使我們的情關已跨過了，情路已走完了，但他仍然是出于真誠地憐惜我，甚至是無條件付出金錢，為只為拯救我，這是何其難得的事呀！歡場無真愛，想不到我會如斯幸運認識到他。一位可遇不可求的異

性知己，使我在人生的旅途上又多了一件遺憾事和一段難忘的痛苦追憶。

96. 真情剖白

事已至此，實在不能硬起心腸了，人貴知心，亞何義不容辭的待我，我也應該以仁義回報他，我一定要拒絕他存心想救我的仁慈心。

「儘管你慷慨出錢幫我脫身，儘管這次我接受你的打救可順利過了這個災難，但我了解我的養母，她不會就此罷休的，如果有下一次？一而再，再而三呢？正如你也想到她對金錢的要求是沒完沒了，我自己也知道養母視我如一棵搖錢樹，但我是心甘情願做她的搖錢樹，乎復何言！為了報養育深恩，我什麼都不在乎。但良知告訴我要在乎你，因為我不可以以一己私慾，讓你花一筆冤枉的金錢去救一個像患了末期絕症病人的我，我是救不了的，我是沒有希望的。」

我耐心地向亞何細訴了我的心中情和事，我性格是有恩記恩，有仇記仇，恩仇不會混餚的。

我繼續對亞何說：「做人要有宗旨和要有良知，可以的話盡量做到問心無愧，處事方面最難過的就是良心這一關，撫心自問，既然你肯打救我，我是應該顧及你，生怕你金錢花了而我仍然淪落和浮沉在孽海中。真的不想因為你這次打

救了，而我卻到頭來是無補於事，這就是我拒婚和不聽你的忠言的原因。」

　　我是忍不住在悲傷的心情下豪無保留地向亞何一面哭泣一面真情剖白，傾訴了以上的心底話，亞何聽了之後，低頭沉思和沉默了一會，他無奈地搖搖頭和深深的吸了一口氣跟著嘆了一聲！他一言不發地重新再開動車子，車內原有沉悶和靜寂的氣氛，變得更加沉悶和靜寂。

　　這種身不由己不由自主抉擇的痛苦，局外人是無法理解的，難過！無奈！我就是這樣的難過，這樣的無奈，去做一個只可以為別人著想而不可以為自己著想的人。

97. 作最後的心理準備

　　唯命是從的一天終於來了，我抱著像慷慨赴刑，從容就義的心情坐長途火車和鄧先生出埠去順化市。

98. 一夜情告吹了

　　到了順化我們進入一間高級旅店，侍應帶我們到一間很大的套房，當進入房間時使我觸目驚心的就是看見房間內只有一張雙人床，到了晚上就寢時，不知怎樣形容我當時心中的害怕，我在無助之下躺上那張雙人床上，基於本能的自

然反應我把雙手交叉繞著在我的胸前和閉上眼睛等待事情發生。因為我已有心理準備，過了一會，電燈完全熄掉了，房間內除了一片漆黑更加是鴉雀無聲的靜到連我自己的呼吸聲也聽到。當時心情緊張到不得了，不久，感覺到鄧先生上床了，他輕輕側睡在我的身旁，同一時間覺得他的右手緩緩慢慢地伸向我的上身在摸索著，我在心裏提醒自己，要忍受，要接受，但當他的手差不多觸摸到我左邊的胸部時，我卻突然不顧一切像跳彈弓床般整個人從床上彈了起來，因為這是一種無可能接受到明知將會被人性侵犯的感覺，跟著我一面哭一面猛烈的搖頭，大聲地哭著說：「我做不到，我做不到。」我哭得像個淚人似的。鄧先生立刻亮起電燈，很冷靜的盛了一杯熱茶給我，接著，對我說：「不要哭，不要哭，慢慢告訴我吧。」於是，我一面抹著眼淚一面低著頭哭訴說所有因由。更坦白對鄧先生說：「這非我自願的，而是被養母所逼，我以為我可以做到，但我卻真是做不到。」鄧先生沒有惱怒，反而語氣溫柔地對我說：「既然妳不願意我也不勉強，但妳母親（養母）收了我十幾萬元妳們要還給我的。算了吧我可以不計鎖碎的數目妳們只要還回十萬元給我吧。」嘩！什麼？真是被嚇了一跳，十幾萬元？鄧先生用了十幾萬元來買我的初夜？呵！原來我住的新屋就是這一夜情的代價，其實我應該想到的，以我賺的只有幾個月時間的舞票錢而已，養母何來有能力買新屋子呢？原來我曾經聽過房東自言自語地說這麼快便可以買屋搬出去的這句說話，就是這個意思和原因了！

相信鄧先生也料不到以為花了一大筆金錢便可以和我共渡

一宵，可惜這一夜情到頭來竟然是一場歡喜一場空，一向以為金錢是萬能的我才知道原來金錢有時候也不會是萬能的！

當乘坐火車回家途中心情十分紊亂，因為擔心怎樣面對養母，我真是不想回家，但可以嗎？我是抱著醜婦終須見翁姑的心態，硬著頭皮回家去了。

回到家中，不用多說當然被養母罵個不休，罵得最厲害的莫過於是我敢在佛祖面前向祂發了的誓言卻出爾反爾，向神靈信誓旦旦後也夠膽反悔，養母還坦白地對我說：「我本來想和妳一起去順化市，完成這個交易，但又覺得不大好，所以才打消了這個念頭。」她繼續發牢騷的說：「見不到鄧先生露面，只有妳自己回家便知道事情不妙了。」我在心中說：「罵吧罵吧！罵個夠吧！反正我不是存心發假誓來欺騙佛祖，祂若有靈是不會怪我食言的。」

99. 有口難言

亞何又再來夜總會他如常為我買鐘出街，我把去順化市的交易告吹了的事和要歸還十萬元給鄧先生的事相告，他聽了之後很欣慰，以為我終於臨崖勒馬在最後關頭及時改變主意不放棄自己。我卻像啞子吃黃連其實是在最後的一秒由於我接受不了要出賣自己，在尊嚴和羞恥心的作遂下這次性交易才告吹的，我始終沒有把真正原因告訴亞何，因為是難於啟齒呀！

100. 最後一次的見面

　　每天在費煞思量要如何還錢給鄧先生，風頭火勢，實在不敢面對養母，更加不敢和她商量怎樣還回十萬元給鄧先生。

　　某個晚上，當亞何在送我回家途中突然約我次日在中午一點鐘到他父親的中藥店會面，欠鄧先生的十萬元使我十分困擾，已經是六神無主和一向都習慣了被動的我，沒有問過亞何為什麼我們的約會是去他父親的中藥店，亞何也沒有相告約會在他父親的中藥店的原因。

　　當天中午我準時赴約，剛抵中藥店門口準備下車時，亞何已經從中藥店走出來。他交了一個摺得很整齊的紙袋給我和只說了一句：「裏面是十萬元。」跟著便轉身頭也不回看也不多看我一眼便匆匆返回中藥店，剩下我拿著他給我的紙袋和不知所措茫然地在計程車內呆坐了一會，最後著計程車司機送我回家。在計程車內我立刻感覺到這是第二次又再遇到使我不知所措和茫然的感覺，也使我不禁想起了這種感覺首先是來自橋本先生，這次是來自何先生。

101. 脫身

　　當我回到家裏便把整個紙袋原封不動交給養母和對她說：「這是還給鄧先生的十萬元。」便沒有再說什麼，養母接過紙袋後也沒有多說。這次的災難總算是解決了，幸虧是何先

生有情有義打救了我，不然真的不知道我如何有能力把錢還給鄧先生。整個事情的來龍去脈養母是一無所知，相信若我把實情相告，肯定她不會相信，甚至是其它的人也不會相信，這件實在是令人難以置信的事，竟然在夜總會內會發生了那麼不合邏輯推理的事情！

102. 無言感激

不知何解，自從亞何給了我十萬大元之後便沒有再來夜總會了，每個晚上我很留意進來的舞客，因為我一直期待他會到來，可惜每個晚上我都是在失望中渡過。我不敢去中藥店找他，因為汗顏，受了亞何莫大的恩惠我卻無以為報，自慚我辜負了他，虧欠了他，他不來會我我真是不好意思去找他。

103. 心聲

每個晚上我都自我安慰和很有信心相信亞何會來夜總找我的，怎樣也不相信我們這樣便緣盡，他捨不得我的，他一定會來的，我有很多感激的話要對他說，很多心底話要向他傾訴，很多訴之不盡的相思之苦，很多…。可惜，日復日，夜復夜，是恩人也是愛人的何先生始終沒有在我面前再出現，留下給我的只有思念，對他無言感激，我虧欠了他的恩，辜負了他的情義。他是一位絕對可遇不可求的真君子，一位見義勇為的大恩人，養母的養育深恩我可以報，盡我能力去

報，但何先生的深情厚義我何以為報？無言！遺憾！遺憾！無言！太多傷感不知怎樣形容。

何先生沒有再來夜總會，同一時間鄧先生也沒有再來，連續失了兩位追求客這是件十分要命的事，若將他們兩人相比的話，鄧先生？沒有感覺，他只不過是位追求我的大客，事過情遷很快便把他遺忘。何先生？絕對不可同日而語，每晚默默地盼望他來找我，雖然是失望的等待，但仍要提起精神，若無其事強顏歡笑地應酬所有客人，每個晚上戴上虛偽的面具週旋於各舞客之中，努力賺取賣笑不賣身的舞票錢。

每個晚上我依然是盼望何先生會來，可惜直至我全身退出夜總會最後的一晚，他始終沒有在夜總會再出現過。

104. 懷念舊愛

光陰似箭日月如梭，已經有五個子女的我，不久將要離開越南，有感此行不知是凶或是吉，是凶的話生命就此完結，是吉的話相信不會重返越南的，抱著往事只能回味的心態下，我帶著子女們去西貢市的動物園一遊，這是要在離開越南之前必定做的一件事。

動物園景色如前，卻讓我想起了無窮無盡的往事和無數甜蜜回憶的片段，我情緒低落和難過，禁不住想起昔日和亞何手牽手的遊遍整個動物園，但今次卻為追思往昔，才拖兒

帶女重遊舊地。千般滋味在心頭，曾幾何時，此地是我們兩唇相印，心靈相通，溶入在一起的地方。回想起昔日我們甜蜜溫馨的相愛時，禁不住泛起了無窮傷感，舊日情不再，重溫舊夢情懷，感慨萬千！逝去了的第二段戀情還很清晰地，一幕幕在我腦海中浮現，往事不堪回首，除了惋惜逝去了的一切，更加難過的是桃花依舊人面全非。雖然事隔了有幾十年，過去已成過去，但始終未能忘懷跟何先生昔日相愛，那段刻骨銘心的戀情。今日留下給我的是痛苦的回憶和遺憾，跟他的過去唯有珍而重之藏在心坎中直至永遠！我和何先生的故事實在太傷感太哀愁了，讓我換個話題寫寫我養母過的是什麼生活吧！

105. 養母的精神寄托

自從我做了舞女後，從我們搬進那新屋子之後的那段日子，相信是養母唯一過得算是有些滿意的日子吧！雖然還未達到她想穿金戴銀，母憑女貴的願望。

每天早上只要有一杯香濃撲鼻的熱咖啡，便是養母最享受的早餐，她通常不在家用午膳和晚膳，每天上午十一點之前便出門，因為是時候要去王先生的別墅打麻將。養母差不多天天如是，盡情玩到牌局散了才回家，把寶貴時間消耗和浪費在麻將檯上，遇著上午沒有牌局，並不等於下午也沒有，更加不等於傍晚仍然是沒有。雖然一向是和養母同居一室，但我們碰面機會不多，我的生活是日夜顛倒，每天睡到接近

中午才起床，若有舞客來訪的話多數是在下午，如果他們來訪，我一定要應酬他們，否則我會失客的。遇著下午沒有應酬養母又沒有牌局而留在家時，我便愛躲在自己的房間裡看書，看到累又再補睡，不大敢踏出房門半步，因為害怕碰見她。養母常常整天不在家，我從沒問過她去哪裏，她也從沒告訴我她的行蹤，我們是完全是零溝通的，一向我們是互不過問彼此的事。我只知道她要的是「錢」，我要的是努力去賺「錢」，除了錢我們還有什麼話題可傾呢！

106. 我的精神寄托

如果養母不在家又沒有舞客來訪時，我很喜歡獨自步行到離家不遠的一間天主教教堂外面的一個露天花園，那露天花園裡有一個很大的聖母瓷像，在祂面前有數張很長和有椅背的木椅，供人們休憩歇息，白天人煙稀少，但我卻很喜歡獨自坐在木椅子上，對著聖母瓷像默默望著祂，心中有無數向祂傾訴的心事。要不然便是對著祂呆坐或沉思，這裏是我唯一可以精神寄托的地方。

我沒有宗教信仰，但很享受在那裡獨坐的安寧，因為愛那裏的環境寧靜使我有說不出的舒服感。現在想起來，仍然十分懷念那個曾經讓我得到心靈寄托的好地方。當接近黃昏時份，遇著養母不在家，而我又不想獨在家中時，也很喜歡坐腳踏黃包車到一間離家很遠的天主教教堂，那是一間很大的教堂，每逢一、三、五的下午的五點鐘，便有一位能操一

口流利廣東話的外藉神父在那間教堂的一個小室內說教，來聽他說教的人不多，因為教徒們喜歡在週末或節日聚集在教堂的大廳裡做彌撒，忘記了是怎樣知道有這麼一間小室。當年我是很喜歡去那間小室的，雖然神父說教只有三十分鐘，雖然對聖經總是聽不入耳，但只要我到一到便有說不出的舒服感。養母時常不在家，但她對我的行動卻瞭如指掌，因為神父有時候會派些聖經的小冊子，我不好意思不要，縱使帶了它回家但從來沒有翻看過。養母是很有可能在我房間裡搜搜查查過，因此會錯意地向她的知己女友吐露我想做修女，養母這位知心女友我一向稱她為蓮姨。蓮姨有代她試探我是否想做修女，因為養母的心事她略知一二的，雖然，私底下我覺得和養母有交往的沒有一個是好人，更沒有一個是我可以說一句真心話的人，當然我甚麼也沒有對蓮姨說，但其實我真的很羨慕可以無牽無掛地去做修女。除了提防蓮姨，也維持著我一貫的作風，就是不愛多言多語，喜歡獨來獨往，我行我素，不用別人遷就，也不愛遷就別人。

107. 養母的至愛

譚叔叔是養母的至愛，他們兩人同居已有一段日子了，譚叔叔租下來住的是一個小房間，他本人有一份固定職業，不吸煙不喝酒和不嗜賭，在人格上來說是個合格的男人，我對譚叔叔最大的反感是他不重視我養母。事緣我見到的只是養母遷就他，我認為這是件很反常的事，關懷、愛護、遷就和討好，這是男人對自己心愛的女人起碼要做到的事。當然，

被愛的她也應該以溫柔、體貼、關心和體諒對自己心愛的男人。眼見養母對自己所愛的人完全做到了以上條件，但冷眼看這位譚叔叔好像沒有做到什麼來回應我的養母，使我怎不對他生反感呢？真不明白這樣的男人有什麼值得養母死心塌地去愛他，甚至我覺得這近乎是養母一廂情願的愛著譚叔叔，難道這就是愛情的魔力？愛情真是這麼盲目的嗎？

108. 心聲

當年家中只有我和養母及一位女傭人，我以前在夜總會每月有不錯的收入，家庭經濟絕對是沒有問題，甚至肯定的是除了一切開支，養母會有剩餘的錢可以積蓄。可惜她有私心，我知道養母害怕我日後會靠不住，害怕我不會再乖乖地聽命於她，甚至會反叛她或離棄她，所以掩著良心趁我年輕和順從便把握這個機會把我像棵搖錢樹來搖，以保障她的晚年。養母心態我理解，這是人之常情，撫心自問我有盡忠盡孝對待她，也很明白要相信人是一件十分不容易的事，我個人認為人是不可以信賴，不管是親或是疏。只有一個人是可以信賴，誰？就是自己！我知道我不是她十月懷胎有血緣的親生女，自私之心人皆有之，防我之心是少不免的，這是她的無奈，既然我已參透了這是人之常情的心態時，便覺得只要做好自己做養女應做的本份已經有向良心交代了，對方明白否？領情否是不必介懷的。受過何先生的恩和義我實在是無以為報，但對養母的忠和孝我確是有做到的，說「忠」吧！我絕對是忠於她，因為從沒有為我自己打算過，不然怎

會甘心忍受被歧視也在夜總會上班。甚至願意犧牲自己的將來來回報她的養育深恩。這個「忠」我絕對是受之無愧，至於「孝」，我把賣笑賺來的錢全部都孝敬了她，這是其中之一的孝。越南上半年有幾個月天氣是十分炎熱，有幾個月天氣卻會有些寒意，當搬進那所新屋之後，養母買給我一張是寬大和有墊褥而又睡得很舒適的雙人床，但不知甚麼原因，她睡的卻是木床。越南上半年的天氣是很炎熱的，每個傍晚在上班之前我一定會為她做一件事，就是先弄濕了一條小毛巾，然後用它把木床清潔地抹一遍。因為這樣做是會使養母睡在床上的時候覺得清涼些，接著把一張防蚊子叮的薄紗白蚊帳掛起，然後把那張蚊帳完全覆蓋著整張木床。最後把枕頭排放得整整齊齊在蚊帳內的床頭上，讓她在牌局散了回家後，可以舒舒服服的就寢。這是我自己樂意晚晚如是來為養母而做的服務，到了下半年天氣轉涼時我上班之前便不再抹木床了，而是把整張蚊帳掛起，和完全覆蓋著木床之後便把一張大毛氈鋪平在床上，最後才把枕頭和另外一張讓她睡覺時才蓋上身體取暖的被子疊摺好，我把枕頭放在床頭，被子放在床尾，用意是鋪平在床上的大毛氈是讓當養母躺下在床上的時候感覺床上不會有涼意，然後蓋上被子便能舒適地入睡。我從不間斷地那樣的為她服務，可能您覺得這不過是件小事，但我卻不認同，因為這是要靠無目的真誠的意志力和推動力才能夠不厭其煩的在每個傍晚都會去做這件固定了的事。我個人認為這已經是表達我孝順養母的其中之二了。至於其三只要是養母的命令，我便照著她的意旨去做，這不算是行動上的孝嗎？把其一，其二和其三加起來，難道這個孝

字我受之有愧嗎？可惜養母要的不是這種「忠」，更不是這種「孝」，我？無言了！

109.疲勞轟炸

　　自從和鄧先生的一夜情告吹了之後養母便開始向我喋喋不休，已經是夜深了我才回家，若回家一會後，家中仍然是靜悄悄的話，我便鬆一口氣。否則回家後不到片刻，養母便在她的睡房內發出聲響，向在隔壁房間的我來發洩她的牢騷，每次不是責罵便是埋怨，半夜三更了，我已經很疲累了，還要聽她在一板之隔的睡房內向我疲勞轟炸，因為我們的房間只有半塊木板之隔而已，當年普遍的屋子，只有兩個睡房甚至是三個睡房的話，那麼睡房的間格材料及方式便是房與房之間只是用一塊高的木板相隔著。養母總是愛用她的歪理隔著房間向我精神上疲勞轟炸，最苦的莫過於是她躺在自己睡房的床上來責罵我，而我只能躺在自己睡房的床上來聽她責罵，她越罵便越精神，我越聽便越想睡。每一次儘管我怎樣疲累都不敢不留心聽她向我吐的每一句罵言和怨語，因為我隨時要回應她的無聊提問，相信她的用意是想知道我睡著了否。若養母刻意的問而得不到我在隔壁睡房立刻回應，那便大件事了，她會立刻用粗言穢語隔著房間來罵我，養母老羞成怒的原因相信是不接受她有她的罵聲，我有我在睡覺，使她的罵言和怨語變成了是自言自語的白說一場。每次我要聽她埋怨夠了，責罵痛快了，她才罷休的。若是她在牌局上輸了錢或是心情不佳而睡不著的時候，她自然會找東湊西，

必會找些話題來責罵我，發盡牢騷，宣洩不佳心情，我是她首選的對象。除了是我，還可以有誰呢？最可怕的就是養母不管夜已深了，當她越罵越起勁，越起勁時便越罵，她有超乎常人的口才，隨時能躺在床上罵我超過一個小時，她的牢騷和怨語是永遠也聽不完的。但是每當我聽到隔壁睡房傳來是斷斷續續的怨罵聲時我知道養母已開始睏了，過了不多久聲音便停止了，我整個人都輕鬆了，因為養母已經入睡，我也可以安心睡覺了！每次被她疲勞轟炸後的第二天若是在家中碰上，彼此都裝作昨夜沒事發生過似的，我們互相都沒有感到半點兒尷尬的。承受這種精神上的折磨真是很苦的，因夜深人靜，睡意正濃時要捱著被她疲勞轟炸式的不斷埋怨和責罵，養母罵來罵去怨來怨去都從來沒有一些新意，怨和罵的題材不外是重覆又重覆，千篇一律都是分析金錢的重要和埋怨我不聽她的話，每次像催眠般向我洗腦，向我提起例如是在我的童年時她為我付出過的一切，在生活上給過我最好的享受，供我上學，富裕的家庭都捨不得像她那樣豪爽的為我付出，而我卻自私和忘本，拒絕了鄧先生，不肯犧牲自己來為我們的家，不然便是讚某某人的親生女怎樣孝順而做舞女，某某人的養女是怎樣地肯為家庭犧牲了自己，養母滿肚子內的牢騷就是這樣囉囉嗦嗦說個不停。因為每次都是默默地聽她說盡一大堆似是而非的道理，聽多了我真的認為自己有很多的確是對不起她的地方。

110. 養母重施故技

　　沒有誰比我更清楚我養母的為人，雖然何先生花了十萬大元幫我脫身，第一個災難平息了，又如何？因為第二個災難又來了。

　　一位舞客姓郭，安娜說他是一間大規模公司的電芯廠老闆，郭先生是位很隨和的中年人，也是夜總會的常客，都是一句感謝安娜的說話，因為她的關照而能坐長檯的舞客。走了一位鄧先生卻來了這位郭先生在我身上打主意，窈窕淑女君子好逑，年輕少女到哪裏都受異性歡迎，何況在歡場中。郭先生表面上跟一般來夜總會消遣的舞客一樣，其實他是尋芳客。在長檯中我有和郭先生共舞，但對他印象並不深刻，過了不多久郭先生來探訪我，使我感奇怪的是他每次來養母都是在家，而且當郭先生來了養母便殷勤請他直接進入我的房間和命令我好好地應酬他。私底下覺得養母對我的要求越來越過份了，自從有了新居，我們便有客廳，但從沒試過白天來訪我的舞客可以直接進入我的睡房，心知事情不妙了。雖然這是我意料中會發生的事，但料不到會這麼快，雖然每次都是在我的睡房內應酬郭先生和他閑談聊天，但他每次來都只是逗留一會兒，郭先生是位健談和有幽默感的男士，我對他印象不是很差，也心知肚明我將要出賣我的初夜給他。有感始終逃不過被逼出賣身體這第二次災難，除了是無助更使我懷念很久沒有見過面的何先生，心裏十分難過因為已經很幸運的遇上了一位可遇而不可求的善心人，願意無條件花

了巨款十萬元來幫我逃過了不幸的第一次災難，可惜到頭來我只有難過和內疚，因為已經辜負了何先生的一段情，也欠下了他的恩，刻骨銘心的恩情怎樣向良心交代，何先生沒有和我再見面，使我更加惶恐和害怕如何面對這個再來的災難，沒有了他便再沒有人會關心我，身邊沒有被人關心和被愛的感覺是很孤單和很淒涼的。每次當郭先生到訪養母都在家監視我要在睡房陪他聊天，還幸郭先生沒有對我毛手毛腳，可能是養母和安娜有建議給他要和我先熟落和培養些感情，因為前車可鑑。她倆知道要我出賣身體是不可以一聲令下我便遵命做得到，我們在聊天中除了有說有笑之外，郭先生還問過我在未做舞女這個行業之前是做什麼，我告訴他我之前什麼都沒有做過，我是個學生。

111. 不可思議的際遇

正是山窮水盡疑無路，柳暗花明又一村，因為我又遇上了第二次是不可思議的際遇，實在料不到郭先生來訪我的那一次會是最後的一次，這次我們如常在睡房內閒談，在他步出我房間之前突然交給我現款三萬元和叮囑我把錢交給養母，郭先生還刻意教我對養母說我們已經交易了，他在離開我睡房時說了一句話，這句話除了讓我感動也讓我一輩子都忘不了。他對我說：「我很同情妳的遭遇。」面對著這位本來是尋芳客的郭先生，他卻因一念同情而改變了主意，使我心內泛起了無言感激，內心深處感動到不知如何是好，忘記

了拿著郭先生給了我這三萬元的時候我有否立刻向他說謝謝。記憶中好像有又好像沒有，因為事出實在是太突然了，我什麼都沒有做過，更匪夷所思地得到這三萬大元，只知道幸運地又再遇上一位打救了我的恩人。郭先生和何先生仗義疏財的打救我，使我覺得人間尚有溫情，有感在燈紅酒綠，紙醉金迷的歡樂場中的風塵女子有多少個能夠像我這麼幸運，罕有地遇上了兩位真君子，是無目的，無條件地幫助我，他們為我化解了一次又一次的災難。

112. 感恩

我的一生是很走運的，感謝上天的恩賜就是每當我遇到災難時，幸運天使便會垂青和伸出同情之手來拖我一把，跟著難能可貴的大貴人便及時出現來救我。

113. 無言感激

自從郭先生給了我這三萬元之後便沒有再來我家了，但他如常和一班商家來夜總會，很幸運，我仍然有機會應酬這張坐長檯的舞客。當郭先生見到我來坐檯時，他仍如常地以一位舞客身份和我共舞，舞畢便各自回座。他不會坐在我身旁，我也不敢坐到他身邊，因為好尷尬呀！和郭先生共舞時他什麼都不說和什麼也不提，我知機，既然如此我也不敢多說和多提。每次在夜總會面對郭先生總是感到很不好意思，

除了是無言感激外，在我內心深處也是畢生忘不了在歡場中，接連幸運地遇到第二位恩客郭先生。

114. 感慨

追朔我的前半生遇上了兩次的大災難，但冥冥中都能得到幸運天使的眷顧，總是及時助我化險為夷，使我一次又一次遇上兩位貴人。這次因為郭先生，我又逃過了很不容易逃過的第二個災難，雖然兩位恩客是施恩不望報，但受恩的我自愧是無機會能回報他倆對我的恩和義，唯有一輩子都珍而重之把他們施與我的恩惠藏在心底裡。在少女時期，我是逼自己苦苦撐著來回報養母的養育深恩，回想昔日從少女到少婦所過的日子真是有說不出的悲傷和難受，當年的我是很固執的懷著要報養育深恩，更懷著沒有養母便沒有我的概念，但當離開了夜總會之後，卻情願選擇委屈自己過著苦不堪言的日子也不肯被環境支配，回頭去做一個無奈的墮落人。

115. 一笑置之

有一次蓮姨告訴我養母告訴她郭先生給我應該是五萬元，因為這是他們妥協了的數目而她得到的只是三萬元，養母認為我扣起了二萬元作為私己，我聽了之後，只是默然低頭和一笑置之。不少痛苦的經歷使我身心麻木，被誤會，受委屈，太多太多發生在我的身上了，為自己澄清，太累了，

沒有這個必要和什麼都不值得我在乎。唉！養母愛怎樣的對人說便隨她說，認為我是怎樣便怎樣吧！管不了也擔心不了我將來的處境將會是如何，不管心情怎樣也要把它擱置在一旁，每個晚上依舊盡展歡顏在霓虹燈下賣笑，繼續賺取盡可能潔身自愛的舞票錢。

116.跪地乞求

這第六位喜歡我的舞客徐先生是我最憎惡的舞客，因為除了在夜總會要應酬他之外，在日間他也不放過我，最難接受的就是他死纏爛打使我不管日或夜都要強顏歡笑去應酬他。徐先生是最懂得奉承養母，所以養母對他特別有好感，有一次，養母在家我忘記了所因何事，她向我大發牢騷罵我不好好的應酬徐先生，可能她積下了太多是想我為她一一實現的夢想，但仍然未能如她所願，養母在激動的情緒下竟然跪在我面前拜我，乞求我仁慈的好好地順從她。當養母向我又拜又跪的時候我卻無動於中，只是低頭坐著和沒有反應，養母太不理解和完全不明白我是被一個不分晝或夜總是厚著面皮像螞蟻吃蜜糖般纏著不休的人來騷擾，當情緒不受控時，是很難不作出反應來應酬這位使我十分討厭的徐先生，我不想是這樣的，奈何情緒是不由我來控制的。

117.起反感

　　一個中午養母又是為了徐先生而向我大發雷霆，因為縱使她又跪又拜的乞求我，要好好的應酬徐先生，但我還是依然故我不改變對他顯示討厭的態度，忘記了這次我有否頂撞養母而她卻一巴掌向我面上打過來，當時我沒有反應，但事後越想便越心心不忍，覺得她對我實在是太過份了，我開始對養母心生反感了。她咄咄相逼，非要我遵從她的意思和受她控制了方肯罷休，當我被養母給了一記耳光後，越想便越沉不住氣，正是壓迫力越大反抗力越強。其實我不是愚昧無知，並不像一般人嘲笑一些無知少女而常說的一句廣東俗語，就是十幾歲卜卜脆。有感雖然我是十幾歲但我並不卜卜脆，人是有底線的，超越了底線時便不能再逆來順受了，我要以行動讓養母知道凡事要適可而止，不可以太過份地對我，我們一向沒有溝通，她完全不知道我是懷著回饋養育深恩的苦衷，我清楚知道我們根本沒有母和女之間的親情，我們在一起只是憑著一個是施了恩在前，一個便要還恩在後。只有這個概念維繫著而養母竟然摑我，這樣的對我，於是在同一天的晚上，我不動聲色照常上班，但在上班之前便偷偷帶了一件迷你裙和一對平底鞋，當我坐上了黃包車後便著車伕載到一個公園附近，為了不讓養母和安娜可能追查到我的行蹤，下車後便轉乘一部計程車，藉著晚上在計程車內的昏暗便閃閃縮縮在車裏迅速更換了迷你裙和平底鞋，然後著司機送我到平西市誼母的家。

118. 離家出走

　　平西市是一個小市鎮，在我年少時，誼父誼母和他們的養女已經住在這小鎮，在兒時因為誼父誼母很喜歡我，於是養母便讓我做了他們的誼女。遇著學校放暑假時，養母會讓我去誼母家小住數天或一個星期，他們住的屋子很大，屋子是誼父很久前已經買下了。屋內有一個小客廳，除了他們一家三口住的是一間很大的房間之外，還騰出兩個房間分租給人居住，每月收入固定的房租，誼父和朋友合資做小生意，生活很安定，有時我去他們家小住數天，在回家之前誼母會給我一些零用錢和刻意著我不需要讓養母知。

　　這次離家出走存心只是想嚇嚇養母，想藉著這個行動希望她收斂些，不要迫我太甚，更不可以打我，因為恐怕下去她若再有不滿意我不受她控制時，我會又再吃耳光，有第一必有二，養母是時侯要檢討自己，我是時候要向她表態。

　　到了誼母家我便向他們訴說事情的經過和我不肯回家，誼父誼母害怕養母可能會找上門來，也會誤會是他們教唆我反叛她，我也不想連累他們，無奈我真是求助無門誼母也理解，她便安排我在一間旅店住了一晚，到了次日我仍然是不想回家，接近黃昏，除了誼父母相勸我也知道始終要面對現實，今天是不可以不回家的。誼母替我結了房租又給了些小錢著我坐計程車回家，心情很矛盾因為我仍然是不願意回

家，可是又無可選擇，抱著縱使千萬個不願但還需願，我是要回去這個真是不願意回去的家。

接近黃昏時份，當我坐在計程車內在回家途中無意中從車內向外望時，很巧合的見到養母在街上神情焦急地走著，我猜她是在找我吧，心裏不禁泛起了一陣快感，同時也知道我的表態行動已經生效了，話雖如此，但當計程車載著我快到家門時，我心中不期然感到忐忑不安，因為不知道回家之後養母會怎樣對我，幸而回到家裏直至我上班之前她沒有出現過。

當天晚上不知怎的安娜整個晚上都逃避接近我，甚至要通知我的手語和帶我坐檯是她一向做的工作全部都交給了另外一位舞女大班代替她去做，當這舞女大班帶我去坐檯，我們一面走她一面好奇地向我打聽為什麼昨天晚上沒有上班，我只回答了一句就是：「養母打我。」我猜整個夜總會都知道我離家出走的事，安娜是站在養母的一邊，不知她是生我的氣還是心虛，所以整個晚上都在避開我。

119.心聲

　　我對安娜完全沒有好感，因為她和養母合謀一步一步的安排慢慢推我墮進深到不能自拔的深淵，她倆是一丘之貉，說來說去我只是憑著回饋養育深恩的心情，這是唯一的動力才讓我甘心任由她們擺佈，這次是她們逼虎跳牆，我離家出走是逼不得已的。

　　自從被養母給了一個耳光之後，我被摑醒了，多虧這一巴掌把我打醒，使我想起了昔日何先生說過很多重語心長是勸喻我的衷心話，他這些知心話言猶在耳。我開始為自己的未來擔心，背著還恩這個超重的包袱我越感到吃力，甚至覺得已超越了我的能力範圍，我真的不想繼續逼自己苦苦背著這個超重的包袱，人生如舞台，我覺得我在飾演著一個是愚孝的人，當愚孝觀念產生了便動搖了我不惜犧牲自己就是為了報恩的概念了。

120.意外的提議

　　一個晚上這姓陳的如常單獨到夜總會，如常為我買鐘出街，我陪他到一間很有情調的餐廳宵夜，他不是個隨和，有情趣和健談的人，雖然他追求我，但和他在一起，我承受著無比的壓力，因為應酬他的時候我仍然是要小心翼翼生怕開罪了他。這一晚當他送我回家途中突然直接的問我願意否離

開夜總會讓他照顧，我沒有回答，隔了一會兒，他說：「不用急，考慮了之後才答覆我吧。」

121.天真的夢

回家後躺在床上時便輾轉難眠，思潮起伏把他剛才的說話想了又再想，越想便越沾沾自喜，離開夜總會讓他照顧，問得太好了，離開夜總會是我已萌生的念頭。讓他照顧可以說正是我的期待，因為要擔心和困擾著我的事情太多了，常常心裏發愁，已先後錯失了善良的恩客如何先生，大客如鄧先生，可以如養母對我說過做這個行業只是賣藝不賣身嗎？她和安娜會輕易放過我這棵是她們的搖錢樹嗎？堅持清高要出污泥而不染，在夜總會內仍有我立足之地嗎？自從淪落風塵後我產生了極度濃厚的自卑感，和沒有勇氣抬起頭做人，好不容易才捱到了有現成的一位越南華僑富商，有名譽有地位的上等人看上了我，若做他的情婦有何不好呢？起碼不用擔心養母和安娜聯手對付我，有感現在機會來了，我要把握這個機會離開夜總會這鬼地方。難得的是在芸芸舞女中我被陳選上，這是何等光采的事呵！一方面我可以藉著這個上等人的聲譽抬高自己，使我消除強烈的自卑感，一方面我存著無比的驕傲和自滿，好勝心爆棚的自以為誰說從來沒有舞女綁到他的愛情線。管這上等人是如何的精明和清醒，最終也逃不過做我裙下之臣而被我俘虜了，綁住他是易如反掌的事，一些難度也沒有。雖然這姓陳的去夜總會是為了生意上

的應酬無心戀棧或是追求過任何一位舞女，但現在我卻被他追求了，背後我被人羨慕到不得了。試想想，我怎能不飄飄然，不自豪和不自滿呢？誰知道噩運來臨我尚懵然不知，尚在幻想，尚在發著天真的夢。

有感那些年在夜總會內見到最多的是成熟型的舞女，生怕有朝一日，我會步她們的後塵，長江後浪推前浪，客人對我再沒有新鮮感的時候，那麼我和其她的成熟型舞女又有什麼分別呢？最可怕的是夜總會表面是尋歡作樂的消金窩，但背後卻是色情場所。淫媒會為出錢買性交易的舞客服務。我知道在夜總會內處子身是最值錢的，一些富豪為了滿足自己的性慾，只要對方是處子便不惜一擲千金。正如鄧先生為例我第一次和他性交易的代價竟然是可以買一所價值十幾萬元的房屋，超過半個世紀之前的十幾萬元真是個很大的數目呀！我很肯定的就是養母和安娜以為我可以在短短的一個星期內便有十萬元還給鄧先生我已經不是處子了。所以她們把我的身價降低，便以五萬元和郭先生妥協作為和他第二次性交易的代價，如果沒有猜錯的話，恩客郭先生認為既然他沒有和我有過性的交易他是無須履行跟養母的協議，所以怪不得養母覺得她和郭先生事前協商好的五萬元，而我只交給她三萬元，就憑這些複雜的推理之後我越想便越心寒，越想越不對勁，事實不由我不為自己擔心，因為性交易越多，我的身價是不斷地一次比一次下跌，當身價越來越不值錢時，便和一般企街女郎沒有什麼分別了！

　　細想我雖然不算是貌美如花，但勝在夠青春無敵，新面孔和有新鮮感便自然受追捧，但日子久了呢？這藏污納垢的場所實不宜久留，正當我為自己在憂心忡忡之際，陳卻自動送上門提出願意照顧我，使我好像打了一支強心針和無比天真地幻想以為面前出現了一道幸福之門，正在等我把它來打開。還記得當天晚上我真是興奮莫名，整晚都在幻想著我將擁有很多幸福，甚至還以為是上天見憐再賜奇蹟給我。在當時我抱著若是做了這姓陳的情婦之後，對我會有不少的好處，我有計算過以我的年紀一定比他的妻子年輕得多，在年齡上我已佔盡了優勢，更加計算陳在年紀上比我足足大了二十多年，順理成章必然對我寵愛有加，因為論年齡他可以做我的父親了。在無知和幼稚的幻想之下還計算我會擁有多一份愛，什麼愛？就是慈父的愛啦！除了憧憬著幻想著我將會得到很多不同的愛之外，最慶幸的是我終於可以離開夜總會，擺脫所有擔心和困擾著我的問題，將會一掃而空，人找機會難，等機會到更加困難，很怕這機會在我面前一瞬即逝。我像浮沉在大海中已很久了，既然運氣到來了，遇到一個可以救我出生天的救生圈，為何還不快手抓緊它？還不借助它的力速速的游上岸呢？經過多方慎重考慮了之後我很有信心陳會愛我，善待我和照顧我，我不用拋頭露面在夜總會裡工作，這下子我真是行運了。碰到陳正是我求之不得，也是我的造化，雖然對他算不上有愛意，但一點兒的好感我確實是有的，在虛榮心和自信心的驅使下，決定了和陳商討我日後的生活費。我有要求他要照顧我的養母，於是在一個下了班的晚上在陳的陪同下我鼓足勇氣向養母請示，我們三人坐在

客廳內，他承諾對養母生養死葬，我也承諾永遠不離不棄的照顧她。不知是否因為我離家出走的事而影響了養母的心態，她沒有反對，我過關了，終於鬆下一口氣了。因為可以徹底離開夜總會，我終於可以上岸了，可惜天真的夢在離開了夜總會之後便被現實的環境粉碎了和蕩然無存了！

122. 心聲

當做了陳的情婦之後，我仍然住在養母的家，自從離家出走後更怕在家碰見養母，她也刻意避開我，我們互相明白，住在一起是因為我是她唯一能依靠的人，而我是因為我要照顧她。本來我們的想法是截然不同的，處事方式也不一樣，我們根本是兩類的人。但命運卻安排我和她一定要綁在一起，誰也不能離開誰！陳提議要照顧我的事我沒有和養母商量，因為怕她乘機要陳給她一大筆補償費，我有要求過陳給養母五萬元，這是應該的，算是為我屬身的代價，陳有答應但他後來好像沒有履行。只記得昔日和陳談過幾次有關日後他給我的生活費問題，自從離開了夜總會之後我過著有說不出苦惱的生活，因為我真是天天不想見到陳，但卻天天盼望見到他，我前半生就是這樣矛盾地去做人！離開了夜總會之後，天真的以為我終於有好日子過，可惜過了只有幾個月現實便告訴我，想過好日子仍然未是時候。甚至好戲在後頭呀！真是不堪回首，很多預料不到的問題接踵而來，很多困擾著我的煩事也揭開了序幕。

123.感激

陳不會天天來，縱使來都只是在傍晚。他通常和我上餐館之後便去看電影或跳舞，享受了二人世界之後便送我回家，然後在我房間逗留一會兒便駕車回去。有幾次陳對我有性的要求但被我拒絕了，因為害羞，對他有好感並不等於有愛情，無愛情怎能有肌膚之親？尤幸每當我拒絕了他之後他都是溫柔地對我說：「無所謂，妳已經是我的了，我不會勉強妳。」聽了之後十分感激，既然陳這麼體諒，於是當他對我再有性的要求時我仍然是拒絕了他。

124.經濟的困擾

從良後初初的兩個月養母仍然負責家中的生活費，但因為我沒有把陳給我五百元的生活費轉交給她，於是在第三個月養母便不再負責家中的生活費了。當我接手生活費的時候便發覺經濟有問題，想直接對陳說但感到不好意思，因為我們仍然是沒有性生活，怎好意思向他提出關於金錢的要求。再過了一個月傭人薪酬已付不起，我唯有直接告訴陳家庭經濟出現了問題請他多給我一些生活費。但陳說：「我只是給妳妥商了的生活費用，至於足夠與否是妳的事，我不管。」我理解在這幾個月來我們仍然是沒有性生活，但他卻仍然給我五百元的生活費這是件很難得的事，要他義務地再給我多一點是說不通的。其實經濟有問題是我自己一手造成，因我一

向不懂計算所有生活開支的費用，自以為我不愛打扮便不需置衣服費，因和養母住在一起也不需租金，我無朋友也不需要應酬費，如此種種的費用也覺沒必要，甚至付傭人的薪酬我都忘卻是一項開支。更加不懂計算一個家庭每個月所需的必要支出，當年天真的以為我和養母二人每天的生活費二十元已經足夠了，所以我在不清不楚的計算下一個月的生活費是六百元。我是個自尊心強和自卑感重的人，尤其是向人討錢這是很無尊嚴的事，甚至愚蠢到覺得六百元的生活費實在是太多了，於是便告訴陳每個月的生活費五百元便足夠了。

125. 我的錯

　　自我檢討當年我犯了很多錯，因為從未當過家，不清楚何為生活費，只知道有錢便給養母其它的事與我無關。離開夜總會之前陳有問過幾次我要多少的生活費，但因為當時年紀輕，不知天高地厚，自以為每天的買菜錢便是生活費，再錯的是不敢和養母共商陳要照顧我的事，因怕她教我向他索取可觀的生活費，使我為難的事還是免了吧。陳是個十分吝嗇和精打細算的商人而我只是個十幾歲的小女孩，當年我覺得五百元是個不少的數目了，我害怕若提出六百元的生活費要求時，有可能會動搖他當初要我做他的情婦的念頭，怕他會改變初衷繼而卻步，那麼我便完蛋了。因為養母和安娜已經越來越聯手相逼，我獨力難支會被她們推下萬丈深淵的。昔日就只是想盡快離開夜總會，我確實是有刻意把生活費計

算到是最低的數目，最錯的是我疏忽了沒有要求陳每月要給養母一些固定金額以盡些孝道來對她，這是我一輩子不能原諒自己的過錯，所有的錯便從這裡開始了！

126. 我們都是可憐人

　　曾經寫過我在夜總會賺來每個月的薪水我是全數交給養母的，從來沒有為自己留下任何私己錢，其實與其說沒有留下些少作為私己錢，倒不如說是我不懂得為自己做任何打算吧。至於養母，我肯定她有存私己錢，到底她存有多少呢？若要計算的話是並不困難的。因為我做舞女只是半年左右，縱使她有些積蓄但在我離開夜總會之前她要還錢給夜總會老闆，鄧先生給她的十幾萬元已經買了房子，裝修新屋又被負責裝修的人算多了，何先生給了我十萬元巨款是幫我收拾殘局的，那筆錢早已還給了鄧先生。至於郭先生給的三萬元，愛賭的養母每個月只有出而沒有入，縱使她有些積蓄卻可以花多久呢？使我感到困擾的是除了陳不在乎我的生活費是否足夠外，我還發覺他暗中搜查我睡房的抽屜，使我十分反感。因為若是和一個提防自己的人在一起是沒有幸福和沒有安全感的，所以自此之後當陳對我有性的要求時我仍然是推搪他，本著他既然在提防我，我當然也要一樣。不可以只拿他給我這五百元的生活費便滿足他的性慾，但話雖如此，我仍然是很感激陳，因為我們在一起有半年之久了，雖仍然沒有性生活而他卻每個月固定給我五百元的生活費，為了節省

開支我便辭掉傭人，生活總算是勉強過得去。我很可憐，養母也很可憐，因為她在七除八扣之後，她的私己錢已所餘無幾，她要依靠一個沒有錢給她的我，我卻要依靠一個只肯給我五百元生活費和提防著我的人，我們不是可憐人嗎！

127. 蓮姨

　　讓我介紹養母的另一位知己朋友蓮姨，蓮姨是個虔誠的佛教徒，她是獨身，唯一親人是她弟弟。她弟弟年過四十尚未娶妻，蓮姨弟弟性格內向，他有一份固定的職業，姊弟感情甚融洽。蓮姨是個很善良的人，養母和她初認識時是工作上的同事，若她不用上班便經常來和養母相聚，自從她們兩人視對方為知己之後，養母心事她知道不少。養母花了十二萬元買下一間面積很細的新居後，安娜便介紹了一位裝修屋師傅給養母，這新屋面積很細裝修工程本來是十分簡單，但養母沒有跟師傅先妥協裝修費用便讓他動工，當裝修完畢後收到的帳單竟然是七萬多元，養母唯有照單付錢，這是蓮姨告訴我的。若她告訴我關於養母的事我會聆聽，否則不會問因為不想知。

128. 養母的嗜好

　　離開了夜總會，雖然仍然是和養母同住在一起，但我們依舊是沒有坐在一起來閒話家常。養母的精神寄托是打麻

將，每天上午十點鐘之後她已經在王先生的別墅內打牌了。
若她打牌贏了錢的時候通常便叫我和譚叔叔等三人一同上餐
館用晚膳，晚膳後養母繼續她的牌局或是和譚叔叔一起，每
個月的三十天她能打牌超過三十次，因牌局有分早、午、晚。
我理解，養母生活無聊若不打牌消磨時間日子怎樣渡過呢！

129. 心聲

離開夜總會之後，我的生活也是很無聊，終日躲在家或
是做我最不感興趣的家務，看報紙是每天不可缺的精神糧
食，我無多餘錢自然無興趣逛街。

某一天蓮姨來訪，但養母不在家，蓮姨對我說：「妳養
母賣了一條很有重量的金頸鍊，可以的話補買一條新的送給
她吧。」她和養母情同姊妹，知道最多是養母不開心的心事，
有時候蓮姨會婉轉地勸我盡些孝道含意是想我送些金錢給養
母，有誰知我每個月的開支要精打細算，我已是自顧不暇，
實在是愛莫能助有苦自己知，面對蓮姨只有沉默，無言。

130. 反感和憂慮

表面上我是個富商的情婦，但背後過的卻是捉襟見肘的
生活，更加得不到陳給我需要的安全感，心中有些擔心日子
若一直是這樣的過下去該怎辦？我開始有點後悔和陳在一
起，記得有兩次和他商討過給我生活費真是不夠開支，但縱

使理由充足和我只希望他多給我一百元而已，可惜一提到金錢便被拒絕，他堅持只是給我們協商好的五百元，不夠是我的事。唉！可以的話做人應該有尊嚴，自此之後我沒有再向陳提起這件事了。有感陳對我這麼決絕，除了是吝嗇之外總該有其它原因吧！難道是我還未肯獻身給他？想到這裡便更加苦惱，因為害怕若我們有了性生活之後他仍然堅持每月只給我五百元時我該怎麼辦呢？照常理分析既然我是他的情婦，他對我總有些愛意吧？但為什麼明知我過的是入不敷支的生活，卻仍然是無動於衷呢？尤其是只是俱俱的一百元，對他這個超級富豪來說要這麼吝嗇和計較嗎？在心情十分煩悶之下有感若我猜測對了，往後是不會有好日子過的。毅然萌生離去的念頭，但卻顧慮我無一技之長，更兼有一個愛金錢的養母，若真的離開他，我很有可能要重操故業的。不！好不容易才能擺脫了被養母的控制，更逃脫了會被她推進火坑的深淵裡的可能，難道我只打了一個轉便不由自主跳回去那火坑嗎？不然我便要每個月拿著陳給我的五百元來渡日？有感這兩條都是不好走的路，越想越擔心，與其在徬徨中渡日，倒不如想辦法解決。

131. 計劃之一

　　某一天我特地和陳商量說：「不想和養母再同住在一起了，她真是很麻煩，終日喋喋不休的囉嗦我，我想搬出去住，我想有一個屬於我們自己的家。」記得在我尚未離開夜總會時安娜有告訴過我陳和朋友合資正在興建房子，我也知道他

興建房子的地點。我知道陳一向是不喜歡養母，所以便要說盡討厭養母的說話，才有藉口提出我要搬出去住。本著陳有的是房子，他應該有能力給我置一個新家，到時我便順理成章和他重新妥協生活費。我真的不想繼續過著捉襟見肘的生活，這便是我盤算的計劃之一，希望這計劃會行得通。很幸運當我和陳提出了幾次我想搬出的事之後，某日他對我說他找到一所新居，很快我便可以入住。太好了，料不到會這麼順利，在即將搬出去的某一天，我對養母說：「陳找到了一所新居，我將會搬出去，遲些便來接妳一起住。」我的性格是什麼事都愛藏在心裡，我知道養母需要安撫，不想她為了我即將搬出的舉動而胡思亂想。

132. 我的新居

這是一所新建成的屋子，業主姓李是陳的朋友，屋子是兩層，每層只有兩棟房子。業主把在底層的兩棟房子打通用作是他的印刷工場，樓上第一棟房子住的是一對年輕夫婦，我住的是第二棟。

這新屋子的面積很大，有一個大客廳連著飯廳，介於它們中間裝了一幅鐵屏風，這鐵屏風的款式是只有幾條不鏽鋼的斜紋圖案，我很喜歡這屏風，因它的圖案設計得簡單和清雅。接著便是一個大睡房，客廳飯廳和睡房旁邊是走廊，跟著便是一個大廚房，洗手間和浴室是連在廚房內，這是一所住得很舒適的屋子。

　　搬進這屋子的時候陳對我說：「這屋子是買給妳的。」聽了之後表面上我沒有反應，也扮作不在乎，但心裡卻高興到不得了，以為我多聰明因為它是我日後的保障。當搬進這屋子的第一個晚上，我便自動獻身和陳肉體交歡。到後來才知道我有騙他，他也有騙我，因為若這屋子真的是買給我的話，為何從沒有做過任何簽名手續。慨嘆在現實和複雜的社會裡防人之心真是不可無，人與人之間在必要時是會爾虞我詐的。舉個例子：若我比你聰明，當有需要時，我會騙你或是利用你。若你比我聰明，當有需要時你會騙我或是利用我，若大家的聰明是不相伯仲時，也是當遇上有需要時便會互相利用或欺騙吧！

133. 計劃之二

　　當搬進這新居之後，我向陳重新商量往後的生活費，很幸運順利解決了，接著便是如何找藉口使他同意讓養母搬來住。當住了大約一個多月後的某一天我扮作不經意地對陳說：「蓮姨有來過，告知自從我搬走之後，養母心情很差。」又過了不久，我扮作很納悶地對陳說：「蓮姨又有來探我，訴說養母向好朋友們訴苦，說你承諾過對她負起生養死葬的責任，而我也承諾過對她不離不棄，但我們卻對她置之不理，自顧自搬走了，對她不守諾言。」陳聽後默不作聲，又再過了不久的某一天下午，當陳來了我便扮作面色沉重的對他說：「蓮姨剛剛走，她說今天曾去探養母，發覺得她不言不語和

情緒有些異常，蓮姨擔心所以來找我告知，因為她知道我很久已沒有去探過養母，蓮姨問我和養母是否有什麼誤會？否則為什麼不回去探望她。」我擔憂地問陳：「我們該怎麼辦？」他反問我：「妳說呢？」正中下懷了，於是我對陳說：「沒料到我們搬了之後對養母造成這麼嚴重的影響，我們真是忘記了對她的承諾，其實這也難怪她向好朋友們訴苦，因為我們確實是食言了。若繼續傳出去，我會被人批評不孝，而你會名譽受損。」我一方面在陳的面前扮作對養母十分內疚，一方面說盡些會影響他聲譽的說話，最後才用軟語哄陳和向他提議說：「我不想被人背後諸多批評，不如讓養母搬來同住吧。」經過了這次之後，我不間斷地和陳談論這件事，因為我想說服他，很幸運地，當陳被我不斷用事實和心理分析的壓力下，他答應讓養母搬來同住，我終於鬆了一口氣，因為我的計劃又成功了。於是養母把她的屋子賣掉，名正言順地搬來和我們同住。不能讓陳知道我是早有預謀，所以我便在飯廳一角的地方放了一張新的和有墊褥的單人床，放一個新的小衣櫃，這便算是她住的小房間了。自從養母搬來住之後，她便開始吃素。為何？她沒有相告我也沒有多問。昔日住在堤岸市的華人婦女若是吃素的話大多數都不是為了健康，而是和自己的信仰有關。自從養母賣了屋子和我一起住下之後，她的生活也是如常不變，每天打牌至晚上才回家，我如常為她整理被鋪和掛起蚊帳，但不再像以前般為她抹木床了，因為她睡的是墊褥床。我還以為雨過天晴了，天知道接下去的盡是困擾著我的煩惱事！

134.懷孕

　　某一天當我告訴陳我懷孕了，他沒有反應，後來才知道他已經有七名子女了，我懷孕是多餘的。

135.金錢處理不當

　　某一天陳是第一次給我三萬元和叮囑我把它放好，當我有了金錢在手的時候便不由自主想起了養母，因為自從和陳在一起後，她便沒再向我要錢，我再也沒有分文給過她。抱著陳給了我的三萬元，既然不是家用，何不盡些孝道把這些金錢送給養母。當我分娩後在住院期間的某一天，陳著我把那三萬元拿出來，讓他付住院費，糟糕！自從那次之後便沒有第二次了。他給我的只是生活費，我沒有埋怨，因為這是我的錯。我是在一間私人產所分娩，是養母為我安排的，我的第一胎是個男嬰。

136.災難終於來臨

　　某一天的早上門鈴響了，養母仍然在家，她去開門，來的是一位中年女士，她自我介紹是陳太，我正在房內照顧剛出世只有幾個星期的兒子，當養母進入房間對我說了之後，我知道麻煩的事終於找上門來了。養母代我照顧兒子，我出客廳會陳太，當見了面之後她對我說：「這是我第一次來，

希望也是我最後的一次來，現在我警告妳必須離開我的丈夫，否則對妳不客氣。小心，我是先禮後兵，不要當這不是一回事。」我對陳太說過了什麼？她還對我說過了什麼？記不起了。

137. 心聲

發生了這件事之後我有想過真的要離開陳，但不可以，因為背後有不少是使我要顧慮到的事情，雖然陳不是我理想中的救生圈，但說到底他是我目前不能放手的救生圈。走到這一步，已經不能走回頭路了，無論如何不能為了陳太幾句對我有威脅性的說話便放棄這個雖然我認為是無安全感的救生圈。

138. 再度騷擾

隔了不久的某一天早上陳太又來了，養母開門，她入了屋子之後便大發雌威把客廳的東西橫掃和亂擲，養母在窗前有一張是她拜神的小桌子，放著香燭各物也不能倖免。擲完東西後她狠狠地再次罵我，我知道是我不對唯有站在客廳一旁讓她盡情發洩激動的情緒。自此之後當陳來了只有一會兒陳太便找上門，我不敢開門，她站在門外一會兒便走了。陳為了息事寧人不敢來，生活費托他朋友轉交給我和轉告我知他暫時不會來，其實他來或不來我都無所謂，但生活費卻一定要有來呀！

139. 母債女還

　　正是一波未平一波又起，養母有幾位很要好的朋友，直接找我說養母借了她們錢很久了，到現在仍然未還，她們認為我應該代養母償還。真使我煩上加煩，我不敢問養母，因為覺得她們敢直接向我投訴應該是沒有說謊的，母債女還，這可苦了我呢？我哪裡有錢還給她們呀？我沒有怪責養母，反而責備自己，因為我沒有金錢孝敬她，我是應該代她還債的，問題是我沒有錢，怎樣來還呢？真不明白養母賣了屋子並不是很久的事，她應該是有些私己錢的，為何還要向朋友們借錢？借的錢作何用？可惜也是那句，我不問她不說。在無助的情形下我唯有重施故技，就是說謊，因為說謊是我的強項，為了代養母還債不得不再說謊話來欺騙陳。

140. 謊言

　　某一天我對陳說：「最近養母的好朋友常常來向她追討欠下她們很久的賭債，養母求我幫她償還，我說要和你商量，你認為我們應該怎樣做？你的妻子常常來騷擾和逼我離開你，我們又應該怎麼做呢？」陳默然不語。我繼續說：「我們已守諾言照顧養母了，可惜她欠下了不少的賭債，賭是難戒的劣習，若我們幫她還了這次的賭債之後，她再重蹈覆轍時又怎辦呢？養母有向我提議，她說若我們幫她還了賭債之後她便搬去和譚叔叔住，所以我提議不如把這屋子送給她，

讓她把這屋子賣了來還賭債吧，我們可算是一勞永逸，再搬去別的地方住，還可以避開你的妻子來騷擾，其它的事遲些再打算吧。」我向陳說盡什麼都是為了他和為了我著想的說話，我很了解陳，就是千萬別向他提及金錢。經過了多次跟他分析和提議之後，他終於被我悅服了，某天陳對我說：「妳養母可直接和業主商討接手這間屋子的事。」

某天我對養母說：「因為要避開陳的妻子我們要搬家了，這所屋子送給妳，妳可以找業主商討屋子轉手的事。」至於養母欠她好朋友金錢的事我沒有向她提起過。

某個傍晚，我猜養母去見了業主，因為見她回家的時候眼睛有些紅腫，慣例任何事若她不說我不會追問。與其說我不問，倒不如說不想問，一向覺得凡事可以不問的話最好就是不要問，凡事可以不知道的話最好就是不要知！

141. 為養母安排

既然陳同意了把屋子給養母，我也略知她已經進行賣屋的事了，是時候要安排她暫住之處了。有去找過王先生的妾侍，雖然我們不相熟，但我知道養母和她常常在一起打麻將，於是便厚顏請她讓養母暫時住在她的別墅內兩個月，向她交代求助原因是避開陳的妻子，她很仁慈答應了。於是在某一天我對養母說：「若妳賣了屋子之後妳暫時住在王先生的別墅兩個月吧，兩個月後我會接妳回家。」

142. 心聲

真是摸不著頭腦，從幼年至成長我是和養母住在一起，但我們卻像陌生人似的相處了二十多年，想當年我們是怎樣生活在一起的呀？！

143. 為自己安排

當安頓了養母之後便要安頓我和剛剛蹣跚學走路的兒子了，一切好像是命裡早已有安排，我只是跟著自己的命運走下去，昔日有太多不可思議和化險為夷的經歷，所以我相信的只是運氣。

有一個家庭，兩夫婦是基督教徒。我稱男的為彭生，女的為彭太，他們的一個兒子從小便叫我養母是乾媽，從來都只是養母和我去探訪他們。彭生是在一間照相館工作，彭太一身兼兩職，她除了是家庭主婦之外還在家裁一些簡單款式的衣服然後交給別人代縫，縫好後彭太便寄售在一間小型的衣服店。我知彭太是個好人，因為有一次養母和我去探訪她，她家有個小天台，那次我是站在天台，她們卻坐在客廳裡低談。聽不到養母說了什麼，只聽到彭太說：「既然她無心求學，為何不讓她去工廠做女工，總好過去做舞女。」養母怎樣回答我聽不到，就憑聽到彭太這幾句說話，我覺得她是個好人。從來是我認識的人我會默默記下，口中不說但心中清楚誰是好人誰是衰人。

見過彭太家中有一個房間，房內只有一張寬闊的桌子和一張很大的木床，放在桌子上和木床上都是縫衣服的工具和布料，心裡想既然彭太是個好人，何不求她借這個房間讓我和小兒暫住兩個月。我也只是以避開陳的妻子騷擾為原因向她求助，幸好彭太答應了，養母住的問題解決了，我和兒子住的問題也解決了，不多久屋子也賣出了，心裡很難過，因為我很快失去家了。

144. 我的寵物朋友

我從小便喜愛小動物，當年家中養了一隻小狗和一隻小黃鶯，黃鶯本來是一對的，但後來只剩下一隻。小狗的耳朵和眼圈的毛完全是黑色，身體的毛卻完全是白色，牠是一隻全身都是黑白分明可愛的小狗。聽說養母花了二千元把牠買下，當年二千元不是個小數目呀！小黃鶯也是養母買下，但卻是由我照顧牠，清潔那隻小黃鶯的鳥籠大約是一個星期一次，大約一個星期兩次換些少清水和添些少鳥糧給牠吃和喝。至於那隻小狗除了每天餵牠一些狗糧和清水外，大約一個星期便幫牠洗澡一次，這可愛的小狗最不愛的就是洗澡。狗是聰明的動物，因為當我準備暖水，毛巾，肥皂和梳子的時候，牠已經靜悄悄地躲在床下或躲在衣櫃下，這隻小狗雖然聰明但有時會像小孩子般善忘，因為若我拿了一些是牠愛吃的放在房間內的一角時，牠很快便嗅到，搖著尾巴從床下或從衣櫃下走出來，當然接下來就是被我捉去洗澡了。有時

候我盡早便把牠關在浴室裡讓牠等候洗澡，有時候我要假意按門鈴讓牠誤以為有人來了，便忘形地搖著尾巴從床下急忙走出來，當然牠又逃不過被捉去洗澡的命運。有時候我用盡各種方法牠都不上當，堅持靜靜躲在床下，我便只好爬進床下拉牠出來，當我們對望時牠知道將要被捉去洗澡，於是憤怒的豎起了雙耳和反起了嘴唇裡的上下排的狗牙齒，像殭屍般突了出來和發出嗚嗚的惱怒聲。當牠發脾氣的時候，常使我不禁失笑，因牠生氣的樣子是攪笑和可愛的。當屋子的新主人即將搬入，我便準備要搬出去，除了難過也感到惋惜，因為我無能力保住我的家！

145. 捨不得人和寵物的感情

我是在無助的情形下親手放棄了我的家和放棄了我兩隻小寵物朋友，當年我是很捨不得放棄牠們的。總是忘不了和這兩隻小可愛相處的時光，我是不會因為時間而忘掉牠們的，難忘的感情是永遠存在心中，不管是人或是寵物。

146. 深深的哀傷

忘不了昔日的無奈事，某日知道是時候要把小黃鶯放手了有感牠被困在鳥籠內已經有一段日子，現在我已自身難保了，應該還牠自由讓牠展翅高飛，誰知道當我打開鳥籠時，小黃鶯便像一支箭般斜斜飛落在對面的草地上。唉！難道

在鳥籠裡一向被受照顧的小黃鶯無所適從來得這麼突然的自由，以至無力高飛？當時我是在難過的心情下，把視線移開，實在不想繼續看到牠是否仍然停留在草地上。剎那間的情景和我當時的心情到現在仍是忘不了，慨嘆昔日不少使我難過的事總是長留在腦海中！

因為小黃鶯使我有無限感慨，有感照顧牠是我，狠心地拋棄牠也是我，對我來說是件很殘忍的事。慨嘆人和寵物都是離不開，都會有幸或有不幸的遭遇。關於我的小狗朋友呢，牠總算得到即將搬來居住的家庭收留，至於牠的新主人會否善待牠，這便要看牠的運氣了。除了難過更感慚愧，因為我是一個無能的主人，遇著我是牠們的不幸！

一幕幕刻骨銘心的往事，隨時都能從我腦海中浮現出來，我知道人是要向前望，但傷心往事不是想忘掉便忘掉，過去了便是過去了！

147. 無家可歸

我終於變成無家可歸了，養母暫住在王先生的別墅，而我便暫住在彭太的家。也是畢生難忘，使我有無限傷心的難過往事。在彭太家暫時住下的第一個的傍晚，兒子睡著了，我很無聊的坐在床上，彭太走進房間著我一同出客廳用晚膳。他們是基督教徒，在用膳前例行祈禱，雖然我無宗教信仰，但為表尊重，我也低著頭和閉上眼睛，當祈禱完畢彭太

對我說：「現在我們可以用晚膳了。」突然間悲從中來，一陣說不出淒涼的感覺從心裡湧出來，瞬間無限的感觸，難過和悲傷，在百感交集的心情下禁不住立刻離座。我像一支箭般走進房內，在床邊坐下和默默地流著眼淚，當我一面抹著眼淚一面回望在床上熟睡了的兒子時，更加淚如泉湧，這是刻骨銘心難忘的悲痛。一向自以為是很堅強的我，當下什麼都不在乎的我，剎那間情緒崩潰了，實在是撐不住了，當感到前路茫茫之際，便開始氣餒，更問自己我還有勇氣繼續走向這崎嶇的人生路嗎？！

148. 心聲

我知道彭太仁慈，但寄人籬下的心情是很難受的，每天我都是躲在房內，因為不想碰見彭太。但兒子卻常常哭，因為抗拒我終日把他困在房間內，我怕兒子若鬧情緒時會騷擾一向生活在寧靜環境裡的彭太，於是在日間便盡量哄他或陪他睡覺，捱到接近黃昏了便抱他出外。我們兩母子在街上遊蕩至行人稀少的時候，我才以很無奈的心情回彭太的家。幸好彭太家附近有一間只是放映華語片的大電影院，若要看電影的話便先要走過這電影院內又闊又長的走廊，走廊內有很多玻璃窗櫥，窗櫥內貼上很多電影的宣傳相片，各相片下面寫下了放映的日期和時間。走廊內有幾個細小的攤位是小販們賣零食和飲品的。在走廊一旁有兩張無椅背的長木凳，我猜是給還未入場看電影的人稍坐一會或是讓一些無聊人坐下

當作是休憩地方吧。若要買戲票時便要繼續向前走一會兒便到售票處了，再行前幾步便到電影室門口，先通過檢查員的檢票，然後由帶票員指引和對票入座。當年這間電影院每天放映時間好像是從中午一點至深夜十一點。星期六和星期日有加開早場，時間好像是上午的十一點。我就是在這兩個月內成為了坐在木凳上的無聊人，因為在黃昏時份我便會抱著兒子開始在那閒坐。每次邊無聊地看著進出電影院的人群，邊讓兒子自由地在那學行和學走，捱到電影院將要關門了才以很不情願的心情抱著他悄悄回彭太的家。

陳通常在星期六傍晚來，他逗留一會兒便走。養母有時也有來，有一次養母來了，她嘗試游說我離開陳，著我跟她去遼國做妓女，她對我說：「只要在遼國賺了錢然後回越南，有誰知道妳曾經幹過了什麼，最要緊的是把握和利用自己的青春去賺錢。」

149. 想放棄自己

有感長期在逆境中掙扎，走的盡是崎嶇路，有感前路難行，已感筋疲力盡了，實在提不起勇氣繼續向前走，真的不想苦苦的再撐下去。我開始感到消極和心灰，既然提不起鬥志唯有向劣境屈服，向現實低頭吧。有感和陳在一起過的是完全沒有保障的日子，他妻子又常常來騷擾，錢？我無！青春？它會悄悄溜走，我又留不住它，私底下覺得自己在蹉跎歲月。實在承受不起種種的壓力，在全無鬥志的時候我失去

了方向，在無助和悲觀的心情下，點頭答應了養母的提議，我願放棄自己去遼國做妓女。

150. 提出分手

在一個星期六的傍晚陳來了，我在彭太家的天台上對他說我要和他分手，陳勸我，但我堅持，當時養母也在天台。深深記得陳把養母拖到天台一旁和她不斷地竊竊交談，我猜陳是求養母勸我別和他分手吧。當我站在天台一角默默看他們互相私語時頓覺我正在看著一場胡鬧劇，因為陳在豪不知情之下求養母幫他勸我不要和他分手，其實罪魁禍首是養母，但到頭來反而是他懇求她！

151. 一位真正好人

借住的期間，我盡量不外出，日常買些不用煮的乾糧或麵包給自己，買些奶粉給兒子，我們兩母子白天躲在房間內，捱到黃昏便出外遊蕩。環境把我折磨至終日愁眉苦臉，我知道彭太仁慈，她同情我的處境而想幫助我，可惜…！

有一天彭太把一件剛剛栽好了的衣服給我，著我試把這件衣服照她意思用她的縫衣車來縫，到現在也忘不了當我把縫好了的衣服交給彭太和看到她拿著那件衣服之後，便立刻露出了失望的表情，我便知道我的縫工不合格，達不到她的要求！

152. 心聲

不管日子怎樣困難也要面對，去遼國的事是養母主動向我提出，不知何解她沒有再提，我是被動，既然她不再提我也不想多提。抱著見一步便行一步的心態來渡日吧！某一天我發愁了，因為在彭太的家已住了幾個星期，但我仍然不知怎樣去找地方住，最困擾的是我要履行對彭太和王先生姜侍的承諾。幸好在某一天傍晚養母來探我，她說已經幫我找到了一所有上下層連在一起的屋子，樓上是屋主自己住，樓下租給我們住。月租多少？忘記了，只記得頓感鬆了一口氣，既然住的問題解決了，是時候又要再欺騙陳使他同意讓養母搬來和我一起住。很早已寫過說謊是我的強項，於是在某一個星期六的傍晚當陳來找我時，便告訴他養母已幫我們找到房子。再隔約兩個星期後當陳再來時，我便向他訴苦和對他說：「和養母住在一起的時候我並不感到吃力和費心照顧我們的兒子，但這個多月來，沒有養母幫忙，照顧學走路的兒子時我感到很吃力，現在才知道我很需要她，可否讓她搬來和我們一起住？讓她幫我分擔照顧我們的兒子。」我猜主要原因是陳見我沒有再重提和他分手，便以為是養母幫了他，所以在模凌兩可之下陳同意了。又使我鬆了一口氣，其實有苦自己知，和陳分不分手都是難以決定的選擇！

153.福無重至 禍不單行

　　自從養母和我再同住在一起之後，她便開始吃長素，總會有些原因吧，但如常一樣我不會過問。養母如常不在家，如常去打麻將，但身體卻日漸消瘦，從稍肥胖的體形慢慢消瘦。我缺乏健康常識，因為見她生活無異樣，便誤以為她是吃了長素之後缺乏營養而消瘦。誰知養母發病了，是肝硬化，這疾病的初期是無明顯象徵，只是身體慢慢地消瘦。不久我又懷孕了，找藉口對陳說我不能兼做家務和照顧大兒子，他同意了，於是僱了一位名叫英姐的女傭，她幫我打理家務和膳食，英姐無子女，丈夫早逝，夫家有一姊和一妹，她們很關心英姐。當年女傭薪酬很便宜，英姐煮得一手好吃的家庭小菜，我們很合得來，她工作不算勤力但也不算懶惰。每天養母不是去打麻將便是和至愛的譚叔叔一起，養母很少在家，縱使在家她總是板著面孔，不苟言笑，使我很難受。有一次實在忍不住，直接質問養母為何總是擺出一副冷面孔？而且有問過她我有做錯了什麼事嗎？有的話不妨直說，我會改。但養母沒有回答，經過了那次之後我更加不願意和她溝通。不久第二胎出生了，是女的，因為她出世時胎位不正常，出世後也是不正常。當我快要分娩時才進醫院，醫生發現我的胎位不正常要立刻照 X 光，醫生說若照出胎兒頭部太大的話便要施手術幫助分娩，腹兒是從腳部先出。一向無人關心我，我也沒有懷孕常識，所以不懂在懷孕期間要定期檢查胎兒，我五個子女是沒有做過任何的胎檢便來到這個世界。

154. 不治之症

當養母患了肝硬化的中期便開始感到腹部有些疼痛,我不懂關心也不懂問候,再過了不久她腹內的痛頻密了,雖然我知道她的至愛譚叔叔有和她去看過醫生,但我卻無知的認為有病看醫生是件平常的事,也知道養母曾經在醫院留醫了兩天,但我仍然如常一般的對她不聞不問,她和譚叔叔也是如常一般沒有向我相告為什麼要住院。現在檢討我在年輕時是沒有意識到什麼是生、老、病、死,或生離死別這回事,我只懂得有錢給養母便是對她好,可能我是在一個無感情的環境下長大,不懂什麼是親情或是關心,我沒有得到過養母的關心,所以也不懂得關心她。世事是沒有絕對或必然的,有些事情真的不懂就是不懂,到現在才知道我錯了,當我懂得的時候已經太遲了,養母離開我很久很久了!

155. 心聲

有一次養母,譚叔叔,蓮姨和我,我們四個人去近郊外一間大廟宇參神,我一向只是循例相陪,回程時我走在最前他們三人走在後面。不知怎的養母在街上跌了一交,當我發覺及回頭望譚叔叔時,他已扶起她了,我只看養母一眼,見她沒什麼大礙便自個繼續前行。事後蓮姨對我說養母很生氣地對她說我一向視她如陌生人,她這次跌倒在街上更加表露我是個冷血的人,因為我見她跌倒了也視如不見!養母說得對,

我的確沒有相扶她，因為見她的至愛已經把她扶起了。話說回來，當這件事發生了之後我真的一句問候她的說話都沒有，當年我的字辭典裡只有擔心和要報養育深恩這幾個字！

養母在未吃長素之前是很愛吃烤豬手，我有上街的話通常會特地買一個給她，她喜歡吃芒果，有時我也會買一個或兩個給她，問良心我真是有孝順她，至於問候和關心坦白說，我完全沒有！例如知道養母有幾次去看過醫生，但她無告訴我，我也沒有關心地慰問她。她在肝硬化的末期肚子常常疼痛，痛到她把身體縮作一團地坐在床上，我見譚叔叔陪著她，不知何解我反而害怕她和逃避接近。養母在發病期間的末期每個晚上都是靜靜地躺在床上，我從來沒有站到她的床前去問候她！

156. 最後的一年

養母在世最後的一年也是我產下小女兒的同一年，我的第一胎和第二胎都是在同一間私人產所分娩，這產所有兩層，樓下整層是待產房和分娩房，樓上有三個大房間是給產後婦人暫住的。產所每天有三餐供應，三名護士護理產婦和初生嬰兒，她們全部都是越南人，院長是醫生他也是越南人，聽說他有一間私人診所。院長每天來產所兩次，早上和下午來巡視產婦產後的健康狀況，產婦產下嬰兒後循例住七天，在我生了女兒的第三天英姐來產房告訴我養母進了醫院，因

她的肚子漲大如孕婦，我還不懂養母的病情已很嚴重。有一天當院長來巡房，因為我兩次都是在他的產所分娩所以和他有些相熟，我有把養母肚子漲大了的病情向醫生相告，亦詢問他養母患的是什麼病？醫生聽了之後默言，只是皺皺眉。當我從產所回家後才知養母病情越趨惡化，她已從堤岸市華人醫院轉到首都西貢市的大醫院留醫，剛誕下了女兒只有一個星期，但不管怎樣，我堅持每天乘巴士到西貢市的大醫院及帶些素食給她。期間我見養母病情好像稍為有些好轉，因為醫生幫她把肚內的積水抽走了，可惜幾天之後肚子又再漲回來！我如常天天帶素食給她，但在後期她越吃越少，病情不見起色反而更見沉重，譚叔叔天天去大醫院相陪她。每天早上英姐在家幫我照顧大兒子和剛出世的女兒，我便乘巴士從堤岸市到西貢市的大醫院探望養母。每次遇著譚叔叔也在病房時我們沒有打招呼，我也沒跟養母問好或詢問她的病情，每次我都是木然進入病房之後便把素食放在桌上，接著清潔養母用過了的面巾和洗手盆，完事後我便默然離開病房乘巴士回家。

有一次偷窺了養母的臉，見她面孔比前瘦削了很多，又有一次我用眼尾迅速一瞥半坐半躺在床上的養母，見她腿部差不多沒有肌肉，像皮包骨般，只剩下皺了和鬆馳了的皮膚包著她的大腿。一切只有回憶，內疚和後悔我不懂得珍惜和她相處的日子，這是最後的時刻來關心她，向她傾訴我的心底話，解釋我確是有真情對她和感激她撫養我的劬勞。若當年我有和養母好好的溝通和傾訴，相信她會諒解所有是她認

為我的不是只是無心之失，相信在她離世前會感到有些安慰的。可惜我沒有這樣做，也可以說是我不懂得做。遺憾的是那些年我不清楚什麼是生離死別，因而錯過了最後向她表白的機會，當我懂得追悔時便在內心深處起了一個不能自解的心結了！

當醫生停止替養母抽去肚內積水時，譚叔叔才告訴我養母患上肝硬化，已病入膏肓了，我聽了之後當下的心情？已忘記了！自從譚叔叔告訴我養母不治的消息之後，某一天我除了如常帶些食物還抱著剛出世的女兒去醫院探望她，這天也是我終生不能忘記是使我有說不出的難過的一天。事緣當天養母眼神呆滯地平躺在病房門口的一張帆布床上，於是我便把帶來的素食放在病房內然後走近她的身旁和蹲下對她說：「媽，我帶女兒來探妳。」養母的反應是微微地把頭轉向另一邊，沒有望我們一眼，我仍然沉默地蹲在她的身旁。她仍然是平躺在帆布床上，但面孔沒有瞧向我！

157. 無言的難過

我女兒還未滿月，養母便從西貢市的大醫院轉回堤岸市的華人醫院，那時候她已病危和昏迷了。譚叔叔除了上班便整天留在病房內，我見他坐在養母的身旁跟她耳語，他的真情流露使我見了也心酸！

158.祈禱

　　我無宗教信仰，傭人英姐是個虔誠的佛教徒，她在我家中客廳近窗口的地方放了一張小桌子和一個小香爐，早晚她都向上天跪拜和祈求，當祈求完畢英姐便插上幾支香在小爐內。接近小桌子旁邊有一個十分殘舊的小冰箱，它是養母很久之前買下的，在冰箱上面英姐放了一個小花瓶，鮮花是從不間斷的插在花瓶內。英姐對我說過上香是為自己下世求福，鮮花是求下輩子美麗。我是活在當下，其實信或不信是很個人的，是見仁見智的。

　　有一次也可以說是只此一次是我做了一件有關信仰的事，可能是被養母和英姐的信仰影響了我，就是求神靈保佑養母平安，我很虔誠地上了一注香，默默向上天祈求希望神佛保佑她。

159.堅持己見

　　當養母剛從西貢市醫院轉回堤岸市華人醫院時，神志開始昏迷，還有些少血水從她下體流出。當我探她時，便幫她清潔下體然後換上一條黑色的長褲子，順道把那些髒褲子帶回家用手洗，因為沒有洗衣機。某一天醫生來巡房也是養母彌留之際，醫生說她不是今晚便是明早便離世，我聽後只有難過地默然接受。回顧我半生藏在心裡不是難過便是無言或是無奈，我時常離不開這三種的感受！

　　在養母逝世那天她剩下的只是還未斷的一口氣，我整天留在病房，眼看從她下體排出的血水更加頻密，當我幫她整理時，把換出來的髒褲子扔在病房內的垃圾桶，譚叔叔看見便喚我把有血水的褲子帶回家清洗。我不肯，因為我知道養母還有很多條是她以前做招待員時自置的黑色長褲，足夠她在這些天更換的。血水的味是帶著腥臭和很不合衛生，而且醫生推斷養母捱不過今晚或明早，沒有理由我還做這多餘的事。我無向譚叔叔解釋原因，他見我不肯照他的吩咐去做便走向正在昏迷中的養母說：「看吧！看吧！養女啦，現在她不肯洗妳的褲子了。」我只是站著默不作聲，心裡想我不照著他意思去做是對的。

160. 永別

　　當天深夜養母去世了，在病房內有譚叔叔，我的小兒，一共是我們三人送別她。雖然我和養母相處了二十多年但當見她全無呼吸的時候我卻有一種說不出的恐懼，本來是想和小兒在養母床邊跪一會兒以示對她尊敬和感恩，但因心存恐懼的陰影，於是我們在病房門口旁邊跪下，不一會有兩個工作人員推著一張有鐵蓋的長形鐵床進入病房，我和小兒子才站起來，木然地目睹他們把養母屍體放在鐵床上然後把鐵蓋蓋上，目送他們把鐵床推離病房，養母消失了。由始至終我沒有流過一滴眼淚，沒感受到失去親人的哀傷和悲痛，我的腦子裡只是一片空白和接受這個事實！

161. 內疚

　　養母曾經在醫院留醫數次，陳從來沒有提過和我一起去醫院探望她，本來我應該向他提及的，因為養母是我唯一的親人，以我和他的關係禮貌上陳是應該和我一齊去醫院問候她，但我無要求他這樣做，我是刻意不提的。原因一，我介意他對養母一向沒有好感；原因二，若要他遷就我而做這些表面功夫倒不如別做吧，我不希罕。至於養母在患病時的一切費用我是從來沒有付過，陳更加無付過，因為我無向他提起過，他也沒有向我詢問。至於養母方面，她求醫所有的支出她也從來沒有對我提過或說過，我也沒有向她問過，我逃避，因為沒有錢，跟著便置之不理！

162. 工作

　　我熱愛工作。在退休前做過很多不同工種，例如在冰淇淋工廠做女工，在托兒所工作，在一間規模很大的療養院內的不同部門照顧不同年紀和不同性別的弱智人士，也曾在另外一間的療養院照顧殘疾人士和智障人士，雖沒有受過正規醫護教育培訓的護士課程，但被聘照顧年老的病人，當過母語教師，在兩間成年人夜校做烹飪的主持人，在安老院照顧不同性別的長者，在餐館做雜工負責一些輕便的工作…等。退休後在我住的城市的紅十字會做過短期的義工。我第一份工作是在冰淇淋廠做女工，當做了幾年之後便越來越多華人

婦女在冰淇淋廠工作，我性恪不合群，人多的地方便會說話多，因為不喜歡和華人同事們溝通，就是為了這個原因我便轉工。第二份工作是完全沒有華人同事，我的職責是照顧殘廢和智障的病人，我是全職的，一星期工作四十個小時，工作崗位不固定，常常被派到不同部門照顧不同病患的殘疾人士。雖然是不同部門但在工作上的職責大致都是一樣，病人中有女，有男，有年青，中年和老年，除了同情他們的不幸也替他們慶幸能生活在瑞典這個仁慈的國家，因為瑞典對待公民一向是實施完美的社會制度，就是特別關懷和照顧病患的長者和弱勢群體，甚至刻意的照顧有殘疾或身體有缺陷的人，使他們終生都能過著有保障和幸福的生活。

讓我細訴當年我在這第二份的工作中見到了一些可憐的不幸人的無奈事，幸好他們有瑞典政府的關懷和重視，終生得到妥善的照顧，這群無能力照顧自己和身體患了不同殘疾的不幸人是被集中在政府分配了的一區，是私人居住的大地區。區內有幾間大小不一的屋子，大的屋子住有八至十位，小的屋子住有四至六位，他們全部都是不同年齡不同性別終生要被照顧的不幸人。在這個私人住的大地區內有花園和一些小徑，職員們一星期要安排一次或兩次帶他們在這私人區內的小徑漫步走一小圈。每間屋子裡設有一個用餐的大廳讓職員們負責幫忙照顧他們的膳食，除了大廳便是他們自己擁有一個住得舒適的房間，每個房間內有一個小洗手間和浴室，是讓職員們負責跟進他們每天從早至晚需要的服務，每天有三班的工作人員上班，就是早班，下午班和通宵班，這

三班的職員是輪流負責服務他們的需要,若發現他們健康有些異常的話便要馬上向護事長報告,一位專業護士只是負責跟進他們各人的健康資料和要親自派藥丸給他們,親戚或朋友隨時能來探訪他們。

一個大約是二十來歲,他是啞巴,從小已瞎了眼睛又兼是弱智的年青人,他很可憐,他的小天地就是他住的房間。他每天自娛的空間就是坐在房中的椅子低著頭欣賞放在他桌子上的一部收音機的音樂。有感他有幸的就是得到瑞典政府終生照顧,不幸的就是永遠在黑暗中渡過他的餘生!

當年在工作上發生了一件難忘的意外事,事緣在我當下午班的一個傍晚,約七點半鐘左右,住在那座的五位患了不同智障的人士便如常的很自律地來到他們住的客廳中,在一張大桌子旁的椅子上坐下,這是他們在睡覺之前一定要做的事。同住的那位瞎了眼的年青人也如常從自己的房間很熟悉的用手摸索著牆壁慢慢走向椅子,當他們全部坐下了我們便要盛一杯水放在他們的面前,在桌子上還要有一瓶水以備他們要加添時之用。一切為他們服務妥當後,我便和一位外籍的女同事坐到接近他們的另一張的小桌子旁,以便隨時可為他們馬上服務,這也可以說是我們職員的小休時間。在小休中我們可以隨意的喝飲料包括水,新鮮牛奶或咖啡等。在傍晚職員的小休中我們通常只是喝清水,所以通常有一瓶清水放在我們職員坐的桌子上。每晚在八點鐘之後便來了一位專業的女護士,她是負責分派藥丸給那六位人士服用。每次護

士都是例行的先拆開了一粒或兩粒有錫子包著的藥丸，先分
給一位服用，待他服藥後護士才繼續拆開另一包有錫紙裹著
的藥丸給另外一位服用，如此類推直至六位都服藥完畢她才
離開客廳。平常服藥完畢後，他們便很自律地各自回到房間
裡休息，那次的意外是當女護士拿著一粒藥丸準備給那瞎眼
的年青人服食時，發覺他只剩很少的水在杯內，碰巧在他們
桌子上的一瓶水也剩餘不多，於是女護士便隨手把已拿在手
上的藥丸放到桌上，跟著她便轉身拿我們職員桌上的一瓶清
水，準備加添到那青年的杯子裡，誰知那青年的手剛巧摸索
到那放在桌子上的藥丸，便急不及待的立刻把那粒藥丸送進
口裡去。當他把整粒還未被撕掉表層錫紙的藥丸放進口裡的
時候，藥丸便哽塞在他的喉嚨中間，變成不上不落也吐不出
來，這只是一瞬間發生的事，當女護士才剛拿了清水回轉身
的時候，我們便見到那青年皺著眉頭和低著頭不停的在吞嚥
著一些東西，原來桌上的藥丸早已不見了，跟著他全身顫抖
的站起來，眼睛也翻白了，仍然不斷地在吞嚥著。當時的情
形我們都被他嚇慌了，誇張一些來形容那女護士害怕到像魂
飛魄散般匆匆離開，相信她是去求助吧，不知何解我的女同
事也同時急忙的離去，剩下我不知所措，他汗流滿面但仍然
不斷的在吞嚥著，他的面色越來越蒼白了，張大了口不斷在
喘氣，而我仍然是不知所措的站在他的面前。幸好那青年個
子很高，就在他張大了口不斷在喘氣時，我發現在他喉嚨中
哽塞的藥丸，在情急之下我便用食指和中指像一對筷子般的
伸進他的喉嚨裡，很幸運能把那粒藥丸夾了出來，跟著扶他
坐下，細看這粒夾了出來的藥丸還留下了絲絲的血跡。當這

場意外平息後，女護士和我的女同事仍然是不知所縱，只有我驚魂稍定的站在這瞎眼青年人的旁邊陪著他。

在工作上，其中的一件也是使我難忘的往事就是一個很年輕的少女，她與生俱來是啞巴，除了是骨瘦如柴身體也無活動自如的能力。每天只是一臉茫然和眼睛只能向前望，她只懂得有食物在她面前時便張開口，否則便是呆著坐在輪椅上。我對她印象最深刻，因為在我照顧的病人之中她是最年輕和是最不幸的一個！一星期兩次我要負責送她到這私人地區內設有的物理治療部，讓專業人員幫她全身推拿和按摩。每個星期六下午她的父母一定帶些鮮花和一些食物來探望她。某一天下午這少女如常是一臉茫然地眼睛向前望著，呆坐在輪椅上。當我在少女房間正在替她整理衣櫃內的衣服時，剛巧她的父母到訪，於是我便幫忙把他們帶來的甜品放在桌上，之後便整理鮮花和把鮮花插在花瓶裡，雖然過程只有幾分鐘但卻讓我親眼看到一位慈祥母親的母愛。我見那對父母很有默契的各自坐在女兒身旁，她的母親一面餵她吃甜品，一面溫情洋溢地握著她的手。從這位慈母的眼神中我看到她是帶著無限憐惜和傷感地凝望著終身不會認識自己的女兒，而她的女兒全無反應，眼神呆滯地只是望向前，瞧也沒瞧坐在身旁的父母，當時的情景掀起了我既動容和難過的心情，更差點兒落淚。我是個很眼淺和容易被情緒影響時便不禁會落淚的人，對少女的不幸，深感惋惜及同情，因為她永遠都不能感受到母親施與自己那份崇高、純潔、自然和徹底無私的母愛。我十分羨慕她擁有這一份是我從未享受過和重

未得到過的母愛。雖然已事隔幾十年，但印象依然深刻，實在沒法淡忘這件使我感動心弦的往事，所以我先把這小段感人的事實寫下和讀者們分享。當年若是我遇到一些無奈的人或是無奈的事情後，很自然便產生了感慨和唏噓，跟著會為他或她而難過的事情真是不少的呀！

讓我再細訴當年在一間療養院工作期間見到一對姊妹花，在探望患了老人癡呆病的母親時的感人心弦事。這也是使我不禁為她們的孝順而感到心酸，也為那位患了癡呆病的母親感到不勝唏噓和難過，也讓我懷著十分唏噓和帶著十分難過的心情來寫下這段既真實又感人的故事。那對姊妹花很年青，她們好像明白了和接受了人生的無奈，母親是住在一間一共有六位病人的大房間，那六位都是上了年紀的女性，而且全部都是患了癡呆病的。我見那對姊妹花每次來療養院時都面帶笑容和十分親切地坐在她們母親的身旁，之後便先問候躺在床上面無表情的母親，雖然如此，她們卻像若無其事，很欣然的對著母親閑話家常，像哄小孩子般的逗著患了痴呆病的母親。我猜她們是多麼希望能看到母親會有些微反應或微笑回應，可惜從來沒有。若您見到此情此景時您會不動容嗎？不感到唏噓嗎？不為她們而難過嗎？這份真摯的親情您能不感動嗎？命運？生命？這樣算否生命中最後的不幸的路程嗎？若是發生了類似這樣的事在自己身上時，實在是很可怕很無奈和很可悲的！因為這份工作讓我看到種種的遺憾事和無奈事，甚至可以說是使人見到會不禁傷心的無助事！但我仍相信人間有情，問題是自己有沒有這個運氣得到

那份溫情！說正面的吧，有見到的是姊或弟，兄或妹會來探望和慰問住在療養院內的親人，丈夫來探望患了癡呆病的妻子，或是妻子探望中了風之後失去認知能力及坐著輪椅的丈夫，女兒或兒子來探望患了有認知障礙症的父親或母親等等，這些都是使我感到溫馨動人的窩心事。想不到因為這份工作讓我親眼見証到世間上會有真誠的關懷和真摯的愛而深深影響了我，使我領悟到何謂親情，何謂關心和何謂真愛。我很熱愛這份工作，也很盡職責照顧那些病人，也使我更加覺得我應該抱著無限感恩的心態來感謝生命，因為我依然健在，到目前為止我仍然是個四肢齊全和頭腦算是清醒的老年人。寫到這裡禁不住在我幼稚和無知的思維下求求運氣，盼運氣您仁慈的讓我可選擇走我自己將來的盡頭路！人之初性本善，想不到因為這份工作讓我潛藏在心底深處的愛心釋放了出來。跟著我才懂得檢討自己，原來我從來無關心過養母和忽略了她的感受，從來沒有給過她需要的安慰或是她需要的溫情和親切的愛。到此方知養母真是活得很不快樂直至她撒手塵寰！不知道什麼時候開始，對養母懷著心中有愧疚時便衍生了一個心結，它一直困擾及纏著我，深深知道若不解開這心結它會使我永遠耿耿於懷的，我不想被這心結無了期的纏著和深信人死如燈滅，我和養母是無可能再相見，所以趁著在寫我的故事中利用我所懂的盡情抒發我對她的虧欠，表達我對她懷念和愧疚，甚至遐想養母能在遙遠的某處收到了我的剖心自白時會感到有些安慰，也希望在書中的坦率表達，來讓我覺得我已走進了一個告解室來為自己告解了，表達了我的懺悔了。因為只有這樣才讓我在心靈上覺得養母已

經原諒及體諒我了，這樣我的心結便能鬆開了。讓我走完我的人生路之前，少了一件在我心中是無限追悔和遺憾的過錯事，這就是我要寫書和寫下我的故事其中的一個主因。

163. 如果

「如果」這個字若是以中文來解釋，意思是十分廣泛。我個人認為，說如果的話，在芸芸解釋中有些句子的如果的含意是可惜，傷感，惋惜或是不切實際，所以我很抗拒說如果這個字。

如果養母沒有讓我在學校受過多年正能量的教育，我未必懂得做人的道埋，甚至可能不懂何謂良知，頭腦簡單些做人便會隨便些，活得也會好過些！如果養母知道了我選擇走上這條人生崎嶇的路是為了她，相信她會感到有些安慰的吧！如果可以和養母再見一次面的話，我一定會把握這個機會向她表白一切讓她釋懷，讓我也釋懷，但會有這個如果的如果嗎？！如果我真的能放下了對養母愧疚的心結我會少了一件心中的遺憾事！如果不是養母撫養我長大，我在感恩圖報的概念下是不會選擇走向這條極端苦難的崎嶇路，也不會因此讓我經歷過，磨練過我認為我有極度精彩的人生！如果養母沒有栽培我供我上學讀書，我今天如何能暢所欲言的執筆來寫下我的心聲，我的無奈我的懺悔和我的遺憾呢！如果真的有下一世的話，我希望做個先嘗少少苦後嘗甜甜多的

人！如果能做到了自己想做的事時這是一件很幸福的事。如果我能夠圓夢的話便真是不枉此生了！如果我不太執著恩、怨、情、仇，相信我做人會快樂一些的！如果有兩個年紀相若的婦人，一個是幸福的，如溫室之花，另一個卻歷盡滄桑，我個人認為後者比前者的思考能力是會成熟一些，處事能力是會堅強一些。如果讓我選擇我會選擇做後者，為何？因為在人生旅途上儘管經歷過不少的風風雨雨，嘗盡了不少的辛酸苦楚，但得益的就是豐富了自己的人生。始終十分感謝我的養母，如果我不是她的養女，如果她沒有為我先種下了不少的因，我和她便沒有連繫著的果，如果我們之間沒有了因果關係，那麼我不會因為要背上因果這個重包袱，反而讓我有幸擁有了是我認為活得精采的人生！如果遇著挫折或逆境時能把它們征服了創做了自己的晴天，對我來說這才是很有意義的。如果子女在童年時無得到過雙親的關心和疼愛時，是一件十分惋惜的事！如果為人父母若是疏忽了自己子女的童年，無盡過做父母的天職來愛自己的子女，不管因為環境或其它因素，父母和子女雙方都可以說是件很感遺憾的事！如果⋯如果⋯。

　　歲月無情時光留不住，轉眼間我已步入暮年，雖然養母去世已經幾十年了，但當夜欄人靜睡不著時，我仍然會禁不住想起她和掛念她。

164. 自責

　　養母走了，回憶她患了重病期間在西貢市的大醫院留醫時，我每天帶些食物給她，每天我們都見面，但我從來沒有對她說過一句問候或是關心的說話，相對養母也從來沒有對我說過一句是語重心長的說話，這樣就永別了。撫心自問我存心犧牲自己就是為報她的養育深恩，但深恩深恩，到底我報過什麼給養母呢？到底養母得到過什麼是我回報給她的深恩呢？養母是含恨而終，她帶著誤會、失望、怨我、恨我，鬱鬱的心情離開這個我曾使她不感到有安慰過，開心過和快樂過的世界！

165. 無言的愧疚

　　無言的追悔，因為從來沒有打開心窗向養母傾訴我是十分在乎她，她在我心中佔著的是第一位的人，現在人不在了才檢討，太遲了！沒有機會了！

166. 遺憾事

　　相信讀者您會覺得我在書中寫得太多是對養母的愧疚而感到煩厭，請原諒，這就是人性。當永遠失去了才懂得追悔和珍惜，這是我一生中不能放下的自責和內疚，就因為是這個原因使我寫盡一千次甚至一萬次我都是寫之不厭藏在內心深處向她懺悔的遺憾事！

回頭細說往事吧，在那段期間我發覺陳的經濟有問題，因他有幾次沒有準時交租，當養母去世時，我告訴他要準備辦養母身後事。在出殯的早上，安娜、蓮姨、彭太、譚叔叔和養母的朋友各自都到齊了，當出殯時間在即但陳還未到，當時我沒有錢先交養母出殯之前要結的帳單，當各人等得十分焦急時陳終於來了，養母身後的一切費用總算由他全部付清了！

167. 苦追憶

養母是火葬，骨灰放在一間佛堂，譚叔叔每天早上都來找我陪他去佛堂拜養母，我順他意。和譚叔叔接觸多了有時禁不住用半開玩笑和半責備的口吻對他說：「與其人在死後才珍惜，何不一開始便重視她，養母在世時你對她不關心現在人不在反而對她表露情意，這又是什麼意思呢？她的眼睛不會再張開了，什麼感覺都沒有了，事到如今你為她做什麼都無補於事了。」譚叔叔說：「唉！有就被她刺激，無就對她苦追憶！」聽後我微微搖頭因為不認同。

168. 有魂化蝶的事嗎？

曾經發生了一件使我覺得不可思議的事，我沒有宗教信仰不會騙人相信或渡人迷信，請抱著信則有不信則無的心態來閱讀。

　　在年輕時曾經聽過幾位長者說有些人死後的靈魂是會化為蝴蝶的，因為有些剛剛去世的人心中尚有無窮的牽掛所以魂魄變蝶顯靈飛回家，我只是聽聽而已，覺得是全無根據，甚至認為是無稽之談。但當發生了一件事之後，我不排除和有些相信可能真的有些人死後是會化為蝴蝶的，信不信由您，但好像不由我不信！

　　事緣在養母死後第二天的晨早我正在客廳中忙著，無意中見到一隻小蝴蝶在客廳內盤旋的飛，它飛的範圍是在我的視線之內。當它飛了一會兒之後便停在屋頂上的一角，我感到詫異，從哪裡飛來的小蝴蝶？突然記起聽人說過當人死後可能會化為蝴蝶顯靈的飛回家，心裡想真的會有這回事嗎？當時我潛意識地立刻分析過，住在這區是私人住宅區，只有兩排屋是互相相對，每排只有六間屋，屋對屋的中間只有一條不是寬闊的行人路，而每間屋的門口只能停泊自己的車輛，這裡沒有花園，附近也無公園，何來蝴蝶？因此使我立刻懷疑難道真的是養母回家顯顯靈？情急之下我怕錯過了這個機會，於是就當牠是養母顯靈回家吧。我隨即抬頭向那隻停留在屋頂一角的小蝴蝶說：「媽，您放心，我會照顧和善待譚叔叔。」若是真有靈魂化蝶這回事我相信養母最牽掛最捨不得的便是譚叔叔。當我說完了以上的說話之後我便沒有再理會牠，我繼續忙著，過了一會兒突然想起了那隻小蝴蝶，於是禁不住想看看牠停在哪裡，說來奇怪我環顧整個客廳和抬頭向屋頂上望，但再也見不到那隻小蝴蝶的蹤影。

不否認我性格是小器和記仇，但卻不至於是個女小人，我不會這麼無情和計較，因為養母不在而對她的至愛譚叔叔便視如陌路人，雖然我對他沒有好感，但養母不在了，譚叔叔隻影形單，我同情他的處境，我是會抱著愛屋及烏的心態來對待他。

不是我誇張，其實也無誇張的必要，因為我住的屋子的大門在晨早一向是關著，只有客廳的窗口是開了，只有一點點的小空隙讓空氣流通而已。奇怪的是這隻蝴蝶怎麼會找到這小空隙飛了進來和不斷盤旋繞著在我視線內，為何當我向牠說了我會照顧譚叔叔之後，只有一會兒牠便不知所蹤了。您認為呢？相信會有魂魄變蝴蝶嗎？我不敢斷言，但世事真的會有這麼湊巧的嗎？直到現在仍是一個是我解不開的謎？

169. 義務照顧

是否真有靈魂變蝶這回事我已忘記了，當養母去世後我同情譚叔叔孤身一人，所以有邀他來我家解決膳食的問題，有感譚叔叔無兒無女，連唯一伴侶也失去了，他老來可以依靠誰？真替他難過！我覺得他是另一類的可憐人，我是個喜歡用腦思考的人，腦子裡時常不自禁的思考一些不切實際或切實際的事情。不忘昔日有幾次坐在三輪腳踏車在上班途中，有想過和問過自己，今日我照顧養母他朝誰來照顧我？想了數次之後便沒有再想了，因為這是找不到的答案的。轉

眼間，幾十年過去了，我也垂垂的老了，我仍然是住在我細女兒的家，縱使執著是我的性格，縱使認為可以的話凡事最好就是靠自己，因為靠自己是最有尊嚴和是最舒服的。我個人認為不管靠的人是誰，靠人真是很不容易的呀！有多少人會有時間，有誠意和有能力會來幫忙呢？以我愚見能幫自己的人一定要具備三個因素，缺一不可。第一的因素是對方要有時間；第二對方要有誠意；第三對方要有能力。若對方有時間但沒有誠意，不行。若有誠意但無時間也是不行，縱使有時間也有誠意但能力幫不到時更加是不行，我的分析不對嗎？施比受是更有福的。在沒有必要的情況下做人該有自己的人格和尊嚴，可以為自己做到的事為什麼低頭向人求助呢？雖然很幸運時至今日我還未到不能自理的地步，但有時候在心裡卻會有說不出的感觸和說不出的難過，因為當人老了便要面對現實了。現實是很殘酷的，不其然會心生自卑感，說什麼人格？尊嚴？生存在無可奈何的環境下是不由我不把尊嚴擱置在一旁，因為做起事來始終感到自己是心有餘但力不足。無言！尤幸我的細女兒總是從旁熱情的關心和自動的來相幫，使我深深感動和感謝。因為凡事都不是必然的，應該的，唉！想不到在我年輕時找不到的答案在幾十年後的今天我終於找到了答案，這個答案竟然是我最細的女兒。心裡有無限感觸，感觸的是昔日養母有我照顧，今日我有細女兒照顧，它日誰來照顧她呢？我不再想了，因為除了感到難過也是我不可能找到的答案！

170. 不幸事

　　話說當養母未去世之前譚叔叔已經有一個小水泡在他左腳掌下，他卻以為是鞋子不合適而引致的，但那小水泡慢慢變成了小傷口，那小傷口總是不能癒合，養母有和他去看過西醫，但只有一次，過了不久他腳掌的小傷口開始有些濃水流出，後來彭太介紹了一位是她相熟和做過中醫的朋友給譚叔叔，彭太還多次親自陪他去求醫，可是足掌的傷口沒有好轉過，後來這中醫建議譚叔叔向西醫求診，但他也是不理會。過了一個時期譚叔叔覺得不對勁了，便再向西醫求診，原來在早前替他診治的醫生已診斷了他有糖尿病，但他不相信，這次的醫生認為譚叔叔患的糖尿病已到了嚴重期，甚至需要做截肢手術，以上是蓮姨相告的。

171. 現實是無情和殘酷

　　養母去世後譚叔叔未截肢前儘管我有邀請他每天來我家用膳，可能是自專心作遂他從沒有來過，為了對他略盡一點心意，便每兩個星期的星期日的晚上九點之後，去譚叔叔工作的旅店探望他，因為九點之後他的工作比較清閑些。我每次都會買些小吃帶給他，探過譚叔叔幾次之後對他這份工作知道了多一些，就是在日間由旅店老闆自己負責，傍晚由譚叔叔接班繼續至次日的晨早才下班，他雖然是會計員，但也要坐在旅店的詢問處負責每天晚上客人來租房和退房的手

續，每次去探望譚叔叔時我都是坐在詢問處旁邊的一張椅子，他通常會和我寒喧幾句了之後，便再繼續做他的工作，我也只坐一會兒便回家。旅店老闆的親妹也是上夜班的，我不知道她負責什麼工作，只見她甚悠閒，因為當她見我來的時候會和我聊天，譚叔叔有告訴過我若入夜後旅店的房間還未有被租滿了的話，他可以在空置的房間內渡宿一宵。越南晚上是不夜天的，街道食肆越夜越熱鬧，某一次我比較晚一點才去探他，剛巧那晚旅店的房間都客滿了，譚叔叔對我說他現在可以睡覺了，我見他很習慣地從詢問處內拿起了一張帆布床，我跟著他走到一處燈光昏暗舊式的洗手間內的一個角落時，便見他張開這張帆布床。什麼？這就是譚叔叔在晚上睡到天明的地方？見到這情景使我心裡一沉，不禁暗自搖頭和感慨，無才華的人雖不至於潦倒在街頭，但卻要接受現實，要在一處舊式沒有坐廁的洗手間內渡宿，我真為譚叔叔難過，慨嘆當現實是無情或是殘酷對自己的時候，也要默然接受，當時的情景使我印象深刻！

172. 同情

譚叔叔為了保命便同意讓醫生做切除左腳的手術，手術後他只能保存左腳的膝蓋和走路時要暫時用拐扙，但他仍然是天天去佛堂拜養母，若我不相陪他也會自己去。每個人有自己做人的原則，各自的原則是沒有對或是錯的。我是個思想現實沒有宗教信仰和不重視感情的人，存著既然養母睜著

眼睛在世時我已經盡我能力照顧了她，她有感受到當然是最好啦，否則我是不會在乎的。因為已經向自己的良心交代了，人死如燈滅，既然她已不在人世了一切也該告一段落了。所以我沒有天天都陪譚叔叔去佛堂，因為我有我做人的原則，管他認為我是對或是不對。當年這是間香火頂盛的佛堂，因為不少善信來拜佛求福，主持大開方便之門，常常有免費午膳的齋菜供應。善信們多數不管有否用午膳，只要有到佛堂便樂意付些多多益善少少無拘的香油錢，來支持佛堂的開支。

我不斷用誠意勸譚叔叔不要再執著，來我家裡用晚膳的不久他不再堅持己見了。至於陳的妻子有再來騷擾過數次，我不敢開門，閉門羹嘗過幾次之後她便沒有再來了。

173. 唏噓

失去了養母又被截了肢的譚叔叔心灰意冷變得十分消極，我不懂關心和安慰他，抱著能幫的便幫，能照顧的便照顧吧。

174. 照顧

和譚叔叔一向沒有感情也沒有溝通，但因為他是養母的至愛和我對他的處境甚表同情，所以我很願意幫助他，每次當譚叔叔將要清潔腿部的傷口時便已經有一盆微暖的清水在

他面前了，清洗完畢後，我便自律的幫他把那盆有腥味的血水拿掉。每天下午在五點鐘後譚叔叔便來我家先洗傷口然後用晚膳，一對小兒女尚幼，我和英姐通常是晚一點才用晚膳，我常常提醒英姐多分些菜和肉給譚叔叔及讓他先進食。陳不是天天都來，有來的話大約是下午兩點鐘來五點之前便走了。

175. 智障的女兒

我的大兒子從嬰兒至成長的過程中和一般小朋友全無差異，但想不到我在第二胎卻生了一個是弱智的女兒。她在嬰兒時我並未發覺，只覺她是特別的乖，幾個月過去了，她仍然是肚子餓了不會哭，飽了也不會笑，我仍然只是覺得她很乖，問良心我從無付出過做母親對子女的關心和正視過他們。某一天她發高燒了，我抱她去看醫生時才知道她是智障，那位越南人女醫生還告訴我說屬於智障的人壽命不會長。記得我抱著她坐在醫院內的一旁流下眼淚，除了流淚我還可以怎麼樣呢？！

176. 舊地重遊

離開越南十多年之後我的子女也長大了，和他們去過越南一次，我在越南長大，越南是我的家鄉，但我沒有思鄉情懷，因為在我身上發生了太多不如意使我不能忘懷和累積了不小的傷心事和遺憾事，我真的不願意重返越南，因為我不

想勾起過去黯然傷感的種種回憶。這次是我順著兒女們的心意才一同重回舊地，子女們在越南逗留了三個星期，而我只逗留了七天，足夠了。重遊往昔很愛獨自去的那間天主教教堂外面的露天花園，我在聖母瓷像前面的長木椅坐了一會兒和默默憑吊一些過去了的往事。也有去過當年安置養母靈位的佛堂，目的是想拜訪當年的佛堂主持人，因為想和他聚聚舊，可惜舊主持已仙遊了，舊地重遊但物是人非！

177. 難以置信

當和譚叔叔接觸多了溝通也多了。回憶他在世時告訴過我當養母患了重病留醫在西貢市的大醫院其間的某一天下午，天色昏暗正下著微微細雨，養母在病房內小睡，譚叔叔便躺在接近病房門口的一張小帆布床上小睡。他在半睡半醒中覺得有個身影走近他的身旁和在他手臂上寫了幾個數目字之後便消失了，譚叔叔說那些數目字剛剛就是養母去世的月份和日期。嘩！是巧合？還是譚叔叔日有所思而做的白日夢呢？還是…？聽了之後使我毛骨聳然，一向怕黑又怕鬼的我，更怕當只有我獨自在家中。有些事讓人聽後覺得很玄妙，甚至是難以置信，但有時又像是不由人不信！

178.免費看相

　　譚叔叔截肢後要用拐杖行路和兼失去了養母，他心情落寞和情緒低落，他有告訴過我因為百無了賴便有去過一個露天市場中的一個小攤位看相。女相士沒有收他的看相錢，譚叔叔沒有告訴我這女相對他說過了什麼，我習慣遇著任何事對方不說我不會問的性格，私底下覺得這是一件不合邏輯推理的事，無理由會有人這麼閒情逸致來幫人免費看相，但我相信譚叔叔，因為他為人老實沒必要對我撒謊的。

179.收費看相

　　實在禁不住好奇心，某一天我特地去譚叔叔說的露天市場，找到了替他看過相的女相士，她問我的生辰八字，我說不知道，相士說若然有生辰八字是容易些，否則單看掌紋亦可以。也是一句我是個很現實的人，不相信世界上有「吃飯的神仙」。她一面看我的掌紋及對我說過了什麼我無心聆聽，只有她說過一句是我最中聽的話。她對我說：「妳有事業線。」當聽完了她的一翻廢話之後，她向我收費，我反問她說：「為什麼？因為我聽人說妳看相是不收費的。」她惋轉回答了我的意思好像是有「劫難」的人來看相時她才不收費，記得當時我是用很疑惑的目光看著她一會兒之後我才付錢給她。我的疑惑就是難道這女相士說的所謂「劫難」的意思就是她同情譚叔叔是個傷殘人士所以不收費？又難道是她算到

譚叔叔將會去世？又或是她如一般江湖術士有時候不收錢的目的是為了幫自己宣傳？因為「劫難」這個字的含意和解釋是很廣泛的，總之覺得她說的是一派胡言。

180. 一個孤獨哀愁的中年人

譚叔叔常常去佛堂找心靈上的寄托，我很同情他當年的處境，他和這佛堂的主持很投緣，我對這位主持也很敬重，因為他有顆善心和有愛心對待善信們，他是一位使我尊敬的修行者。有時候我也樂意去佛堂，目的並不是拜養母，因為過著的是無聊的生活。雖然以前也常常陪養母去不同大小的廟宇，但我對任何信仰總是覺得信則有不信則無，因為見到一些不同宗教信仰的信徒，深信神靈會保佑自己和家人，甚至若遇到各大小的意外事時，靈神會保佑逢凶化吉，信者得救。甚至有些虔誠的信徒相信信教會得到永生，因為死後可以上天堂。抱歉，我個人覺得好像沒有什麼真實感。

某一天的下午佛堂的主持因為做完了一場法事順道來探望譚叔叔，鬱鬱寡歡被現實折磨的他，一見主持到訪，藏在心裡的千愁萬緒突然釋放了，因為得到溫情的慰問他感動到立刻向主持下跪以示專敬和謝意，跟著痛哭流涕泣不成聲。此情此景使我心酸和難過，不禁暗然離場，讓他和主持相聚以解哀愁！很多的很多，一切的一切，都是使我忘不了為他人而難過的難過事！

181. 人生如夢

　　我的遭遇就像電影中一些很不幸的情節，因為在三年內有三位和我算是頗親的人相繼逝世。第一年是養母；第二年是譚叔叔年邁母親；她是一位慈祥的老人家，第三年便是譚叔叔。雖然他裝上了義肢，可惜當年醫學並不像現在這麼先進，糖尿病終於奪去了他的性命，他去世時只不過是個四十來歲的中年人！

182. 不斷懷念她

　　養母死後第一年若我有做夢的話便總是夢見她，夢境中有時知道她已逝世，有時夢見她還健在，第二年我仍然是不間斷的夢見她，第三年開始少了，第四年已很少再夢見。有時也有夢見譚叔叔，但沒有像夢見養母般那麼頻密。

183. 天下無不散之筵席

　　譚叔叔和養母是火葬，佛堂主持把他們骨灰撒在海上，因為這是他們的遺願，天下無不散的筵席，不久英姐也辭工了，因她夫家的親人不想英姐辛勞做女傭。她們認為自己還年輕和有固定的工作，也稍有些積蓄，她們覺得英姐已漸漸年老，她守寡後便出外做女傭，一直捱了這麼多年，是時候應該照顧英姐讓她安享晚年。很羨慕英姐在晚年得到親人的

照顧和關心，至於她們日後是否會有相見好同住難而出現矛盾問題，或是英姐親人是否真心真意長期照顧她和善待她，使英姐真的能安享晚年我便不得而知了，因為我們一直沒有碰過面，聯絡更加是談不上。

184. 坐立不安

　　自從我的小女兒出世後陳的經濟更加不對勁了，因為他常常欠房租，陳的私人事他從不會對我說。我也避而不問，因總是介意和忘不了自己的背景，為了避免讓陳想歪了以為我想調查他，所以避而不問一些會使他感到敏感的事。所謂使他感敏感的事就是「金錢」。其實和陳一向是一無所談的，某一天中午他突然回家著我換衣服和帶身份証跟他出門，一向習慣了被動和不問因由的我便跟著他，當我們到了銀行陳填了一張支票的表格之後他命我在支票上簽上我的名字，我照做了，他沒說原因，我也不敢多問。當回家後便暗自不安和擔心，因為我知道在任何紙張上若是簽了自己的名字如果有某些問題出現了的話簽了名字的人要自負後果的，但陳的命令我敢不從嗎？那張是什麼支票？支票是他填寫為何要我簽名？雖然有種種疑問但我始終是不敢問。

185.焦慮和擔心

養母不在使我少了金錢壓力和顧慮，就算有都只是一些私人顧慮，自己的事怎樣說都較容易安排和解決。我覺得是時候要正視我目前的處境了，因我有一個正常成長的兒子，但也有一個智障的女兒，為何她會是智障醫生也答不出實際原因，既然是事實我便要面對。我為智障女兒擔心，雖然我覺得她不是有很嚴重的智障，但到底她是屬於問題兒。陳給我的只是每個月的家用錢，此外我便什麼都沒有，有感陳仍然是給不了我安全感，但他仍然是我要緊抓著的救生圈。除了我幼少的一子和一女外，我便是個身無長物的婦人。日子一天一天在飛逝，生命是脆弱的，人一出世便要面對死亡，很擔心若不幸我早逝，留下了我的一子和一女陳會撫養和善待他們嗎？不！因為我從未見過他對我的一對小兒女稍為露過一點慈父的愛意，他從來無抱過或呵錫過他們。若我不在他會代我照顧他們嗎？不然找誰來托付？種種擔心使我不敢繼續想下去！

186.甘心做寵物

雖然不滿現實和過著不是我想過的生活，但還未到是窮途末路，私下感到做人除了要適應環境還要有自知之明和自量。既然要依靠一個我認為是靠不住的人來養活我和我的子女時，便要懂得耍些手段，就是奉承和討好。希望不至於有

朝一日被陳生厭了跟著便面對被他拋棄的危機，做人要能屈能伸，因為有了這個概念便啟發了我若然是依靠陳，便要定下一套生存的守則，來讓自己照著守則來做。

私下定了的目標陳是我的主人，我是他的婢女，還兼做他的寵物，除了遷就他我還要做一隻哈巴狗，要聽主人的話和討好主人，讓他稱心滿意我這一隻很可愛的哈巴狗。忘不了在夜總會對人歡笑背人愁的經歷，年輕貌美的可人兒到處皆有，我要甘心情願做一隻既年輕又可愛更加聽從主人話的哈巴狗。

187. 分析

唉！做人本來就是辛苦和艱難，尤其我是一個全無親人的小女人，要做個好人便更加困難。若我還未有孩子的時候養母便逝世了的話就算我做過舞女但仍然有條生路讓我自己去選擇，我思想單純，我是可以單身走自己想走的正道，當年在越南工廠林立，要找工作維生並不是件難事，我不是個懶惰人，我能過簡單樸素的生活。可惜養母不在我卻已經是兩個孩子的母親，又無一技之長，試問我怎養活他們呢？若出外工作誰幫我照顧孩子？曾經很天真地想過帶著子女去做女傭，但徹底分析過之後知道這是我無知的想法。以目前情況我總算是有塊瓦片遮頭，又有人照顧，若走錯了一步，放棄陳這個救生圈的話，我有能力承擔日後我們三個人的生活

費嗎？我兩個孩子尚年幼，若他們生病了一切的醫藥費，又或住院費，一切都是我預計不到的開支，全無積蓄的我如何承擔？世事難料。我不能不作最壞的打算，若我隨手扔掉了這個救生圈，萬一到了山窮水盡時，還不是要低著頭和無尊嚴地回頭去向陳求助，他肯念舊的話尚好，若不念舊到頭來是我自找麻煩，自討苦吃，更是自取其辱，兵行險著，這確是不能不小心處理便衝動的去做。

188. 心聲

雖然對著一個漠不關心我的男人，但他總算是我目前必須要抓緊的救生圈。因為起碼我生活費有著落，這救生圈還有利用價值的。擺在眼前的是我要認命，常常提醒自己切勿衝動去做反效果的事，否則會追悔莫及，後果是不堪設想的！

189. 決定放棄尊嚴

我在完全無助的處境下，對著一個是難以依靠的男人，為了有人照顧我和子女日後的生活，應該沉著地放下尊嚴來和陳相處，這是無奈之舉，深深知道我需要委曲求存。

190.做個雙重身份的人

既然一切想通了，我和陳便介於主人和婢女之間的關係，除此之外我更加要做他的小寵物，當方向有了，目標明確了，我做個雙重身份的人便從這刻開始了。

當陳回家我當然是笑臉相迎，我可以輕而易舉做到，當他坐下後，我便拿上他在室內穿的鞋子，跟著便蹲在地上為他脫鞋和脫襪，這是我以前從來不會做的事，陳也從來不覺得有什麼不好意思。他從來沒有客氣過或拒絕過我為他的殷勤服務，甚至他的表情是挺滿意和挺享受。跟著我為他脫襯衣，接著遞上一件背心和室內穿的短褲，然後奉上一杯熱茶，當婢女要做的事做完了便開始做他的寵物了。我時常警惕自己要迎合主人心意，要討好他和要做一隻聽話的寵物，務要讓主人覺得我是隻很可愛的哈巴狗。唉！深深知道若論青春我仍然尚有，那些年我只不過是二十來歲而已，這又如何？青春何價？對富有的男士來說，若要買少女的青春或童貞簡直是垂手可得易如反掌，青春少女不缺乏，要找門路並不難，只要付得起錢，願意出賣自己的少女簡直是恆河沙數，何愁沒對象。我是過來人，很擔心終有一天被陳生厭後，便像垃圾般被隨手扔掉。更清楚有錢人的優勢，我夠膽向陳唱高調嗎？

191. 要做命運的主人

　　使我最擔心的莫過于是我子女將來的命運，有了一子和一女後，我已脫不了身。過去是我錯了，不懂得有計劃做人，以我的處境來說是不應該有孩子的，既然走到了這一步，便要找補救的方法，也就是我不能只有一子和一女，為了他們兩人我要繼續生孩子，不怕孩子來，只怕孩子不會來。若非越南解放了，陳也移民了，十分肯定的是我不會只有三男和二女。想當年我有為我的一子和一女作未雨綢繆的打算，因為曾經假設過若我的大兒子長大後聰明又能幹的話當然是最好不過，因為他有餘力照顧智障的妹妹。但我又擔心人不一定是老了才死，倒運的話若我早逝，長子又不長進，他孑然一身已經是自顧不暇時，哪裡有餘力照顧智障的妹妹？智障女兒是不懂照顧自己的，她怎樣生存呀？每個人都有自己的命運，我才疏學淺，我把「命運」解作是自己命中的運氣，我個人認為運氣有分好壞，若來的是好運當然不用說啦，若來的是不好運時，那麼便要看自己有沒有能力或是敢不敢嘗試改變自己命中的運氣了。命運在我思維裡好像是有改變的可能，當有了這個思維後我便從命運裡著手，自知我無可能是子女的主宰者，可以隨心所欲給他們有完美和幸福的一生，既然我掌握不到他們的將來，那麼我便嘗試改變自己的命運，始終覺得命運在我手永不低頭，既然是這樣我便要嘗試做命運的主人。當我有了這個概念跟著便有了想法，我假設大兒子不長進，妹妹老二是弱智，若繼續有老三、老四、老五或老六的話，當中只要有一個是成材的兒女，相信他們

兄弟姊妹是會互相扶持和互相照顧的。人之初性本善，相信兒女們並非全是無情無義的吧！相信亦非全部都是不中用的吧！我性格愛把每一件需要解決的事情致於悲觀和樂觀之間作首要的分析和推理，因為這樣可使自己能早些有心理準備。既然我有了樂觀的想法，便自然也有悲觀的一面，因為我確信世事無絕對，沒有什麼是不可能。退一步來說，若我生的子女全部不濟，若真是如此不幸，儘管我兒女們全不能如我所願，儘管天意弄人，便只有在心中慨嘆。唉！子女們，我無能為力了，你們好自為之，自求多福吧！

192. 向命運挑戰

有感現實世界是無情和殘酷，世界是無公平的，不然為何有人幸福快樂，也有人痛苦不幸。人也有富貴及貧窮之分，既然是無公平，便向命運挑戰吧。我的性格從不愛抱怨，只是不甘心屈服於命運或是向命運低頭，我要嘗試改變自己的命運，不會因劣境而屈服和氣餒，不會因為我有一個兒子和一個智障女兒，便坐以待斃放棄為他們的將來打算。我們三人不能就此放棄的，人活著要有希望，有希望便不會絕望，希望抱著正能量做人，它是我的推動力，我要為自己找希望，幫子女找希望。人生如賭博，不是輸便是贏，我要和命運賭一賭，就算輸了也甘心，因為起碼我有希望過，有努力過，有奮鬥過，便不枉此生，若不落場，又怎知輸贏誰屬？

193. 我贏了

　　很幸運我們得到仁慈的瑞典收留了，轉眼之間我們在瑞典住了將近四十年了，無限感恩，我五名子女雖從來沒有得到父母溫情的呵護，卻健健康康地成長了。現在他們嫁的嫁了，娶的娶了，過的是幸福安穩的生活。最感恩的是我智障女兒在瑞典也得到終生照顧和關懷，過的是不愁衣不缺食的生活，她每天都懷著天真的心態做一個不懂憂也不懂愁的快樂人。瑞典一向是最關懷和最照顧身體有缺陷和患病的國民，現在我總算老懷欣慰了，我如願了，漫長歲月的一場人生賭局亦揭盅了。唉！終於是我贏了。

194. 我的做人心得

　　以我愚見人生就像手裡拿著一張單程票，讓我們一站接一站的走，沒有回頭路。在每一站的路上有可能會遇到高低起伏和凹凸不平的艱苦路，但我們要勇敢地克服它，然後繼續一站接一站的走到生命的盡頭。活著一天便要存著一天的希望，我前半生是很不容易捱過了悠長苦難的日子，遭遇過種種困難，經歷過幾許風雨。人生經驗告訴我若遇到困難時不要氣餒，要有堅強的鬥志，也要懷著意志堅持著自己的目標，不屈不撓，要勇敢面對，有勇氣承擔挫折，憑自己的拼勁衝出逆境，不要接受命運支配，確信命運在我手。如果有了理想或抱負便該放手全力去拼搏，遇到逆境不要懼怕艱難

和辛苦，要堅持和努力，勇往直前走要走的路，做到無悔一生。懶惰是人生的一大忌，不要不自覺的輕輕送走了寶貴的光陰，最要不得的壞習慣就是把今天要做的事留待明天，可以的話別讓人生帶有遺憾。要排除萬難首先是勿放棄自己，要有頑強的鬥志遇到困難時要積極面對，勇敢挑戰遇到的挫折，要沉著處理各種人生難題，也要冷靜解決各類問題，要堅持不屈的精神，不向逆境低頭。遇到挫折時要抱著努力奮鬥和堅持地向自己的人生目標前進，靠自己的雙手創造勝利和成功，處事不要心存僥倖，要腳踏實地一步一步努力為自己創造未來。人若有生存的一天該有抱負和目標，盡力和努力找尋適合自己的路。要有自信和希望來追求自己定下了的目標，若懷有夢想時圓夢是要靠自己去努力，有夢想時便要付諸行動來實現，並非只是在夢想，雖然實現夢想和目標並非容易，但我確信希望在人間，勿放棄，勿灰心和勿氣餒。別浪費時間讓寶貴光陰輕輕溜走，生命不重來，我們要珍惜此生。時間不會等人，人的一生時間有限，應該好好地把握自己的人生。在人生旅途上少不免遇上不同的困難和障礙，我們要用不折不撓的奮鬥精神鼓勵自己向困難或障礙挑戰，永不要放棄，要執著和堅持信念，挑戰自己和嘗試做些看來是無可能但卻有可能會做得到的事。逆境不再，強者永在。以積極的態度去追求和實現自己的夢想，原動力是來自自己，對自己要有信心，遇到逆境或挫折不要逃避，要努力把它克服，那麼曙光便會漸現，年紀不是問題，問題是如何保持年輕的心態來追求夢想。我確信自我的能力是隨著年齡增長而增長，勤奮是首要條件。每天要有計劃和努力，才能對

自己有所交代。活著一天便要不斷學習和增值自己，遇到各大小的挫折時，要努力面對不要喪失鬥志，要堅毅不屈，全力以赴，請相信明天會更好，希望永遠在人間。人生在不同的階段會遇到不同的困難，我們要沉著應對和不斷磨練，要學習面對各種不同的困境，不要放棄自己的希望或是夢想。每個人的人生觀或價值觀並不相同，我的人生觀很簡單，抱著縱使已是年邁了也要有獨立自如的人生計劃，繼續去走自己仍然還未走完的人生旅程。珍惜和把握活在當下，積極處理和面對還未完成的人生目標或方向。唉！經過了歲月無情的洗禮，使我在生命的價值觀裡看透了很多東西，我是個業餘的寫作者，以上的是我收集了一些至理名言和金句，然後寫下一些是我的愚見跟大家分享，這也是我做了大半世人衷心奉上的人生常談，生活道理。

195. 不敢怒不敢言

　　回頭細訴當年事，既然我有了計劃便依計行事，不久我的第二個兒子出世了，英姐辭工之後我有僱一名女傭相幫。我真是愧為兩子之母，因我依然是不懂得怎樣照顧初生的嬰兒，我的第二個兒子很愛哭，他在嬰兒時睡在床上會哭，被抱著也會哭，於是便幫他取名叫樂兒，希望他人如其名，快快樂樂不要只愛哭吧。但很失望，不管他名字是快樂的樂，但愛哭依然是愛哭，最無奈的是當陳回家後我要如常般先做婢女後做寵物時，遇著樂兒大哭但傭人又有家務纏身分身不

暇之際，我通常會扮作聽不到他的哭聲，讓他在床上持續哭個不停，有時候當我正在陪伴陳而碰上樂兒又哭個不停，我也是不敢擅自離開去照顧他，如常是裝作聽不到，只能讓他哭個夠吧。樂兒從來沒有被陳的雙手抱起過，但他卻是在兄弟姊妹中被陳打小屁股次數最多的一個，因為他愛哭，常常抱著他的時候他也在大哭時，便被陳狠狠打他的小屁股。有很多次我見樂兒嫩嫩的小屁股被打至泛紅，隱約看見有隻大手印呈現在他的小屁股上，只有幾個月大的嬰兒又是我的兒子，不管他被誰人打，我這個做母親的應該是不會接受吧？尤其是陳，他是樂兒的親父，但我居然只能做到不敢怒和不敢言。我常常是一臉無奈和默默看著樂兒的小屁股被陳打，他越是狠打，樂兒便越是大哭，越是大哭便越是被狠打。其實我並非是害怕陳，只是知道人在屋簷下不得不低頭，我是在權衡輕重之下知道是不由我不忍。從來不敢和陳吵架，更不敢向他發脾氣，其實我不是善男信女，只是為勢所逼，知道一定要控制我的情緒去做人！

196. 心聲

生了樂兒之後陳的經濟問題更加表露無遺了，房租不能準時交，既然他經濟有了問題我便把傭人辭退，我是很不喜歡小孩子的，生下樂兒只是依照我的計劃去做而已，我是逼自己生孩子。樂兒很愛哭，肚子餓了便哭，吃飽了也哭，抱著他又哭，不抱他時便更加哭。我沒有親人也沒有朋友能讓

我讀教育兒心得，照顧嬰兒的普通常識我沒有，不懂得整天愛哭的嬰兒身體應該有些不舒服吧，嬰兒不懂說便唯有用哭聲來表達，可惜我完全是不懂。

我自己沒有私己錢可存，陳又不能如期交屋租和我一向不敢和陳溝通，無傭人相幫，終日除了情緒低落也要做討厭的家務，還要把自己的尊嚴擱置在一旁，在主人面前卑躬屈膝做個細心的婢女，更加要做隻可愛的哈巴狗，在重重的壓力下使我覺得樂兒很麻煩和十分討厭他。

197. 精神崩潰，情緒失控

越來越討厭樂兒，因為他愛哭，有幾次他躺在床上哭到使我情緒失控，我在失控的情形下拿起他睡的小枕頭按著他的小臉，企圖制止他會讓我精神崩潰的哭聲。當時我是完全失去了理智，管他是我親生的，管他只是個嬰兒，可憐的小樂兒越是被枕頭按著小臉時便越是大哭，小手和小腳不停地在掙扎，當他因為被枕頭壓著時呼吸困難了，哭聲漸漸微弱，我才把小枕頭拿開，站在小木床旁邊呆望著不停在喘著氣的小樂兒。可是當他漸漸恢復了些元氣之後又再大哭起來，當他再大哭時我又再精神崩潰了，情緒再度失控，我像瘋了般狠狠地再用小枕頭再按著他的小臉。有一次，當我拿開了按著樂兒小臉的小枕頭後，看到他的小嘴唇哭到變紫黑色，身體不停在顫抖和喘氣，我不理，當時我的心態是把樂兒視作敵人，只要他再哭我便會再把小枕頭按著他的小臉來報復，

誓要聽不到他討厭的哭喊聲。終日只是哭，但到頭來這個愛哭和幾乎被我用枕頭按到窒息了的樂兒，長大了之後，在他未結婚之前，卻是最關心我，讓我感到最窩心的孝順兒。

我是個只向前望不愛懷舊的人，但不知何解總是把我過去了的無奈事，遺憾事長留在腦海中，所以書名是《無奈的遺憾‧懺悔的心聲》。因為這是最適合和最能表達我的感受！

當我寫到昔日的辛酸和刻骨銘心的往事時，有時候禁不住流下淒酸和苦澀的眼淚，我是一面執筆一面回憶寫下當年情當年事，因為苦難的遭遇永不磨滅地烙在腦海裡，也深深感受到當年我是多麼無奈和淒苦地渡日，目的只有一個就是為了要生存！

以我愚見每個人的一生中總會有行運的時候，問題是這些運氣是早來或遲來，我行運的時候便由我能定居瑞典開始，我終於能夠撥開雲霧見晴天。衷心多謝和感恩我仍然健在，仍然在瑞典過著幸福和安穩的晚年。

198. 內疚

在我的一生中有很多種不同的感受和痛苦，不同的感觸和不同的愧疚。自我檢討當年我確實是個不稱職的母親，我沒有盡過做母親的責任來疼愛，關心及照顧我的子女，時至

今天，在心底裡我仍有感對子女的虧欠。就是在他們幼年時沒有付出足夠的母愛，縱使現在他們都長大成人，但我依然有揮之不去的愧疚的陰影。我時常逃避及不愛跟子女們聚在一起，更加不願意面對面和他們傾談，因為每當我望著他們的時候總是禁不住從心裡泛起了慚愧和內疚之情。一言難盡，我的子女是有父親的呀，又如何？他們從來都沒有得到過父愛，他們是有母親的呀，又如何？也是從來沒有得到過母愛，昔日的我有數之不盡對不起子女們，今日的我懷著無限的愧疚，因為我的子女是在完全沒有愛的環境下長大，這是我永遠彌補不了的遺憾事！

　　我是個完美主義的追求者，但我卻不是個完美的人，因為性格率直總是不管對方的感受而常常得罪人，但我從不介意別人不喜歡接近我，因為我也不喜歡接近別人。當人到無求品自高時，便覺得實在無需隱藏自己昔日一切的過錯，更無須虛偽地掩著良心扮慈母或是扮好人，這是我做人的原則。既然有此心態所以我在書中便暢所欲言，把我的心中情、心中事豪不保留，言而由衷地從實寫出來，目的是希望藉此能讓我在心裡舒服些良心上會好過些。

　　我做人原則是有錯便承認，清楚記得在一次聚餐中和一次閒話家常中，禁不住在感觸和難過的心情下有刻意告訴過樂兒和他的妻子，細訴我有殘忍過，狠心過，虐待過樂兒的往事。除了樂兒和他妻子之外，我最幼的女兒也有坐在一旁聆聽，唏噓往事實在是不吐不快！

199. 感觸和唏噓

自我檢討，剛來瑞典的那些年本來仍然有機會補償給子女們的母愛，因為當時他們仍然年幼，可惜我仍然不懂珍惜及補償給他們享受母愛的機會。我猜可能是我的背景差不多像個孤兒似的被人收養了，從小沒體會過有親人的關懷，相依的溫暖，因我在一個沒有感情的家庭環境下長大，沒有得到過母愛，別說不懂得珍惜身邊的人，更加不知道親情是何物？我錯在是太介意在越南曾經過著仰人鼻息全無尊嚴的苦日子，所以來到瑞典之後，只自私的看重自己是已否極泰來，我已經有自由了，所以在難民營裡只住了三個多月，便急不及待找工作，渴望能過自力更生的生活。我是在一九七九年十月十日來到瑞典，一九八零年二月便開始在不同的行業中工作直到退休，我熱愛工作，很想退而不休，但沒有這個機會，唯一能讓我感到自豪的是我沒有依靠社會福利部的援助來養活我五名子女。尚記得在難民營裡一位處理難民問題的秘書曾對我說過我可不用工作，因為我是單親媽媽和有五個未成年子女，縱使我不工作社會福利部是會援助我的生活費，因當年我長子只有十歲，最幼女兒也只是四歲。當我在瑞典住久了，在不同工種的工作中見到很多人與人之間真誠相處的一面，兄弟姊妹間的融洽相處，父母與子女間互相維繫的真情和愛時，才使我領悟到父母對孩子在成長的過程中是不能或不應該疏忽他們的。當我知道發揮母愛對子女是如此重要的時候，光陰卻已靜悄悄的溜走了，我的子女已經長大了，他們有自己的天地了，隨著年齡增長各人有自己的工

作和家庭。現在他們過著很安隱和健康的生活，我和我的智障女兒相依為命，更慶幸的是她很健康和我還健在，暫時我仍然有些餘力在日常生活中照顧她。也是一句，無限感恩，感謝瑞典也感謝生命！

瑞典是個十分關心民困的國家，當市民遇到了某些棘手問題或經濟有困難的時候，不少部門是可以申請求助特別是老年人，病患者或身體有缺陷的人。總之若是真正需要得到幫助的市民一律會受到認真重視和幫助，就算任何人被離棄了，但瑞典政府是不會離棄自己的公民。

我是個積極面對現實的人，也是個活在當下的人，深深知道我餘下的寶貴光陰不多，所以我仍然是努力不懈地找機會，希望在我的暮年能趕得及做些我可能做得來而還未做的事。我依然是積極地在和時光競跑，雖然明知跑得不及它快，雖然知道出書是件十分困難的事，但我是不會放棄的。我個人認為人應該有目標，理想或夢想，人生苦短，該珍惜時間的每分每秒，所以很希望在有生之年能達到我的目標，能實現我的夢想。在我人生不同的階段便已經有不同的目標和夢想，大半生都是默默地尋找機會，努力完成我的目標和夢想，可惜總是力不從心，事與願違。但我依然沒有氣餒仍然堅持，直到現在仍然是執著和努力追求我不肯放棄的目標和夢想，目的只有一個，就是盡可能做到生命不留白，不要只是打了一個轉便走完了我這段人生的旅程路，希望我能夠做到的就是「不枉此生或此生無悔」。我這本劣作盼望能出版，因為

它是我的夢想之一。我很貪心，除了目標和夢想還有些心願，尤其是夢想，我個人認為擁有夢想或目標是不限年齡。其實我是個很自量的人，所謂目標，所謂夢想，只不過是人生能得到滿足感，滿足感是直接讓自己感受到的，是很舒服的，能使我自我欣賞。深深知道要圓夢並非易事，尤其是我這把年紀，但沒關係，我是在全無壓力之下來默默追求著我的目標和夢想。我個人認為不論是男、女、老、幼，只要活著一天都該有些目標或夢想，要有希望去做人，所以希望是我的陽光，它是我的精神支柱，是它才能使我積極去面對夕陽無限好，只是近黃昏的人生！正所謂「天助自助者」，我是個頑強的追夢者，總覺得年紀不是問題，最要緊的是保持心境年輕，做一個人老但心不會老的人，最擔心的是若我活到心境都覺得老了的時候，那麼生存對我來說真是沒有意思了。

　　人總要經過生、老、病、死的過程，盼我離開這個世界之前能回顧我曾經做過什麼是使我感到有滿足感的，深深知道有追求未必會追到，有努力未必會成功，有耕耘未必有收獲，這又如何？只要我有夢想，動力會推我去圓夢，做人有方向有目標才感到自己的存在，只要有生命和健康，喜歡追夢的我夢未成是誓不休的。做人最悲哀的是帶著無窮無盡的遺憾便走完了一生，所以我一向在心裡堅持著要努力不懈把夢想付緒行動才不枉此生，至於我在有生之年的目標和夢想最終能否實現呢？唉！已經盡了全力便唯有隨緣吧！

200. 無言

　　在某一年的某一天，我的大兒子帶著怨言向我質問，他一面搖頭一面皺著眉問我，他說：「我真不明白為何我們的親情關係跟其它家庭的是完全不同。」聽了之後我慣性的沉默，因為不知道應如何回答。算了吧，我們不是在玩問答遊戲，凡事都會有例外，雖有問但是可以不答的！

201. 苦悶的生活

　　繼續細訴那些年的那些事，就是當陳經濟出現問題之後，因負擔不起房租我又要再搬家。這是環境最惡劣的時期，我和兩子一女，一家四口睡在一張床，這個小房間是蓮姨幫我找的。蓮姨很好，她間中有來探我，有一次她對我說養母有對她說過，有給過安娜一筆錢是大家合資做些小生意，蓮姨建議我不妨找安娜談談和追問情況。我不想，因為安娜是壞人，養母頭腦簡單被她騙了錢也不足為奇，而且養母已經去世了，無憑無據向她追究是徒然！

　　當陳的經濟轉差之後，每天回家的時間卻多了，每天下午他一定會來，而且還用了晚膳才回去。每天早上當我的長子上學了，我不愛困在小房間裡，更不愛終日照顧和陪伴著我年幼的子和女，雖然我有的是時間，但沒有親人沒有朋友也沒有金錢，唯一可以去的地方便是以前和譚叔叔常去的佛堂。一對子女便交給年邁的房東夫婦照顧，他們無兒女和樂

意相幫。在那段日子裡我和蓮姨見面頻密了,她常去佛堂目的是求福拜佛,我始終是個無心向佛的人,若我有去佛堂通常是跟主持出外做些法事或在佛堂和善信們一齊誦經,不然便是看善信們跪在佛前祈求神佛保佑、求福、求闔家平安,求這些,求那些。而我去佛堂是一無所求,目的只是打發無聊日子,佛堂天天開方便之門讓善男信女來參拜,幸虧有佛堂讓我消磨時間,它是我打發苦悶時間的好地方。

忘記了是什麼時候開始,陳給我生活費是每天清,例如:他今天來便給明天的生活費,明天來便給後天的生活費,如此類推。昔日普遍的房租已包括了水費和電費,所以我的生活費只是廖廖的小數目而已。當家庭用品或米糧快要用完我便告訴陳,他才多給一點錢讓我去購買。我很了解陳的性格,也很了解我自己的性格,就是從來不會向他提出金錢的要求,因為我介意,不想厚顏去求他,除非子女有需要,否則我每天只會低著頭收下那一點點微薄的家用錢!

202. 概念動搖

曾經暗自想過,難道每天就是這樣漫無目的去佛堂渡日?我開始覺得這樣生活下去是不可行的。越想越灰心越想越不對勁,難道我以後就要屈居於這個小房間?難道跟著陳就是為了他有來一日便給我一日的家用錢嗎?有分析便有矛盾,分析多了矛盾也多了的時侯,便覺得不管陳的經濟是如何不濟但我和我的子女仍然可以依靠他,問題是我不願意每

天過著這樣的日子而已。心裡總是不甘心要守著一個已經有些漏了氣的救生圈,既然陳已今非昔比,我該否繼續進行多生多養的計劃來堅守過著這樣窮困的日子呢?曾經冷靜的問自己這是值得的嗎?當想了又想,把現實分析又分析,但始終找不到答案,甚至覺得我的處境是徘徊在三岔路口!

我的第一岔路是不管一切照原定計劃多生子女,不管過的是什麼日子。第二岔路是見步行步,和陳過著窮困的日子,但多生子女的計劃要擱置了,真是行不通了。第三岔路是不顧一切扔掉這個已經有些漏氣的救生圈,然後帶著三個子女走我茫然的人生路。但細心一想這三條都是我極之難走的岔路,我感到迷惘,徬徨和擔心,因為路是一定要走,問題是走哪一條路呢?我無親人也無朋友,只有蓮姨,很想請教她和聽她一些意見,但卻覺得蓮姨除了上班便是去佛堂拜佛求福,她的生活簡單,就算和她商量,她也未必懂得為我分憂,有感我的設身問題只有自己才能解決,實在不想再蹉跎歲月了,不能舉棋不定了,逃避問題是不智的。

203. 找尼姑

當我感到十分無助時突然想起以前常常陪養母去過一間是私人修道的小佛堂,佛堂裡只有一位女主持負責管理,有感她是出家人應該不會是壞人,不如請她指點我的迷津吧。於是我便去找這位女主持,當我們見面後,便向她細訴我不如意的近況,訴說覺得跟陳在一起的生活是越來越無保障,

實在不想繼續過著這樣的生活和很認真的問這位女主持，我問她說：「我想離開陳，因為不想守下去，到底我應否離開他嗎？」女主持微笑著和握著我的手問我：「妳是否愛上了別人？」我回說沒有。女主持說：「既然沒有便別多心，守下去吧。」我無精打采一面步行回家一面想著剛才女主持勸我的說話。守下去？難道就是這樣無休止的守下去？如不守我又可以怎樣呢？已經有三個孩子了，未到絕路我是不肯走歪路，出賣自己身體去養活子女。自問我無這個偉大母愛的使命，我知道我是做不到的。但目前來說我尚有何路可以走？又有何辦法可以行呢？唉！還是聽從那女主持的勸告守下去吧！

204. 生活

當我住在這小房間大約半年之後陳的經濟好轉了，於是我們又再搬家了，這次住的是平民區內的一間小磚屋，也是蓮姨幫我找到的。我的鄰居是一對年輕華人夫婦，丈夫是裝修工人，妻子是家庭主婦。他們在這平民區內住了有好幾年，聽他們說這區本來是窮人住的木屋區，各家各戶的房屋都是自己用木板搭成的，因為一場大火把整個木屋區燒為平地，政府把這塊平地重建，便成了現在一間間的小磚屋。所有被燒毀了家園的木屋住戶若能出示自己的住戶証明紙，便獲得政府分配一間小磚屋，有些有兩個戶籍証明紙的住戶便獲得分配兩間小磚屋，他們通常會把一間小磚屋租給別人來收租另一間便是自己住。

忘記我是怎樣認識了一位中年的越南女人，她在一個露天市場租了一個小攤位賣一些雜貨，如：鹽、糖、醬油、白米及麵粉等，更摻雜一些不同牌子的進口罐頭奶粉和不同牌子的進口香煙。當我和她結識後我便再不想去佛堂跟著主持出外做法事，誦經或是無聊地兆在佛堂看善信們求神拜佛了。忘記這個女人的名字，只知道她是獨身，住的也是一間小磚屋，我們住得很近，和她相交之後我學會了賺些零用錢的門路。很幸運住在我鄰居的夫婦還未有孩子，我們很談得來，她樂意在上午幫我照顧我的子女，於是在上午我便兆在那個越南女人的小攤位來打發無聊的時間，因為陳通常是在下午才會來。

205.小買和小賣

自從結交了那個越南女人之後，便知道從我住的小磚屋走大約半小時便可到一條寬闊的大街，這條大街有條大的行人路，在行人路上有些小檔口，每個檔口只有一個人做些小買賣。他們只有一張小木桌放在自己面前，坐在一張小木凳上等那些路過的行人或是踏著機動車的司機來幫襯。他們交易的物品只有兩種，一種是不同牌子的入口罐頭奶粉，另一種是不同牌子的進口香煙，這些物品若在店鋪買的話價錢會貴一些的。

陳通常在下午兩點鐘左右才來，我便利用上午的時間天天走去那些小檔口巡視和比較他們各自賣入口罐頭奶粉的價

錢，若某個檔口賣的奶粉價錢比其它檔口賣的便宜一或兩塊錢，我便立刻買下兩或三罐，然後便轉售給賣雜貨的越南女人，以便從中賺幾塊薄利錢。雖然賺的只是幾塊錢，但我已心滿意足，因為我是靠自己，有時候所有檔口的奶粉價錢都是沒有什麼出入時便當我白走一趟。

206. 一個自力更生的越南女人

　　每天喜歡去那個越南女人的小攤位和她作伴，因為對她有好感，羨慕她憑著一個小攤位便能自力更生，她說的廣東話不流利，我的越南話也好不到那裡，雖然這樣，我們在溝通上總算是還可以。古語有云：「三人同行必有我師。」我卻認為一人同行也有我師，因為認識了那越南女人之後，在她的小攤位裡我學到了一些做買賣的經驗和口才。自此之後我完全沒有去佛堂了，當然和蓮姨見面也少了。

207. 無言的難過

　　很慚愧，我真是個很不稱職的母親。終日喜歡到處走，從不關心和不愛照顧尚年幼的子女，尤幸他們卻健康成長，他們是天生天養的。當年我覺得兒女是我不願意背負，但卻非要背著的包袱，我是逼自己讓他們來到這個世界的。人就是這樣，當一切過去了才檢討，當懂得要珍惜他們的時候已經太遲了，實在是太遲了！一點點的母愛我完全無付出過，

子女們在幼年時的小心靈從來沒得到過溫暖,這是我無言的慚愧和內疚,罄筆難書!

208.解放後的越南

越南解放後,政府實施社會主義時弄致民心大亂,尤其是一般的華人,當聽到共產黨這個名字便害怕到不得了,不久市民的生活開始有明顯的改變了。我住的地區首當其衝改變的便是一些日常食物再沒有自由市場買賣,而改由政府配給,在每區的每一層以公價賣給每層每戶,因此便衍生了一位組長。他是負責通知自己管的該層各戶去買公價糧食,當年的每層每戶要在一張戶口紙的表格裡填上家中各人的姓名及清楚列明家中居住人口,我當然填上我和五名子女一共是六個人。表格填妥後便交回給組長,組長便派一張家庭戶口証明紙給各住戶,各住戶便憑這張戶口証明紙才能買公價的糧食。公價糧食意思是政府在各地區以平價錢把糧食賣給各已登記住戶的市民。

整區的平民屋是用英文的 26 個字母來編排的,例如第一座的平民屋編號是 A,那麼第二座的編號便是 B,第三座是 C,如此類推的順著英文字母來編排下去。我住的是哪一座?門牌號數?已忘記了。如沒記錯的話當年買公價糧食時的運作是例如:以配給的模式,配給 A 座時,組長便立刻通知住在 A 座層的每間住戶。當住戶收到通知後便要帶同家庭戶口証明紙去到指定的屋子的門口先排隊,當輪到自己時便

入內把自己的戶口証明紙交給一位職員，該職員首先核實名單與戶口証明紙，之後由另一位職員按照戶口紙內的人數來分配糧食，當住戶收到配給的糧食後，再由另一位職員向住戶收取相對金額，最後在總名單中記下已付款的住戶門牌號為証，然後職員便把戶口紙交回給住戶，整個過程就是這樣的運作。若遇著當日是 A 座層住戶買公價糧食而有 A 座的住戶外出了，但回家時能趕及六點前去排隊輪購，仍然是可買到所配給的應有額份，反之逾時不候，要到次日才能去補買。而且還要輪候至 B 座的住戶購買完畢後，才被接受補買，所以若錯過了當日能買配給糧食的話是件十分麻煩事。總而言之所有糧食配給的座戶是由 A 開始 B、C、D 順序輪候，如此類推地輪購，直到最後一個英文字母完畢後，再循環和繼續地運作下去。要補充一句，以上寫的是如果我仍然是沒有記錯的話！

不知道是否平民屋所有地區的組長的職責都是一樣，當年我們的組長頒下通告要我們每一間住戶一星期一次派一個代表依照他通告的時間準時去他的家裡開會。初初我有遵照出席，但這位組長每次在開會的時候總是高談闊論，口沫橫飛的讚揚政府推行社會主義制度的好處，當他演講完畢後便提議在座各人可以向他討論或發問，直到無人問津後，他才意興闌珊宣佈散會。最煩的事是在開會過程中全部的人都是說越南話，我不全懂越文，所以有部份聽得懂，但有些是完全聽不明白，我每次都是循例去開會便循例等散會。最怕的是碰到有些無聊人向組長發問或討論些無聊事，若碰著是這

樣的話，開會時間便被拖長了。最討厭開會時間是七點，因七點已經是傍晚了，是人都會有些疲累的，尤其是要靜坐和聆聽他們說的是我不大聽懂的越南話。在開會過程中我常常禁不住掩著嘴巴打哈欠，因為實在太睏了，眼睛撐不開了。遇著在開會的一班男士們興致勃勃地和組長不斷的詢問或討論時，我便會禁不住打瞌睡，但卻要顧及不可以在人前失儀，於是便極力把眼皮向上撐，可惜眼皮不合作，剛把眼皮撐開瞬間又慢慢的垂下來，越是想打瞌睡卻越是不能睡這種感覺是很不好受的。當我去了幾次開會之後便向組長推說不去開會了，原因不是我不舒服便是我的孩子生病了，初初的幾次還可以，因為組長批準了，誰知有幾戶也是華人家庭見我可以不去開會，於是他們便跟風，不久我被他們連累了。因為組長頒下命令不管什麼原因每間住戶一定要準時來開會，甚至組長還先點齊人數才開會，這也是一件已經是幾十年前的事，但依然使我難以淡忘的討厭事！

209. 沒有自尊的要求

　　一向避免和陳談關於是金錢的事，但基於買配給糧食的問題唯有放下我的尊嚴和厚顏要求他不要今天來，便在臨走時才給我明天買菜的家用錢，如是者在隔天他臨走時才交給我那些家用錢。我曾要求過請他體諒改為一次過給我一個月家用錢，或可分開兩次給我，好讓我收到通知時因他不在我也可隨時週轉來買糧食，可惜陳的答覆是：「不需要，我天天都會來。」

　　未解放前有一個時期陳的經濟確實有困難，我理解，但自從他經濟好轉了我住的不再是一個小房間而是在平民屋內的一間小磚屋了，但他仍然是默守成規因循的一天給一次家用錢，無奈我是婢女身份唯有低頭接受主人的決定！

210. 仇視

　　當陳堅決要一天給一次的家用錢之後我便絕口不再要求和提起這件事了，求他體諒是自討沒趣的，我對陳越來越反感，私下覺得我和他在一起已經多年了，兒女有幾個了，在他的面前我依然是豪無尊嚴地做婢女和做寵物，要卑躬屈膝的討好他，而他卻刻意踐踏我的尊嚴。最使我介意的是每次要扮作歡欣及不介意沒尊嚴地拿著他臨走時才交給我只是一點點明天的家用錢，這種感受這種恥辱問誰不會記於心，怎能不懷恨和仇視他，怎能不介意每天被他刻意羞辱，對著陳這樣的人使我情何以堪，在我心中頭號敵人怎會不是他！

211. 忍辱負重

　　現實是無情和殘酷，靠陳養活這種說不出的難受和自卑感是不為外人道，深深知道在無助的情形下唯有強忍吧！我是被環境磨練成了有兩種強項，強項之一便是說謊，強項之二便是忍，其實我並非是個膽怯和懦弱的人，而是知道既然不能為自己扭轉乾坤便乾脆做個忍者吧！

212. 苦難的歲月

當越南實施了共產主義後，陳害怕被打壓資產，被清算，所以不敢用汽車代步。每天下午接近兩點鐘他便駕著一部機動車來，每天在用完晚膳了還待到八點鐘之後才願意踏機動車回去他自己的家。每次是好運的時候當組長通知去買配給糧食時他仍然在家，要不然便要等到他回來後，我才有錢在手，才可以去買公價糧食。在生活的壓力下使我感到苦不堪言，什麼苦？就是要等主人回來了才有錢去買配給糧食的苦！

在離開越南之前我住的是在某第二層中的一間小磚屋，每天中午接近兩點鐘我已經不由自主地站在屋子內的窗前低首不停地望著下面的街道，心情是擔心盼望和等待。當望到陳駕著機動車來的一剎那時我放心了，明天的家用錢有著落了，終於可以舒一口氣了。雖然每天拿著從陳手指的空隙中流下只是那麼一點點的買菜錢，但有時候我也會留下幾塊錢，這便是我的私房錢了。最困擾和最擔心的是已經兩點鐘了，但仍然未見他回來，我便害怕到不得了，繼而心裡開始慌張，跟著便胡思亂想了，當我越是胡思亂想時便越是慌張，還幸每次都是虛驚一場，謝天謝地，陳很平安，因為天天我都能見到他。

每天中午我都是以誠惶誠恐的心情等主人回來，每日每月每年我過的是「沒有明天」更加沒有將來的苦日子。最感到為難和難過的是當組長通知了要買糧食，而我主人尚未回

來，鄰居卻邀我一同作伴去排隊買糧食的話，我便常常推說還未有空閑隨後便跟著來，因為推搪鄰居的次數多了自己也覺得不好意思了。於是每當我聽到了組長正在通知附近的鄰居時，我便迅速把家內的門和窗關上和靜靜躲在家裡，當組長來拍門而沒有人回應時他便走了，我便等到主人回來後，告訴他了才能解決買配給糧食的問題了！當年住在平民屋的住戶除了在出外時，通常是不會關門閉戶，也沒有安裝門鈴的需要。

每個晚上我要捱到主人在臨走時才從口袋裡慢慢拿出給我明天那麼一點點的買菜錢，這是他每天慣例做的事，我通常會報以微微的笑容才從他的手上收下，這是我每天慣例要做的事，我知道這是他要得到的快感。有時候真的感到太羞恥和太難為自己了，實在提不起心情扮微笑的時候我會木無表情地伸出手把他給我的家用錢收下，跟著主人走了我心裡才舒服，因為明天的家用錢有著落了。每個晚上我就是苦苦地捱到收明天買菜錢的那一刻，每個月要交租的日期將到便更多一重擔心，尤幸上天見憐，養活我的主人沒有缺席的一天！若子女有不舒服時，當然也是等主人回來了然後讓他決定我該怎樣做。說不出有無限的感恩，因為我的子女都身體健康，他們從小都很少生病，甚至是沒有要去看醫生的必要。記得某一年我的大媳婦在初為人母時問過我一些關於育嬰的普通常識，我說我不懂，她用疑惑的眼神對我說：「妳有五個子女妳說妳不懂嗎？」我無言以對！

213. 在逆境中尋找希望

　　某一天在心情十分低落時突然記起當年的女相士對我說過一句是我很愛聽的話，就是我有「事業線」。相信一般人都喜歡聽自己想聽到的說話，所以我也不例外。當那位可惡的女相士對我說了那句話之後，我好像被沖昏了腦袋似的，卻沒有認真地想過我有什麼本事呢？憑什麼我會有「事業線」呢？當年就是這樣天真和無知地以為既然女相士算到我有「事業線」，好，就讓我去創業吧！

　　我處事喜歡先思考後分析，但分析過的事卻不一定是對的，甚至有時候把事情越是分析了便越是變得糟糕了。分析的範圍離不開是正面和負面，積極的和消極的，我有消極的分析過如這位女相士說我有「事業線」？不會吧！沒本事沒本錢能創什麼業？相反也有積極的分析過如行行出狀元，一些小販例如賣花生豆，賣豆腐，賣報紙的都能養活一家數口，生活清苦些但總算是可以糊口。為何不去嘗試呢？經過了思考和分析之後我決定用最小的本錢嘗試創業，去賣肉米粥這個本錢是很小的，自以為這是最簡單和最沒有難度的嘗試，總好過望天打卦，過著只有今天沒有明天的日子。希望找到一條新的出路，要依靠陳養活才能生存這是一條沒有將來的苦路，既然是這樣為何不嘗試為自己打出另一條生路。當分析了之後便發覺有困難了，我如何有做小販的小本錢呢？我介意開口向陳求助，求他？不！我堅持保留在心裡的一點點的尊嚴，我是不會厚顏去求一個刻意踐踏我自尊的衰人。

在年輕時我是個憤世嫉俗的人，因為心事無從訴，慨嘆老夫少妻擁有三妻四妾的男人多的是，在夜總會的舞女她們有些是文盲，有些是學識偏低，有些看來不算是年輕，有些是姿色平庸，但她們卻真的是很有運氣。因為她們從良之後便有很好的歸宿，相形之下使我十分沮喪，有感大家同是淪落人大家都是做男人的情婦，而她們被愛寵和穿金戴銀，買屋買樓過著很有安全感和很有保障的生活，有些幸運到連關係也能公開，過著一般少奶奶幸福的生活。而我呢？讓我吐吐苦水說說吧，以上寫過陳的朋友陳先生，他們是生意上的好朋友，因他是陪陳來夜總會追求我但反而陳先生早一步收藏了一位舞女她名叫倩影。倩影是個聰明人她也是安娜的愛將，當年的她並不如我這般年輕，聽安娜說倩影是被丈夫拋棄了才投身做舞女這個行業。她不滿意自己一對不漂亮的眼睛而去整容，想不到超過半個世紀之前的越南已經有整容這個行業吧？倩影適應環境的能力很強，對舞客有一手，我們同是做舞女這個行業，但她有運氣，從良之後過著安穩和幸福的生活。

很認同中文的一句就是：「各有前因莫羨人。」倩影首先是一名失婚女人，繼而做舞女，從良之後便公開自己妾侍的身份，更擁有一間是陳先生送給她的房屋，正式是元配的陳太也拿她沒辦法甚至還要忌倩影三分。也是聽養母說過遇著是中國人傳統的大節日或是陳先生家中有喜慶事時元配的陳太也要扮大方地邀請倩影來她的家，倩影得到陳太表面上的重視，也得到陳先生的寵愛。而我呢？汗顏！很羨慕倩影，

她是一個了不起的女人，英雄莫問出處和她相形之下怎不汗顏呢！

再說當感到人生總會遇到些挫折或挑戰時，既然來了便要面對。基於有了做小販這概念後，它便是我的希望，我要嘗試走出這個生活的困局，我要嘗試衝出這個框框來自救！一直是無奈地委屈自己做婢女做寵物，感到自卑永遠是抬不起頭來的我，從未得到重視過，面對一直被漠視著我和子女的男人，日子一天一天的溜走，仇視陳的心理也一天一天的增加。他對我完全沒有一點像夫妻般的關懷或愛，年紀大我二十多載，老夫少妻可以做我的父親了，我並不介意他的年紀但介意從未得到他給我一點一滴的愛和關心。我理解和接受當做他情婦時順理成章因為我的背景而對我存有介心，例如我是舞女出身要提防，我們年紀有一大段距離自然也要提防背後我會對他不忠，或背後離不開有一位貪錢的養母更加要提防，在種種要設防的心態下提防我本來是無可厚非的，這是人之常情的事。問題是現在已經是時移世易了，養母已不在了，和他相處的日子也不算短，孩子已有幾個了，貧窮日子大家亦一起捱過了，時至今日總該消除那些對我的成見，應該對我懷有感情和體諒吧！但陳沒有，不但沒有，反而刻意踐踏我的尊嚴，在他無情的精神虐待下，昔日我對他的好感已經點滴全無，既然一切已這麼徹底的分析了，再加上原來我有「事業線」，還不為自己打算尚待何時？

214. 求幫助

當分析了卻煩著怎樣進行，很幸運在露天賣雜貨的越南女人肯拔刀相助，於是我便利用安娜給我是她養女在嬰兒時候睡過的小木床交給這越南女人，她便轉交給她一位好友幫我把這張小木床改裝成一部小的手推車，她還幫我解決了一些所需餐具及其它鎖碎用品，當一切準備就緒，是時候我可以做小販了。因為天還未亮我便不在家，於是托譚叔叔的弟婦幫我看管我的子女，養母在生時對譚叔叔的親弟和弟婦是很好的，養母不在我們也有些來往，因為大家都是貧窮人！

215. 做街角小販

路不行不到，事不為不成。在某一天早上五點鐘左右我便推著這部手推車出外，車內有一個小火爐和一小鍋煮綿了的米粥，一些肉類，一些小配菜和盛米粥要用的碗、筷、湯匙，還有一小桶清水和一塊小毛巾，我便把這部手推車推到在我家附近一間平民化小食店的門口旁邊擺個小檔來開始賣肉米粥。賣粥時間大約是早上六點至九點，因為這是早餐時間，九點鐘之後便很少人到那小食店了。

在賣肉米粥的第一個早上共賣了「五碗」，我開始失望，第二天更慘，只賣了兩碗，更加深了我的失望，第三天我放棄不賣肉米粥了，為什麼？不是不賣而是不敢再去賣！

216. 嘲諷

　　陳知道我做小販也知道我失敗了，不忘他幸災樂禍的嘲諷我說：「哈哈，第一天開檔，第三天收檔，哈哈哈……。」我沒有作聲但心中很難過，是的，是我不中用不知道知易行難。做小販試過了失敗，唉，心中又多了一份無奈的唏噓！

217. 接受現實

　　事後我很氣惱這女相士，因她胡言亂道，說我有事業線，同時也氣餒地勸告自己別再多心，別再妄想，乖乖地接受現實照原定計劃繼續做個無奈的人吧！

218. 心聲

　　不久我又再懷孕了，這是第五胎，是女的，當將要分娩而踏入產房時的心情相信一輩子都難以忘懷，因為當我看到分娩床的一剎那時，感受是介於心酸，難過和結集著悲痛的心情。本來一個小生命來臨是一般做母親的都充滿著期待和喜悅，但我卻眼淚不停地在面上流，我不是怕分娩的痛，而痛的是我又要逼自己做根本不願意做的事，屈在心裡的痛可否讓我高聲疾呼？不要再逼自己了，我實在不願再躺上這張分娩的床上了！

　　當我最細的女兒婚後幾年，在生下兩個兒子後便離婚了，我見她一個小女人獨力背上家庭所需的一切開支，既要上班，也要照顧兩個幼兒，我知道她需要幫助，於是二話不說便賣了我分期付款的屋子帶著我弱智女兒搬進她的家。當年我的心態只是抱著誰叫我把她生了下來，既然她有困難我幫得到的便幫吧。忘不了有一次她因為看見某件事有感而發和很天真的對我說：「如果是我不想做的事是沒有誰可以逼我去做。」聽後我微微的冷笑，望向她一眼，在心裡對她說：「別說得這麼瀟洒，很多事情並不如妳想像中那麼簡單，那麼不在乎和可以自主的抗拒說不做就不做，妳根本未嘗過在無助的環境下要甘心情願逼自己去做自己不願意去做的事，沒嘗過辛酸不懂得什麼是苦楚，什麼是無奈。知否站在妳身旁的我，就是在很多被逼迫的情況下做不願意做的事，其中一件是我不願意做的事就是逼自己來生下了妳！」

　　不知道為什麼，一向和子女的關係很疏離，但當和細女兒再住在一起時也不知道為什麼會和她傾談多了，溝通也多了，所以常常在有意或無意之間灌輸了一些是我的人生經驗，處世之道。要豁達地放下一些是自己認為是不如意的事，與人相處時最好是只說三分話，縱使確定了對方是知己也不要全拋一片心，用意是我無可能保護她一輩子，也無可能一輩子什麼事都在她的身旁來提醒她。可惜我女兒性格單純總是拒絕收下我這份誠意，最要命的就是不會提防人，對任何人的說話她都相信無疑。一直在心裡對她最不滿的就是所有的人對她說過的話或是間接而聽到的說話她總是不加思索便

深信不疑，但只有一個人的說話她會例外，這個人是誰？就是我。無言！我以前是不介意和總是很有耐心的真誠的對她說盡語重心長的警世知心話，卻因為去年我和女兒也和她來往了有十多年的閨蜜一起去泰國旅行時，發生了一件十分不愉快的事。本來我對女兒這閨蜜一向很有好感和很佩服她，因她工作表現好，很久前已是個任職高級的文員，是個很能幹的女性。但在那次的旅行中被我感覺到當我女兒和她在一起或只有我和她在一起時，我們各自曾經向她請教同一件事的看法和該如何去處理，但在那次閑談中這位閨蜜卻立刻向我們表達了她的意見和鼓勵我和我的女兒要盡快決定如何解決那件事。讓我聽後立刻覺得她很有可能是在誤導了我們而她不自知或是自知。我個人認為如果雙方已到了無所不談可以傾訴心事的好閨蜜時，首先該為對方認真的探討整件事情，然後便分析，在分析了之後便以真誠的關心才建議我們該怎樣去處理，而不該不斷的在唆擺我和她。經過了那件事之後，我便勸喻女兒縱使認定了對方是知己，縱使不能肯定對方是有意還是無意的想誤導自己，縱使對方害人之心不一定有，但自己防人之心不可無，人是有妒忌心的，若耳仔軟而不自知便草率地去做的話，之後便很有可能會追悔莫及，到頭來鑄成大錯，自食其果！可惜女兒從來收不到我通常在語氣中的暗示或真誠的含意，其實我用意是提醒她別太相信直中直而是需防人不仁而已。我知道太關心會變成了討厭，在此唯有用文字宣洩對她衷心的說一句「祝妳好運吧」。我和弱智女兒現在仍然和細女兒同住在一起，這一起便十多年了！由於我的長子事業有成，在他鼎力的幫助之下使我女兒

有一份高薪入息，她經濟比以前好轉很多了，在她身兼父職之下，她的兩個兒子已介於十歲和十二歲，他們已是中童了。至於都算是看透了世事的我常常抱著什麼都不是必然的心態之下，很多謝她對我很好和對我承諾過將來會盡力照顧她弱智的姊姊。我細女兒心地很善良從未見過她發脾氣，她的承諾我絕對相信，雖然暫時我仍然有餘力照顧自己和照顧我的弱智女兒，也是一句，我很幸運，到目前為止我仍算健康。有數次當我的細女兒由衷地感謝我一向保護她和幫助她渡過艱難困境時，我便總是淡然地對她說：「不用感動，不用介懷和感謝我，這是應該的，當妳的兒子長大了若妳見到他們有困難需要幫助時，妳也會像我一樣二話不說的保護他們和盡妳的能力去幫助他們，這是人之常情，並不是件大不了的事，將來妳自然會明白的。」她和我沒有代溝，偶然碰著一些人或一些事常常使我心生感觸時，在百感交集下禁不住有好幾次坦率的告訴她說：「當年若是我有選擇權的話妳是不會來到這個世界，因為我根本不想再生育，我是『很』不喜歡小孩，我是『很』不願意生下了妳。」

唉！一樁樁，一件件辛酸的往事從來不願意提起，尤其是對子女們，向他們提起心酸苦楚的往事，想搏同情？不，我絕對不會，第一我不是那種人，第二我要保留自己的尊嚴，我個人認為若尊嚴沒有了活著實在是沒有意思了！

219.堅持自己的尊嚴

回頭細訴昔日的過去事，某一天陳帶了一部中型的電視機給我，心中感到奇怪，因為我從來不會在他面前開口索取過想要什麼或是想買什麼，難道我的主人轉性了？對我這麼慷慨？原來他買了一部新的電視機給自己的家，這部中型電視機便帶來送給我。真是太豈有此理，太過份了，事可忍時孰不可忍，多餘的東西便帶來送給我？我不會稀罕的，於是堅決拒絕不肯收下那部電視機和著他帶走。忘不了他當時很生氣，他贈了我兩句說話就是：「錢，妳無，脾氣，妳卻有一大把。」慣例我不作聲，但心中回應他：「對，這種施捨我不會要，這部電視機我是有權選擇要或是不要，只有家用錢我要，是很需要的要，錢？可以無。但尊嚴？不可缺。」放下尊嚴去收下這部是他施捨的舊電視機？是仇家不要的物品。不，我還未到要低頭收下是他施捨給我的地步，我是不會收下這件放它不在眼內的不需品！

220. 我的家

讓我來形容在越南和陳租住的最後期的屋子吧，整個屋子是用質地粗劣的紅色大石磚鋪下，一進入屋子便見到有一部很殘舊的冰箱，它是以前養母買下的，曾經有兩次把這冰箱寄在蓮姨的家。第一次因為家散了而暫住在彭太的家，第二次是在平民屋區內租住的一個小房間因為地方太細而容不

下它，這次雖然也是住在平民屋，但住的是一間小磚屋了。
所以從蓮姨家中把這個殘舊的冰箱搬回來用，除了這個殘舊
的冰箱之外有一張是圓形的用木造成的小檯，和三張圓形但
是無椅背的小鐵凳，跟著便有一個是用長木板釘成沒有櫃門
的櫃子，這櫃子把整間屋子的三份之一的地方相隔了一半，
這一半的空位這便是客廳，餘下的一半空位便是走廊，整個
小磚屋便再沒有任何間格可言。在這個隔著客廳沒有櫃門的
櫃子裡藏有兩行是和這櫃子一樣長的暗格的木板，這兩行的
暗格木板是用來放些衣服和一些鎖碎的物品。一張是鐵鑄成
的單人床和一張小木床，跟著便是半幅用石磚砌成的小石
牆，它的後面便是一個面積很窄很小的廚房，還有一間也是
很窄小而沒有門的洗手間，若把洗手間拉上一塊膠布時便是
洗澡的地方，這間便是我的家了。當進入這所小磚屋時便一
目了然這是一個窮得可憐的家，這就是一個有名譽有地位有
錢人的情婦的家？是的，家是家，不過是羞家的家！一個家
庭起碼一套普通的沙發也沒有，不是窮到買不起而是主人不
買，既然主人不買做婢女的我干卿底事，與我何干！

221. 苦澀和悲涼的感受

越南天氣炎熱，普通家庭小不免有一把吊扇或座地風扇，
又或是放在桌子上的小風扇來享用，但我的家什麼扇都沒有
可以說是人到無求品自高，心靜便自然涼吧！每個晚上這空
蕩蕩的所謂客廳的地上就是我和長子，智障女兒和樂兒是我

們睡覺的地方，因為天氣炎熱睡在石磚地上和鋪上一塊竹蓆時會感到涼快一些的。解放後的晚上或半夜時常會停電，通常在我睡在地上的身旁便放有一盞點著了只有一點點火的小油燈，因為幼兒和幼女尚幼少，所以他們睡在無間格的睡房的床上，地上燃點了的小油燈是方便在停了電時若他們睡得不安寧而哭鬧起來時，我便第一時間走去照顧和安撫他們。

這是一個刻骨銘心難忘的晚上，因為又停電了，我們四母子如常睡在客廳的石磚地上，如常一盞點著了只有一點點火的小油燈在我的身旁，夜深了便常常睡不著的躺在地上睜著眼睛望屋頂。這一次突然間卻有一種無比強烈的感覺讓我覺得在我身旁亮著十分微弱光線的小油燈，彷如正在照著停屍在石磚地上已經死去了的我，使我覺得很心酸，但沒有流淚，只是在心中有說不出的悲傷和難過！說不盡有多少是藏在心底裡的苦澀和傷痛，相信除非我患了痴呆病，否則這一輩子無可能會把這些刻骨銘心痛楚的感受忘掉的！

常聽人說時間可以沖淡一切，我絕對不認同。不論時間或歲月，過去一切的傷痛對我來說絕對是不會流走或沖淡，這不是時間問題，和時間完全無關，因為這是烙印，烙印可以隨著時間消失嗎？烙印是永遠存在的，永遠除不去的，滅不掉的！

222. 報復

靠人幫助的滋味不好受，靠人養活的滋更加不好受，心內聚積了很多對陳的仇和恨，怨和憤，但又如何？他這樣涼薄的對待我，我卻奈他不何，可以讓我發洩便自然想起了生母，是她害我害到我這麼痛苦地去做人。

忘記了托誰幫我穿針引線使我見生母，因為我恨她我要報復，管她是我的什麼人。記得第一次見面本應該帶些水果之類的東西於登門造訪時作見面禮，這是當年華人通常會做的事，但我刻意不做，因為我和她見面是有目的和有企圖的。那天，親母，親姊和親弟，我們四個人聚坐在一起，親母說她棄養我是因為生父患病，她的翁姑除了求神拜佛保佑他康復之外還在寺廟求籤，解籤人說我命中和生父相剋，若不分開不是父死便是我亡，生母的翁姑施壓逼她就範棄養我，理由是如果照籤文所說若親母放棄了我親父便有痊愈的希望，只要他生存便不愁沒有機會再生兒女，否則我會把親父剋死，生母向我解釋說如果不棄養我萬一親父有什麼不測時，她承擔不起這個重責任。親母說她是在翁姑的壓力下才逼著放棄我，希望我不要怪責她。我只是沉默聆聽，其實這次見面並不是想尋根問底，她說什麼我是不堪入耳和無動於中的，只是抱著先和他們打好關係，隨後便進行報復。當時我的心態只有兩個字，就是「報復」。坐了一會在臨走前生母交給我一個小紅信封，她說裡面有我年生八字的出世証明紙，著我好好保管它。但當我步出了親母的家門之後看也不

看便把這個小信封狠狠地扔掉了，以致始終不知道我真正出生是何年？何月？和何日？親母的環境不是很好，是她告訴我的。其實縱使她不說但憑我做了舞女之後她們便來和我相認，不是聰明人也會猜到他們的環境是怎樣。既然我抱著是報復的心，於是和她們來往了幾次之後我便向親姊入手直接開口向她借三千元，這是刻意的，那時候養母已經去世了，當年的三千元不是一個貧窮家庭隨時拿得出來的數目。我性格很衝動，當凡事有了思維和決定了之後便愛速速解決以了一件事，所以憑我的猜測就是當我做了舞女之後她們便先來和我相認，希望憑著我和她們有了親情維繫的時候便容易在我身上入手得到好處，尤其是親姊，她聰明和很現實，甚至是個很有機心的女人，因此我肯定她可以被我利用，報復？就從金錢開始向她借錢吧，很有信心地認為我會達到目的的，因為已經看中了她們想和我相認的弱點，就憑這個弱點便不難達到我向她們報復的目的。

223. 兄弟姊妹

　　我的親母是一位思想保守的婦人，親弟是個老實人，他不是個懶惰人，我認為不管是男的、女的、年輕的、年長的或甚至是年老的，若是性格懶惰，這一輩子便完蛋了，我最討厭就是懶惰的人，因為我不是個懶惰人。

　　親姊很愛護和很照顧自己的親弟，聽說她出過些小本錢幫親弟創業，親弟也不負她所望的努力去幹，可能是經驗和

運氣，肯搏肯捱不一定會成功，他經營的小生意失敗了。親弟性情純品，是生母最疼錫的。現在不知他們的生活如何？因為完全沒有聯絡了，親姊是個很有上進心和積極努力的向上爬，是個典型搏到盡的人。

224. 如願以償

正如我所料借錢的事得心應手了，「錢」？被借到了。「還錢」？休想。反正我貧窮，只略施小計便有人送上三千大元，除了不用還又能洩心頭之恨實屬是一大快事，何樂而不為。我是經過深思熟慮的，因為知道她們環境不很好，借五千元，太多了，可能行不通，借二千元？太小了，不算多也不算少，就向她們借三千元吧，在精密計算下我如願以償了。

225. 露出真面目

某一天親姊帶我去她知己女友瑤姐的家和介紹我們認識，親姊曾告之，當日我向她借的三千元就是她從這位知己女友相幫之下借來給我的。和親姊來往了只有幾次之後他們再沒有和我聯絡了，而我報復目的已達到了當然也不會去找他們了。讓我以小人之腹去猜度他們的心吧，因為很有可能是我向親姊借錢而使他們發覺原來我是個窮親人，在我身上佔不到什麼便宜，也得不到什麼好處時，最好就是遠離我不再找我為妙吧。相信我是沒有猜錯的，哈哈他們原形畢露了。

226.一位女性朋友的故事

　　在以後的日子裡反而我和瑤姐仍有來往。有一次聽她說我的親母親姊和親弟一同偷渡離開越南了，記不起瑤姐的樣貌，但她的背景我略知一二，因為她告訴了我關於自己的故事。

　　瑤姐本來是有錢人家的女兒，但卻愛上一個有婦之夫，父母當然大加反對，但瑤姐不顧一切甘願為愛情和父母鬧翻，親情缺裂後她離開父母搬出外獨居，繼續做第三者。她甘願做情婦，甘願背上破壞別人家庭幸福的罪人，甘願接受被對方妻子的指責，甘願為不正常的愛情承受一切後果。她曾對我傾訴心事但我卻無心聆聽，因為家家有本難唸的經，我只覺得瑤姐是愛得太痛苦了，使我更加明白到「愛人是痛苦，被愛是幸福」！

　　瑤姐是一位溫柔和善良的人，否則我不會和她交往的，真替她惋惜，以她的家境和本身條件怎樣說都不需要這麼委屈自己去苦戀一個有家室的男人，難道愛情的魔力真是那樣沒法擋的嗎？為了愛，甘心去做一個不快樂的人，值得嗎？

　　和瑤姐交往了一個短時期之後她告訴我她將移民去澳洲，離開這個傷心地，之後我再沒有去找她，聯絡也終止了。有時候我會想起瑤姐，畢竟我們有過一段真正而短暫的友情，有懷念過居住在遙遠澳洲的她生活是否稱心如意，心裡祝福瑤姐希望她過著幸福的生活。

227. 移民

越南解放後，很多有錢的華人過於恐懼生活沒有自由甚至會被清算，陳也不例外。某一天聽他說他舉家將移民遷往香港，他的好友陳先生也將帶同家眷移民去香港定居，倩影不是合法妻子所以要滯留在越南，因香港法律是推行一夫一妻的制度。

228. 訴心聲

當我主人即將離開越南之前他自作主張的搬了他家裡的彩色電視機和沙發之類的東西給我，一時間我住的小磚屋都堆滿了他將要移民和帶不走的物品。識時務者為俊傑，嘆一句此一時彼一時了。慨嘆縱使我固執和堅持要保留在心中只剩下一點點的尊嚴也是時候要放下，心裡有說不出的難過，難過的是自己剩下的小小尊嚴也保不住了。因為我收下了陳的女兒們不帶出國的舊衣服，衣服雖然是舊但看來很像新，因為顏色仍然是鮮艷奪目。當時我的心情是既複雜又矛盾，心情複雜的是我收下這姓陳的舊物品，帶不走的東西便施捨給我。矛盾的是若我不肯要的話他快要離開越南，日後我過的不知是什麼日子。心情在左右兩為難之下唯有閉著眼睛勸自己放低尊嚴吧，別太執著了，雖然東西和衣服是舊的，總比沒有的好！

知道嗎？陳在離開越南之前要影一張是我很不願意合照的全家福，相片中我穿的衣服正是陳施捨給我是他女兒不帶走的一件舊衣服，我沒有一件像樣的衣服，於是逼自己穿上主人女兒的一件舊衣服去拍一幅合家照。心情？您說呢！

所以別對我說時間可以沖淡一切，對我來說這是錯的，可以沖淡的是視乎身心受傷程度有多深淺。沒有像我般的遭遇過的人，怎樣說都是難以明白我心底裡的感受，時間可以沖淡一切嗎？別對我說這些廢話吧！因為傷我的是烙印，深深烙下在心底裡的印，它是永遠使我感到痛楚的印，時間真的可以沖淡我這個烙印嗎？

229. 否極泰來

越南解放後，屋主怕被清算不肯續租約而要把它轉賣，陳買下了，他在即將離開越南的前幾天給了我五萬元越幣，更把買下這間小磚屋的屋契証明紙交給我，使我感到意外，沒料到他會這樣做，總之就是謝謝我的好主人！

想不到在我處心積慮苦苦的捱著，苦苦的過著沒有尊嚴的日子，終於得到回報實在是無限感恩，衷心的謝天和謝地。

230. 感慨

　　屈指來算，捱過了十幾年做婢女，做寵物，過的盡是沒有尊嚴的日子，對著一個沒有感情和沒有感覺的男人，目的只是要依靠他渡日，苦苦忍著的苦楚就是為了要生存，現在租的小磚屋陳已經買下了，每個月我不用愁著要交租，住的問題徹底解決了，當口袋裡有五萬元現款旁身時我清楚知道主人真是即將要走了，心裡巴不得他盡快離開越南，當年倩影的丈夫陳先生的家庭和我主人的家庭是一同移民遷往香港定居的。

　　某一天，陳對我說：「我和倩影的丈夫陳先生有個妥協，就是介於香港和越南在金錢的匯率上我們有了共識，將會進行一項港幣和越幣的交易。即是我在香港每個月會先付一些港幣給倩影的丈夫陳先生，然後每個月妳便去找倩影收取越幣，這就是我安排和解決妳在越南日後的生活費。」聽了主人這一番話不禁望望他和有些懷疑，難道聽覺出了問題？主人會為我作這些日後生活的安排，不管怎樣，經他這麼一說，真的使我放下了心頭大石，暗自舒了一口氣。忘不了對他扮作楚楚可憐的表情，甚至虛偽地對他流下兩行離愁的情淚和裝作我是十分捨不得他。環境造成，訓練了我是一個很有機心和狡猾的人，任何事在表面上我可以做到假亦真時真亦假，有時候連自己也分不清真真假假！

231. 四大隱憂

　　雖然主人仁慈，臨走時為我鋪下了一條安家費的路，更給了我幾萬元旁身。定心丸是有了，但我性格從來不敢樂天知命，反而深深知道，靠人難，人難靠，基於有了這種心態，心內便蘊藏了四大隱憂。

　　第一隱憂是在那邊廂若陳在香港有某些棘手問題而沒有守約，我這邊廂是不會領到分毫的，到時候怎麼辦？第二隱憂是誰能預知未來，誰會知道自己壽命有多長，萬一這兩位陳氏其中一位死掉了或是其中一位中斷了繼續在香港和越南私人匯錢的交易時，我的生活費豈不也是沒有著落嗎？第三隱憂若是倩影出了事，怎麼辦？第四隱憂是不幸我早死了我的孩子們怎辦？慨嘆人不一定能活到八、九十歲才死，一切不由我沒有隱憂的！

232. 悲觀

　　我不是個多愁善感的人，但在我的處境中是不可以沒有憂慮的。常言道天有不測之風雲，不想發生的事不等於不會發生，居安思危，誰人能預計未來？生命是脆弱的，若我們四個人之中誰出了事便後果堪虞了！

233. 樂觀

　　相反，樂觀的心態我也會有，既然主人在臨走前幫我解決了住和生活費的問題，更給了我五萬元現款，雖然下去只有我和五名年幼的子女相依為命，但生活總算是有了基本保障，當知道陳有確定日期將要離開越南時我這隻哈巴狗更加頻頻搖動尾巴去討好即將離我而去的主人，務要耍些手段使他以為我對他是難捨難離，依依不捨。暗暗鼓勵自己盡量沉著吧，盡量虛偽吧，反正他很快便離開越南我也很快便結束做婢女兼做哈巴狗的日子了。

234. 把握最後的機會

　　有感時光不會停下來等人，我要把握這個最後的時機，在主人離開越南之前來一個假情真做的表現，務要給他一個難忘的印象，藉著這個印象希望能牢牢印在他的腦海裡。我要耍盡手段來達到目的，要重搥出擊去感動我的主人，讓他以為我對他有的是說不出的真情和真愛，然後會夢寐不忘的牽掛我，縱使我們已天各一方，但仍然是甘心情願不斷的寄生活費給我。

235.依計行事

我計劃的第一步就是向倩影打探了陳的住址,因為倩影的丈夫是他的鄰居,於是在某一天我特地先去了解和探索,當我到了陳住的地方時,便見到整條街每間都是舊式的大屋子,各間大屋子內的面積寬闊到汽車也能停泊在屋內,所有屋子都是有兩層的。在大屋的前面是一條寬闊的行人路,在行人路前面有一條寬闊的大馬路,在大馬路對面有一條小路,小路對面是一條河流,河流對面是一大片空曠地。當巡視過陳的住址後,也知道他要離開越南的日期和時間了,在我心中有數了,跟著便進行我的第二步。第二步就是一個感人的愛情默劇,目的希望能在心理上綁住這姓陳的感情,曾經考慮過我這樣做會太誇張了嗎?這實在是可行嗎?但始終覺得有做總好過什麼都不做,我要把握這個最後的機會來編下一個感人的默劇,希望能誤導我的主人以為我對他有情有義,情義盡在不言中。我有計算過和相信陳舉家離開越南那一天,各人必定忙到團團轉,縱使我出現了他的妻子也無暇出來干涉或和我糾纏,曾經有正面的分析過,就是若我照著默劇去做的話我的主人是會感動的,因為我這隻長情的哈巴狗懂得臨別秋波珍惜他和送別他。負面的分析過我的主人可能會感到不安,因為我在這個時候出現了是會影響他妻子和子女的情緒,但實在是管不了那麼多,為了自己是非要這樣做不可,務要使這個默劇達到是無聲勝有聲的效果。

236. 自編、自導、自演

在陳離開越南當天，亦即是我進行自編自導自演的同一天，那天我穿了一件沒有領，沒有袖，上半身是 V 字型款式，是我自己縫製的迷你裙。當天晨早的六點鐘左右，我便已經站在他家對面近河流的一條的小路上了，由於是晨早被陣陣的海風吹來使我感到有些涼意，於是我便把雙手繞在胸前，我的長髮被微風輕輕的吹著和我獨自默默地站著和等待著。不知道站了多久或等了多久，目標終於出現了，一輛七人坐的汽車從我主人的大屋子向外駛出，當車子快要駛出大街時我便慢慢地轉身面向河流，從我的眼角裡已經瞧到我的主人坐在那部汽車內。當我慢慢的回轉身的時候車子已經走遠了，假戲真做的默劇我演完畢了，心裡感到真是太好了，太舒服了，終於我可以做回自己了。

237. 釋懷

該做的事情已經做完了，一些該走的人也走了，這不是在做夢，虐待我的主人真的走遠了，徹底在我眼前消失了。我帶著說不出輕鬆的心情特地在街上步行了一段頗長的路來釋放隱藏了十多年鬱在心裡的苦悶，尤記得當時的心情是在享受著從未感受過那刻的環境是那麼舒暢，空氣是那麼清新。之後，我才坐上一部腳踏三輪車回家。

　　每天是自卑沒尊嚴地做婢女兼做隻搖著尾巴奉承主人的哈巴狗，這雙重身份，在這十多年來如在地獄中活著的我，終於可以徹底結束那些日子了。很幸運，多虧是越南實施共產主義我的主人才移民，從而把我的命運也改寫了，衷心感謝解放了之後的越南，唉！人生如夢，任我怎樣幻想，妄想，怎樣的想也想不到我會在遙遠的北歐國家瑞典定居了。我上半生坎坷的故事差不多寫完了，接下去寫的是自從主人走了之後我再有不可思議的人生歷程。

238. 越南有兩次更換貨幣

　　陳的確是言而有信，自從他移民到香港定居了之後，我在越南的生活費仍然有著落，每個月從倩影那裡可領取我的生活費。

　　解放後的越南一共換了兩次貨幣，第一次換貨幣是主人還未離開越南，我沒有錢，換貨幣的事與我無關。第二次換貨幣是因為主人在離開越南之前給了我五萬元現金，因此這次換錢幣便直接與我有關了。在第二次將會換新幣的消息一早已傳遍了坊間，市民誠惶誠恐為自己的金錢作打算。我什麼都不懂，還把這件將會發生的事置之不理，若沒有記錯的話在進行換新貨幣時，銀行有一項通告是市民要把換了的新幣直接存入自己的銀行戶口，於是我便把放在家中的五萬元存進去。可是當我將要離開越南便去銀行提取所存的款項時，

才知道提取不了，因為要在表格內填上提款原因和數目，於是我在表格上填了提款原因是想做小買賣，提款數目是五萬元，可是銀行給我的答覆是提款理由不充足，不批準我提取。

239. 華人的宗教信仰

雖然我沒有宗教信仰但我尊重宗教，因為各宗教離不開導人誠實、有愛心、善心及樂於助人等等的正面教規，但一向沒有宗教信仰的我認為一旦有了信仰後可繼續保持，無信仰的便別改變吧。據我所知居住在堤岸市的華人普遍是信佛教，信基督教的也有，信天主教卻是越南人居多，我去最多的是廟宇，每次都只是陪養母去的。

天主教和基督教是十分重視聖誕節的，當這節日快要來臨時各教堂會隆重其事，例如是張燈結綵，在教堂內外懸掛上不同大小像星星般的燈飾在高處，在黃昏時份便亮起來，把街道和教堂襯托得優雅和美麗，不知是否受了這種氣氛的感染我是很喜歡聖誕節這個美麗的節日。

環境惡劣時覺得子女們討厭，是我的負累是我的包袱，自從陳移民後，雖然我的生活不是絕對無憂，但起碼不像往日般的心態，終日是誠惶誠恐過的，只有今天沒有明天的日子，因為我的生活有了很大的改善，我有餘力去買我想買的東西，吃我想吃的食物。

240. 美麗的謊言

當陳移民了的某一年的聖誕節將到，我口袋裡有餘錢可以應節，於是便特地買了一隻是讓人們放聖誕禮物的紅色長襪子，更買了一些聖誕禮物，如糖果餅乾等等的零食放在長襪子內，到了聖誕節前夕的深夜我便把它掛在屋子裡的門柄上，於聖誕日的早上我裝作很意外地對大兒子說：「聖誕老人昨天晚上有來過我們的家，你看，有聖誕禮物送給你呢。」我的心意只不過是以平常的父母心對自己的子女，編造一個「美麗的謊言」讓大兒子感到開心，因為他是老大，老二是智障，老三尚年幼，老四和老五這一對更加只不過是一歲和兩歲。我是三年抱兩，第一年的年初生了大兒子，第二年的年底生了智障女兒，第三年肚子可以歇一歇，第四年便是老三出世，之後，肚子也歇了一年，一年後老四來了次年老五也來了。

常言道人無遠慮必有近憂，以我喜歡思考的性格更加少不免有遠慮和近憂。

自從我的主人離開越南後，因和他各處一方我們只能憑書信聯絡，於是我便在每封寄出了的信內除了寫下對他的關心也寫盡情意綿綿情絲萬縷，甚至肉麻的字句我也寫過不少在信內，務求緊緊綁著陳的感情和他的心，當每封信寄出了之後，信內寫過什麼我已拋諸腦後了，因為寫下的全部是虛情假意，沒有一句是真的。

241. 難以求証

讓我再重提一件事，可能讀者您有興趣想知道什麼年份和月份是越南有半公開偷渡？在哪一年便開始從半公開偷渡轉變成公開偷渡？我的主人是在越南解放了多少年之後才移民離開越南，甚至質疑每一次我都是很含糊在每一段事情和每一次遭遇都沒有實質的日期或年份。請讓我再解釋，因大半生經歷了太多刻骨銘心慘痛的遭遇，本著我不是在寫歷史非要交代清楚而是有感我已經有幸能活到這把年紀，我珍惜還擁有著暫時的健康，趁著頭腦暫時還未懞懂和有的是時間支配自己獨立自如的人生計劃，甚至感慨人只能活一次，在有著種種不同的心態和因素之下，所以執筆寫盡我過去的難忘事和遺憾事，這本劣作只是給有興趣看書的人當作是看一本長篇的小說而已，請包涵請見諒。

242. 匪夷所思的往事

我在少女時的經歷已告一段落了，歲月如流水一去不復返。以下的是我在中年時的經歷，也是峰迴路轉，發生了很多匪夷所思的際遇，希望您仍然有興趣繼續閱看。

243.揭開如何能公開偷渡離開越南的內幕

　　自從解放後一些越南人或華人不清楚生活在共產黨主義的制度下，過的會是什麼日子，所以部份人願意挺而走險偷渡離開越南，便出現了些偷渡客。偷渡成功的話，便可在別的國家定居，失敗了的便被關進牢裡，一個時期後才獲釋放出監獄。

　　某一年我微有所聞市民可以在命名為「半公開偷渡」的方式下合法離開越南，雖然消息傳遍坊間但各人對此事都抱有懷疑和顧忌，大家不敢張揚談論。我什麼都不懂，也沒興趣探討這件事，過了一段時間，聽到的不是「半公開偷渡」而是「公開偷渡」，這次卻不再像是傳言而是言之鑿鑿。市民在日常聚會中都在高談闊論這件事，讓我揭開當年我所據聞的「半公開偷渡」的詳情。

　　據聞「半公開偷渡」的第一批是有錢人，自己策劃和做船主，過程是參加半公開偷渡的人士首先向船主登記姓名，然後便依照船主定下價碼交付黃金，各船主一律只收一塊塊的黃金作為交易條件。

　　當年可以公然地離開越南大致上分為第一批第二批和第三批，第一批是有錢人。聽說成年人要付十二塊或十五塊黃金給船主，因為每個船主收黃金的數目都是不一樣。為什麼不一樣？聽說是因為在不同的地點出發所以便有所不同。在

這半公開偷渡的方式流行了一段時期之後便開始有另外一個「公開偷渡」的名稱，這便是第二批了，這第二批多數是中產戶人士做船主。據聞這批中產戶船主收每一位十塊黃金，十二歲以上也是十塊黃金，十二歲以下便是成年人的一半。第三批可以說是後期了，船主便收每位八塊黃金，因為第一批的富戶和第二批的中產戶人士很多已離開越南，有能力付得起黃金的人士所餘不多，可能是這個原因或者有其它是我不知道的內裡原因所以第三批的船主割價了，成年人只付八塊黃金。至於第一批第二批和第三批的小孩或中童要付多少塊黃金給船主呢？抱歉，不清楚。我是在第三批「公開偷渡」的方式下離開越南，所以很清楚整個支付黃金的過程。過程是要經過三個階段的手續才能離開越南，現在讓我把詳情和內幕相告吧。

首先向船主報名登記，這是第一階段，第二階段是要交一些訂金，何謂訂金？就是每一位已報了名的人士要先付幾塊黃金給船主以作確認，付多少塊訂金也是各船主自己決定，一般要先付訂金的市價離不開是黃金兩塊或者三塊。第三個階段便是在船將要啟航的時候船主便通知交了訂金的人士要準備繳交餘下尚欠的黃金尾數，當全數黃金付清後便安坐家中等候船主通知上船的日期時間和地點。登記人所交了的訂金是全數不能取回，可以說是毫無保障，對船主只是憑一個「信」字，登記人普遍是認識船主本人，不然的話便是靠親戚或好友間接介紹。

據聞當年最早在「半公開偷渡」的方式下離開了越南的

第一批是有錢人,向船主登記的也是有錢人,所以一切從簡,沒有要先交訂金這條規矩。便很順利和合法地坐船離開越南。到第二批和第三批的登記人士便開始要履行先交些訂金給船主的規矩了,也是據聞船主把預先收了的訂金,用來週轉進行著手處理整條木船和孝敬地方官員等等的開支。

244. 跳蚤市場

　　解放後的越南若是誇張一點地形容真是垃圾也值錢。以上寫過陳移民去香港之前搬了不少是他幾個女兒不要的舊衣服給我,我在無奈的心態下收了,想不到這些本來是我並不稀罕並不想要的舊衣服卻有它的價值。忘記了是怎樣找到一個跳蚤市場,因為我把這些半新不舊的衣服像其他一般人擺放在這跳蚤市場的地攤上來平賣。

　　每天中午在出門之前便把我的子女托鄰居看管,難得鄰居友善和願意相幫,於是我便買了一部新的腳踏車,把一大袋的舊衣服放在車子前面和後面的籃子裡,跟著便推著它步行到一處離家不是很遠的跳蚤市場,同時也攜帶了一張大膠布把它鋪在跳蚤市場一處的空地上,然後把帶來的舊衣服倒出來分批分類的整整齊齊地排放在大膠布上,跟著我便坐在大膠布的一角等路人趁墟來買這些舊衣服。

　　在這期間也有很多也是攜帶舊衣服或舊物品來這個跳蚤市場擺賣,那些人群通常在中午便開始擺檔直至黃昏才收

檔。開檔和收檔時間是自己決定，沒有人來干涉或干擾。昔日在跳蚤市場的買賣使我感到很新奇和十分充實，因為有工作寄托和不喜歡總是呆在家裡看管我的子女。

　　在跳蚤市場賣的舊衣服只是視乎各件衣服的質地和顏色是有多新或多舊，價錢是自己決定，若是見到買者拿著一件舊衣服的神情是愛不釋手時，我便趁機提高些價錢，當然買者會還價，我很喜歡和人們討價還價，因為很有趣。在跳蚤市場內的每個中午便人來人往，有買的和有賣的，熱鬧非常。有時候有些陌生人帶著一些半新不舊的衣服或用品向我兜售時我們也會討價還價，多數會成交的。跟著我便把買來舊而不殘的衣服或用品一齊混合來賣，很快我學會用越南話和買賣雙方溝通，在跳蚤市場買入和賣出的舊物品通常都是很順利便成交的。

　　自從我的主人離開了越南我生活得真是有說不出的輕鬆和舒服，因為每個月的生活費可以向倩影收取，在跳蚤市場賺的是多餘的小小私己錢，過的不算是富裕也不算是貧窮的日子，對我來說除了感恩就是心滿意足了。

245. 一個女強人

　　倩影是一個聰明和能幹的女人，她有錢也有本事，我們並不算是朋友，一向甚少來往，只知道她在某市場中租了一個小攤位賣的是化妝品和衣服。憑著那個攤位她認識了很多人，一些是她一向有來往的朋友，一些是她丈夫陳先生還滯留在越南的朋友，他們已經進行了公開偷渡的事，只是等待通知開船的日期。另外一些是和她在小生意上有密切聯絡而相熟了不同年齡不同性別的華人，我很羨慕倩影。

　　倩影生第一個是女兒，過了幾年後才生下一個兒子，她丈夫陳先生的年紀看來比她大很多，自從倩影的丈夫和元配移民去了香港之後，倩影便只有和她的女兒相依為命，因為她的兒子在三歲左右患上了一種急性病而去世了，所以最終她只有一個女兒。我的智障女兒也有患過這種病，病徵初期像是感冒，我愧為人母，從沒有真正關心過子女，我的子女是在自生自滅的環境下長大的，因為樂兒和幼女是遲結婚當我們仍然住在一起時遇著懷有一些感觸的心情下便常會對他們說一句由衷和坦白的心底話，就是：「養你們不死是你們命大」。

　　有感若子女是自己的便始終都是自己的，若子女不會是自己的話縱使把他或她生了下來最終也會因為某些無奈的原因而永遠離開了自己的。

每個人有不同的遭遇和運氣，我深信運氣，因為有感倩影的生活無憂，有錢又能幹，渴望生一個兒子又如她所願，名符其實她是一個十分幸福的女人，她視她的獨子如珠如寶照顧得無微不至，倩影的兒子在她心中佔的是第一位，一子一女的她把母愛發揮得淋漓盡至，但到頭來又如何？我和倩影同樣是身為人母但對子女的愛我和她剛剛相反，真不好意思坦率的承認我是個不稱職的母親，我是從來不懂珍惜和不會關心我的子女，但卻很幸運我的子女是自己健健康康地成長，所以不由得不使我有感而發，慨嘆與子女的緣份上天自有安排，強求不來呀！

246. 一個不稱職的母親

實在忍不住要坦率寫下我是一個怎樣不稱職的母親。

智障女兒大約是三歲左右的某一天，持續了數天身體發燒，我沒有理會，數天後的某日她在家中只是行了幾步之後便體力不支而屈膝跪在地上，繼而不能再站起來的時候我才覺得女兒有些不對勁，於是便帶她去公立醫院求醫，經醫生診斷後認為她要立刻留醫，跟著她立刻被送進有冷氣的兒童病房，當護士迅速的把她穿在身上的衣服全部脫下來時醫生也來了，一切都是在快捷之間進行的，正如我寫過我的子女是天生天養，弱智女兒在醫院住了數天便痊癒出院了。

又有一次我的弱智女兒大約是五歲左右吧，她右邊腿部

近小屁股位置生了一粒小瘡我也是不理，過了一些日子之後小瘡的傷口不但不痊癒，還有一些淺黃色的濃水從那傷口流出來，若是我有見到時便替她把流出來的濃水抹去，我甚麼都不懂。我的主人？甚麼都不理。某一次因為幫她抹濃水的時候，見到了在她深深的傷口裡有些白色的東西，當我再仔細看時原來這白色的東西是小骨頭，我才覺得不能不理她這個小傷口了，當年我除了甚麼都不懂之外，還有的是自專心作遂，非不得已我不會也不願意向陳報告關於子女健康上的問題。

忘記了是誰介紹我帶智障女兒去向一位中醫師求醫，他介紹我在他的診所買了一盒顏色是黑色的中藥藥膏，藥膏盒內共有六塊藥膏片，醫師囑咐我早晚各用一片來敷在女兒的傷口上，每次要先把一片藥膏弄至有微暖熱度便撕開它表層的薄膠片，跟著趁它有些微暖熱度便立刻貼在她的傷口上。醫師還教我當這藥膏的藥力抽出了濃水之後便要立刻清潔傷口，忘記了藥膏的藥名，它的確是很有效，因為用了藥膏之後女兒傷口流出來的濃水一天比一天少，過了一段時間之後傷口完全痊癒了，直到現在尚清楚見到她昔日的傷口留下來的舊疤痕！離開越南之前我有特地買了幾盒這些藥膏，隨身攜帶上船以防日後的需要，但不知道在何時已經遺失了！

我是沒有資格為人母的，對子女的疾病不經意和不愛理，每次都是耽誤或是延至覺得不對勁時才願意告訴我的主人，為了自己的一點尊嚴而把子女寶貴生命視若無睹，不到最後

關頭也不肯厚顏向主人求助，智障女兒兩次都是身體嚴重出問題時才被我理會，這還不算是天生天養嗎？我敢說我是個稱職的母親嗎？

又有一件事，我最細的兒子大約在三歲左右，在他頭部後面生了一粒小瘡子，我依然是甚麼都不懂，而只是向一位鄰居婦人請教，她告訴我說：「妳兒子患的是癩痢頭，這種癩痢頭不須用藥也會自癒的，但是會復發的，復發後又會自癒。」雖然陳每天有來，不知道是他不留意還是不愛理，我也不願意相告幼兒頭上有粒小瘡的事，抱著既然鄰居說他患的癩痢頭是不用醫治也會痊癒，便乾脆就讓它不治而癒吧。當年幼兒的小瘡子卻真是如鄰居所說，當他的小瘡自癒了之後，不久又再在頭部後面同一個位置上，再長出一粒小瘡來，使我更加相信這愚昧無知的鄰居的說話。這粒小瘡初期的顏色是淡紅色，然後慢慢由淡紅色變成充滿了黃色的濃水，當這些濃水流了出來之後這小瘡便慢慢消失了，但過不多久，又在同一個位置上也長出一粒小瘡出來，它是持續性的一直循環發生。當陳離開了越南之後我有些多餘錢了，本該帶他去看醫生，但我仍然是無知地請教鄰居的公公婆婆，有些教我買些海龍和海馬的中藥再配搭一些肉類煮湯給幼兒喝，這樣便能去瘡毒。於是我便照著去做，但幼兒的小瘡子仍然是反反覆覆，我見他沒有甚麼異樣，日間吃喝玩樂，晚間睡得好和身體又健康，所以不當它是一回事。始終沒有找過醫生為他醫治，當我們在印尼的荒島上住了五個多月時，幼兒的癩痢頭還是未完全復元，荒島上環境差，每次當他小瘡子流

出濃水的時候我要立刻幫他抹掉否則幾隻蒼蠅便一齊飛來停留在他的瘡口上，當我們到了瑞典住在 Flen 的難民營的時候幼兒得到治療了，他頭上的小瘡徹底痊癒了，現在如果勃開他的頭髮仍然看見那小瘡所留下了的小疤痕！

追思往昔慨嘆對我的三子和二女，我是從來沒有付出過一點母愛來關心他們，這是我無法不耿耿於懷，無法原諒自己的過錯，時至今日仍未能釋懷。

忘不了在幾十年前住在完全沒有任何間格的小磚屋時，當我的主人享用了晚膳之後，我需要在屋裡走來走去以便收拾飯桌上的碗碟。每次當我走過躺在床上只有幾個月大的幼兒子的床邊時，他的視線總是跟著我和不停地望著我在屋裡走動，我常常以逃避的眼神，不敢正面來望向他。也不會因為他望向我而走過去抱抱他！真是不堪回首話當年，總之是一言難盡，我常常會因為有感觸便難過，有難過便禁不住黯然流下慚愧和內疚的眼淚！

再寫下也是我整輩子不能忘記介於感慨自責和難過的昔日事。事緣在第二個荒島住下了的第二天早上，我拿著一個拾來的小膠桶便厚著面皮跟著幾個是完全不認識的壯男一起向著山上走，目的就是去取山溪水。當我跟著他們走了只有一會兒我便已徐徐的落後於他們，跟著再也看不到壯男們的蹤影。當我站在有些傾斜的山坡上不知該何去何從時，突然把視線向下望時，見下面的人細小得像小矮人般走來走去，

當我向上望時，只看到的是傾斜和凹凸不平的密密叢林。當時心裡很害怕因為我是站在完全沒有扶手欄杆的斜坡上，如果繼續向上走若稍一不慎有機會從高處跌下來。我不敢冒險向上繼續走，唯有小心奕奕地從傾斜的山坡慢慢走下回到難民營。沒有水怎樣生存呢？這危險任務唯有讓我只有十歲的大兒子負責吧。當年上山取水的大多數是年青人或是中年的壯男，他們上了山之後通常手提著不是兩桶便是一桶是盛滿了 10 公升裝的山溪水回難民營使用。我大兒子每次只能拿一小桶的山溪水給我，每次我要十分節省的把這小桶的山溪水用到差不多用完時他便再提著小桶上山再取山溪水。

　　某一天是我在船上認識了的一位中年人成哥，當他提了一桶山溪水回難民營時對我說：「我見到妳的兒子在山上跌倒了。」他說完便走了。聽到這個壞消息之後使我感到很害怕，因為成哥對我說過山溪水是並不容易取，首先的是要走上傾斜著的山坡上的密密叢林之後，還要繼續走過很多凹凸不平大小不一的石頭路，才能順利取到山溪水。那天我很焦急和擔心，因為大兒子每次都是在早上便上山取水，中午前已經回來，但那天中午了還未見他回來。我在一籌莫展的心情下唯有就是等，謝天謝地終於大兒子回來了，雖然已經是下午了，但見他如常地提了一小桶的山溪水和如常的交給我。我記得大兒子沒有對我說過什麼，我見他回來了也沒有追問他。雖然我有什麼都不愛問和什麼都不愛理的壞習慣，但到底他是我的兒子，加上成哥曾對我說他在山上跌倒了，而且當他回來的時候已經是下午了，為什麼我這個做母親的

可以對自己的兒子完全不聞不問？為什麼完全沒有一點點關心的問候他是否上山取水時跌倒了？！晨早的山路很滑的，實在是崎嶇難行，大兒子在山上跌倒了的意外事雖然已經是幾十年前的事，但時至今日我是完全不知道他的小腿上因跌倒受傷而仍留下的疤痕。要不是在數年前我的大孫女和我在閒談中才知道，她爸告訴她昔日因取山溪水而受傷的往事。不知道是他不想我擔心而不對我說，還是覺得不說也罷，我是不會關心他的！

說來說去全部都是我的錯，從來不重視他們，其實大兒子是很長進的，他在荒島上除了要上山提一小桶的山溪水給我之外，有時候去捉些像尾指般的小魚帶回來讓我弄膳，很多很多是我做不來的事情全賴有他。當年只有十歲的他在荒島上已經和我共渡困境，住在荒島上的五個多月裡，若是沒有大兒子的話真的不敢想像我和他的弟妹們是如何能在荒島上活下去！唉！很不願意和很不希望子女們會閱看我這本劣作，否則大家都會產生了不少的唏噓和傷感，心情會十分難受的！

兒女們身上留下不相同的疤痕，就是事實見證了他們在幼年或童年時沒得到過我好好的關懷和照料，我這個問心有愧的母親現在好意思面對他們嗎？心中有說之不盡的慚愧和內疚，當年他們還未成年，身為人母的我跟子女相處在一起的時候，不是疏離便是沒有溝通！

　和我稍有些少溝通的是我最細的女兒，其次便是當年尚未結婚的樂兒，因為他們遲婚兩人在還未嫁娶之前是和我同住。尤其是細女兒，當她離婚後育有兩名幼兒，為了方便幫助她，我便和她同住，因接觸多了常會因為見到了一些人或一些事而使我有感而發，從而挑起了多年來在我心底裡蘊藏的無窮無盡辛酸的往事。有時候在滿懷感觸和愧疚的心情下，向幼女和樂兒重提一些昔日事，一次又一次的傾訴我沒有盡過做母親的責任去愛和照顧他們。除了心中有愧，我常常禁不住坦率的道出心底話，也是一句「養你們不死是你們命大」！

　雖然兒子現在已為人夫，女兒現在已為人妻，但他們在童年時仍然是我的子和女，感慨他們是賤有賤大的，他們是在一個不正常不溫暖不受重視的家庭下長大的。回顧昔日的我不禁搖搖頭，怎能不坦率地承認我是一個十分不稱職的母親！

　請原諒我總是提起往事多不勝數，今日便寫之不完在那些年發生的一切，因為我只能藉文字向他們表愧意，坦率表達今日讓我感到十分遺憾和自責的過去事！

　我只相信運氣和有一顆感恩的心，因為在荒島上大兒子的腿傷在完全沒有得到過任何醫療的處理下傷口沒有被細菌感染，腿傷在很不衛生的環境下仍能不藥而癒，我能不感恩嗎？能不相信運氣嗎？

　　很多的事常會使我不禁有感而發，檢討我是怎樣冷漠地來對待我子女，倩影是怎樣的用關懷和愛護來對待她的子女，相比之下我們真是有天淵之別。雖然如此，感恩我的子女是健康地成長，而倩影的兒子卻一早便和她永別，以至不由我不覺得子女是你的始終會是你的，不是你的始終都不會是你的！

247. 各奔前程

　　我的誼父母在越南未解放前便已舉家遷往台灣定居了，這是聽養母說的。至於彭太，養母去世之後我沒有和她聯絡，但在我離開越南前有上過她的家，但當時已人去樓空不知她們身在何處！對安娜，只有憎惡，離開夜總會後和她沒有再見過面，而且是完全沒有聯絡過。對蓮姨，她拜佛好像拜到走火入魔了，一把年紀了除了上班便自己省吃省用，日常吃的只是醬油淘米飯把辛苦賺來的工錢都貢獻給佛堂，為自己的下一世積福。我比較現實因為我是活在當下，既然是道不同便不相為謀，所以也沒和她繼續來往。剩下有來往的便只有倩影，我們一個月會面一次，因為向她收取在香港陳給我的生活費。我們各奔前程，她做她的小生意，我在跳蚤市場擺地攤，賣我的中古物品。

248. 一盞有智慧的明燈

　　某一天倩影來找我，她說：「我打算找門路離開越南，妳有意思一同登記公開偷渡嗎？」我說：「我沒有黃金。」倩影說：「不要緊，只要妳有意思，我可以幫妳。」倩影向我提議的是先和她在香港的丈夫商量，如果倩影的丈夫贊成才和我的主人商量，若我的主人也贊成了，他們兩人便在香港進行做一件事，就是我的主人在香港把一筆買黃金的錢先交給倩影的丈夫陳先生，當倩影收到在香港的丈夫的通知後，便把陳給我的生活費和買黃金費用一齊轉交給我，那麼我們便一齊進行公開偷渡的事。

　　聽了倩影的提議之後，有感我像一隻剛剛獲得自由的籠中鳥，雖然鳥籠已打開了，但外面是甚麼世界，我完全是一無所知。既然倩影有意思幫我當然是最好不過，私底下很感謝她，因為倩影像一盞有智慧的明燈指引我，帶我走上有方向的人生路。

249. 傳聞

　　自從在跳蚤市場擺檔賣舊衣服之後聽到了很多關於是海上的傳聞，傳聞總是離不開海上難民在海中有多可怕的遭遇和不幸的消息。

　　傳聞某條船在海上遇上了海盜，有女性被海盜先姦後殺，

海賊船的海盜是十分猙獰和沒有人性的。傳聞某條船遇上了幾次來自不同的海賊船和被不同的海盜一次又一次的洗劫，縱使帶在或藏在身上的財物終於也被海盜們洗劫一空。傳聞有些年輕女性不惜刻意把自己外表弄成蓬頭垢面而上船，因為害怕萬一不幸遇上了海賊船的話希望能避過海盜的強暴。傳聞中每一條海賊船是用不同的方式洗劫在海上逃難的船民。傳聞中某某人的女兒不幸被海盜輪姦了之後雖然沒有被殺害，但身體受不了無情的摧殘和污辱，在激動和恐懼的心境下變成了神智不清的可憐人。傳聞中公海上常會刮起季候風，今天聽到的是某編號的船在海上沉沒了，明天又聽到某編號船上的人在海上遇難了。傳言好像是越傳越誇張越傳越厲害，但空穴來風未必無因吧。這些壞消息大多數是從那些已偷渡到海外的人傳回來的，傳回來的壞消息實在讓那些準偷渡的人聽後，感到忐忑不安，在他們的心境上蒙上了一層可怕的陰影。儘管那些嚇人的謠言傳得滿天飛，但仍然有不小付得起黃金的人千方百計疲於奔命地到處打聽如何偷渡逃離越南。

回朔過去好像運氣常常跟隨著我和幫助我，原來我是最後的一批坐木船偷渡離開越南的。因此以我的人生經歷就是我什麼都不信，要信的話便是信自己和運氣。我是在 1979 年的 5 月 30 號離開越南，當我在瑞典定居後和一位我敬重的朋友德嫂有書信聯絡過，是她告訴我越南在 1979 年的 6 月 1 號起在各個地區已禁止再用木船偷渡離開越南了。

250. 黯然

當年在跳蚤市場，時常遇到一些來買賣古衣的相熟人，當大家見了面不免互相寒喧問候，有時候從他們口中聽到他們的子女已坐木船偷渡離開，雖已過大半年，但仍然是杳無音訊，不用問已猜到發生了什麼事！

251. 自己做船主

第一批是在半公開偷渡時離開越南的多數是富裕的人，例如一對夫婦若有兩名子女的話，這個家庭便要付幾十塊黃金，如果不富有如何會付得起呢？也是因為富有才能利用自己的金錢策劃做船主，除了藉此省下整個家庭要付幾十塊黃金之外還可以招攬些親朋戚友來踴躍登記，收了他們的黃金之後便締造了機會為自己獲得雙贏的利益。所以只要是有錢人，不管是否船主也會輕而易舉在第一批半公開偷渡的方式下合法的離開越南。第二批做船主的便多數是中產戶了，他們通常把收來的訂金集腋成裘來週轉支付造船和其它的開支，在七除八扣之後還能從中為自己賺來一些黃金。當年第二批登記偷渡的多數是中產人士，既然是中產人士便和第一批富裕人士有些不同了。因為若是一家數口或家中有年長的父母時，便不一定有能力全付整個家庭所需的幾十塊黃金，那時候普遍做父母的通常是給自己的一名或兩名子女率先登記，自己隨後再作打算。至於第三批偷渡的人士也是要先交訂金才能登記，但有些會有例外因為得到船主的豁免。

252 無奈的遺憾 · 懺悔的心聲

252.殉難

在跳蚤市場聽到關於坐木船離開了越南的新聞或舊聞當中是真的或是假的真是聽到不少的,以平常心來說是很不希望聽到這些不管是真或是假的壞消息!

253.騙局

第一批離開了越南的大多數是有錢人,不然就是富豪自己做船主,他們有的是金錢,既然半公開偷渡是在合法的方式下可離開越南為何不做呢?過不了多久,市面上便像交替般當第一批有錢人差不多離開越南後,第二批的中產戶便冒起做船主了。第一批因為是很有錢的人做船主,所以順理成章讓其它有錢人會踴躍向船主登記準備偷渡,而做船主的便把握那個機會,因此黃金的叫價極高。當輪到第二批的中產戶做船主時這批船主可能覺得時移世易了,很有錢的人已經走得七七八八了,黃金叫價便跟著降低一些了。可能有一個原因就是這些中產戶的船主需要有黃金週轉所以便開始附加了一個條件就是要登記人預付些金塊作訂金,當年要付的訂金普遍是兩塊或三塊黃金。與此同時,更出現有真真假假的船主,騙局也徐徐出現了。遇著一些倒霉的登記後訂金已付,但一直在空等著,未能成功上船,所以第二批做船主的騙金手法是層出不窮使人防不勝防的。

　據聞有人以為跟船主是親戚，便冷不提防會被騙，循例交訂金後才知道被騙了，倒楣的甚至一而再、再而三地不幸被騙，真是防不勝防。

　據聞一些假船主除了先放消息還做足了一些在進行著造船的表面工夫，使人不疑有詐，當交了訂金後才知道又是一個騙局假船主已不知所蹤！

　聽聞有對夫婦二人一而再、再而三被假船主騙了訂金以致完全失去了預算，到後來在籌無可籌、算無可算之下，唯有自嘆倒楣收拾心情不再作他想。

　聽聞又有些個案是某某人聲稱直接認識船主，除了自己受騙之餘，還介紹一些親戚朋友，務求盡快湊足人數盡快一齊離開越南，誰知道⋯⋯唉！

　當年有不少家庭的父母因為恐懼越南實施共產主義所以先為子女們打算便一面找門路一面籌黃金，希望讓子女們先偷渡離開，可惜天不見憐父母心，最終訂金被騙了，偷渡夢成空。

　相反，有運氣的人，他們只需一次便順利成功偷渡離開了越南，因此不由我不相信運氣使然，造物弄人。

　當年我在跳蚤市場遇到了一位舊鄰居，當我向她問候近況時，只見她神情好像有些哀傷和失落，傾談之下才知道在

偷渡潮中不幸的事發生在她的身上。因為這位舊鄰居她年輕時曾小產了兩次，最後好不容易才生了一個兒子，當年她的兒子約十幾歲了，她一方面很捨不得唯一的兒子離開自己身邊，另一方面也像其他人一樣對共產主義存有介心，在矛盾的心情下她還是選擇了讓兒子先離開越南，一切進行得很順利，但她兒子離開越南後將近一年了，仍然是音訊全無。可憐的她相信兒子已經遇難了，她一面訴說一面輕抹著眼淚。我不知怎樣安慰和開解她，感慨世事無常，家家有本難唸的經，通常如偷渡成功的話家人很快便收到報平安的訊息。

壞消息聽得多相反好消息聽到也不少，一些離開了越南的向親人報平安和報喜訊時說已經被某國家收留了和取得合法居留。

254.難民潮

在初期一般市民只是低調的談論有關「半公開偷渡」的方式便能離開越南。過了一個時期之後半公開偷渡的事公開了，傳遍了社會上的各階層，從微有所聞而傳到人所共知。任何市民只要有足夠的黃金便可選擇離開越南，可能是這個原因從「半公開偷渡」這個稱號便被改稱為「公開偷渡」。

初期的第一批在半公開偷渡中離開越南國境坐木船在海上飄流的人數並不多，所以被誤認為他們是偷渡的海上難民，一些國家在豪不知內情和站在人道的立場下把這些以為

是逃離越南的海上難民收留了，還給予合法居留權。後來因為越來越多的海上難民船湧出越南，便引起了國際關注，紙包不住火，慢慢真相揭露坐木船離開越南的人根本不是真正偷渡的海上難民。

255. 錯過機會

　　說回我和倩影吧，多虧倩影的提議，很幸運兩位陳氏同意在香港和越南之間進行私人交易匯錢的事。至於偷渡的事我是一點頭緒也沒有，全部都是倩影找門路和安排。她帶我去過一個家庭和介紹了我認識這家庭的男主人王先生因為他是船主，於是我們便向他登記，憑倩影和船主的交情我豁免要交訂金，過了不久，船主通知我要在短期內繳交全部的黃金，因木船啟航在即。可惜時間太倉卒，香港的兩位陳氏來不及滙款，我也不能準時交出黃金，於是我被船主除名了，倩影也因此改變主意取消了此行，因為她覺得開船的日期太快她的私人財物還未處理好。某一天倩影來我家交了一筆現款給我，於是我便把這筆現款買了十四塊黃金，我的家庭六個人以當時一般的市價是要付十四塊黃金的。雖然黃金我有了但船已經開走了！我不像倩影有這麼多的財物要顧慮和處理於是我們分道揚鑣，我如常在跳蚤市場售賣舊衣服還很著意到處打聽有何門路，因為實在是不想太過於依賴倩影的幫助。

256. 接近尾聲了

以上寫過因為有很多難民船從越南領土湧出而引起了國際質疑和關注，不久，終於被證實坐木船離開越南的並不是真正的海上難民。越南政府在國際的抨擊和壓力下公開偷渡的船隻越來越少了，半公開偷渡的高峰期過了，中期的公開偷渡熱潮又差不多也過了，後期很多船主跟著都割價了，一般船主收每位是八塊黃金甚至有些船主叫價每位只收六塊黃金，因富戶和中產戶的人士差不多走清光了。

在最後期中很多船主只要是認識的或是相熟朋友介紹來登記的也豁免交訂金了，因為風聲鶴唳大家怕時間無多，務求能速速離開越南所以登記了的人只等待船主通知船隻將要啟航的日期之前才一次過付清黃金，因為有能力付黃金的人已經是越來越少了。

257. 一個反叛的兒子的趣事

我的大兒子性格十分外向，從來不喜歡耽在家裡，鄰居德嫂的大兒子名叫亞泉，他們時常如影隨形地一起在外面玩耍，這兩個小孩感情很要好。尤其是我的大兒子，他除了上學便愛和亞泉在外面與他們年紀相若的小孩先玩耍後爭執，有時候還打架甚至被人憤怒地拍門向我投訴他欺負了某某人的子女。

　慣例不愛耽在家的大兒子在某一天，當他回家了我見他面部有些微傷痕便問他：「為甚麼面部受傷了？」他漫不經意地回答說：「沒甚麼，剛才和小貓玩耍，不小心給牠抓傷了。」不久被他形容是「小貓」的父親找上門來興師問罪我才知道真相，原來他面上的傷痕是被這小女孩的手指甲抓傷了。我的大兒子從幼少便很反叛我最討厭他，因為他不受教，一向總是我說我的他做他的背道而馳。雖然他不是個書不離手勤力讀書的孩子，但在學校唸書的成績卻不錯，從來不用我為他費心，家中沒有男人很多做不來的事全賴是他幫我。

　當年最後期住的地方就是平民區內的小磚屋，每座小磚屋共有四層，每一層有十數間住戶是連著的，露台也是連在一起是公共用的，所以每天都人來人往，因為從家裡出外或是從外面回家都經常要走過這公共露台的。

　某一天，大兒子一反常態，沒有出外而是站在家門口的公共露台悠閑地眺望著街外，這使我感到好奇，於是便走出門口問他：「怎的，今天不出外生事總是站在露台上？」他回答說：「沒甚麼我喜歡看街。」我沒有再問便返回屋內。不多久我在屋內聽到大兒子在露台和一個小女孩爭吵，於是便走出去看個究竟，剛剛聽見這小女孩子用越南話對他說：「露台又不是你的為甚麼我不可以經過？」大兒子昂著頭對她說：「是的，我就是不讓妳經過。」他一面說一面把兩手張開擋著她的去路，這小女孩也不甘示弱，眼見大兒子越是擋住她的去路她便越是要強行走過，兩小便糾纏在一起，我

親眼目睹這情形而使我兩條眉毛也豎起來，十分生氣覺得大兒子實在太過份了，無事生非一直站在門口的露台就是等著要欺負這小女孩。真是豈有此理，我立即加入戰團，變成我們是三個人糾纏在一起，我不是幫他，而是幫她來對抗他！

很搞笑吧，做母親的幫別人的女兒來對抗自己的兒子？是的，幫理不幫親！

當年普遍華人家庭的家教是頗嚴厲的，父母體罰自己的孩子是平常事，但大兒子是怎樣的頑皮我從來不會體罰他，因為我嘗過體罰的滋味所以縱使他怎樣反叛我也只是責罵他。他在少小時若是耽在家的話時常因為一些瑣碎的事便被我罵，若是在外面闖了禍時又是被我罵，可能習慣了，變成了不在乎，縱使被我罵，他仍然是愛在外面和亞泉一起玩一起闖禍，一個月之中總有幾次被我罰他在家門前的露台地上露宿一宵，因為受不了常被別的父母上門投訴他欺負他們的孩子。我的家規一向都是這樣，若大兒子帶了麻煩事給我的話，除了責罵他循例便罰他在露台露宿不準回家睡覺，好像是罰慣了他也並不在乎了，縱使被罰在露台露宿一宵，但次日又照常和亞泉出外玩耍或生事。亞泉和我的大兒子喜歡作弄和他年紀相若的小童，不管是男童或女童。家有一個反叛的頑童您說怎麼辦！大兒子大約八、九歲時便是如假包換的頑童。當年五個兒女之中我覺得他是最不中用，我認為五個子女中肯定他長大後是最沒有出息的一個，對不起我跌眼鏡了，在我五個子女中大兒子卻是最出息最出人頭地和事業是最成功的一個。

　禁不住再檢討我自己的過去，感慨和內疚的事情實在是
何其多！當年是我完全不珍惜兒女們的幼年和童年，完全沒
有施予孩子們所需的家庭溫暖，親子更是沒有。溝通呢？也
不用多說吧！有感除了虧欠養母虧欠子女的實在是不少的
呀！轉眼在瑞典定下來時大兒子已步入少年，他的性格和幼
年時一樣是外向和好動，不愛在家，有時候我出外回家看見
家裡怎麼會多了一對鞋子？我卻要費心的想一會才想起原來
是大兒子回家了！時常不知他什麼時候外出了，也不知他什
麼時候回了家。若是他回來通常對我說的第一句話就是：「我
肚子餓了。」我通常回他說：「不知道你什麼時候會回家，
我沒有準備東西給你吃。」唉！其實不可以怪責他，是我讓
他感受不到家庭溫暖，所以不願意留家中。這是事實，不容
我否認，我的子女真是住在一個沒有溫情的家！

　幸好隨著年齡增長，大兒子不再像兒時般喜歡生事了，
每年夏天的暑假，他便找暑期工，憑自己努力工作賺些零花
錢，他從來沒有伸手向我索取過一文錢。自從在 Flen 我和他
父親分手之後，我們各住一方，見面機會更加少，溝通更別
提了。

　請不要像我般犯錯，太早便對子或女妄下斷言。想不到
我自以為是最反叛最使我討厭和將來會是最沒出息的大兒子
在少年時苦讀了數年的工程師課程，在畢業了之後原本是想
學以致用，可能是天意吧，無意中在一個機緣巧合下投身了
飲食界行業，由零開始憑著他的智慧和努力，當然也要有賴
弟妹和我在人手上合力的支持，當年開店了只有兩個月生意

便蒸蒸日上。他對我說過自己的人生目標是開十間外賣店。憑著他努力不懈和幹勁，除了為自己闖出了一片天，而且還徹底的做到了在十多年前為自己訂下了的人生目標。使我很佩服和欣慰。我的細兒子也不錯，他也是白手興家，憑著他自己在工作上的經驗和拼搏捱到也是事業有成了，我知道他仍然是不斷追求更上一層樓來實踐他自己的夢想。祝他們前途無限。很幸運和無限感恩，因為我有兩個成材的兒子。

258. 亞明

　　當我們住在平民屋期間，我的大兒子認識了一位青年人他叫亞明，亞明在日間幫親戚在一個小市場賣菜，黃昏便在我家後面附近的一塊空地上和女朋友擺一個小檔口賣炸油條。亞明和我的大兒子年紀上有一大段距離，因為一個是小童，一個是青年，大兒子性格愛動，除了上學便終日不在家和喜歡到處走。一天晚上他帶亞明來我家，亞明帶了一些剛剛炸好了的油條送給我，亞明說這是他對我大兒子的謝意。因為有時候碰巧女朋友珊珊來遲時，大兒子便自願免費相幫，亞明感激所以特地帶來油條探訪我，自從那次之後亞明有時候會來和我聚聚聊天，因為賣油條的生意不錯可以早些收檔了便順道來探訪。我們除了閑談，亞明常稱讚和感謝我的大兒子在他的檔口相幫一事，我見亞明對我的大兒子「好像」做哥哥般的疼錫他，自此之後我們來往多了聚在一起時的話題也多了。亞明也是收檔了便順道來我家的，一個晚上我們如常閑談了一會兒之後亞明告之：「我的親表叔正在籌

備造船想自己做船主他不想圖利，招攬的只是親朋戚友和不是計人數來收黃金而是以每個家庭不論是多少人都只是用劃一的方式來收黃金。因為我親表叔只是想湊夠一隻木船需要的開支之後，便大家作伴一齊離開越南，除了我父母親，我有三個弟弟和兩個妹妹我們一共是八個人。我女朋友的家庭連父母在內是六個人，我們兩家已經向親表叔登記了。」亞明如常有時會來探訪，我們在閑談中他總是略略談及他親表叔造船的事。有一次我們如常在閑談中，亞明突然問我說：「亞姨，妳有否意思離開越南？如果妳有意思的話我幫妳問問我的親表叔妳的家庭要付多少塊黃金給他。」聽了之後我沒有什麼表示，但閑話繼續。又是一個他來探訪我的晚上，亞明對我說：「我有嘗試問過我親表叔若亞姨妳想和我們一起作伴離開越南的話，妳整個家庭他只收妳十塊黃金，親表叔說人數差不多湊夠了，開船也在即了。我如常沒有回答，也避開亞明的話題，自從那次之後他來我家的次數多了，除了閑談亞明每次都在我面前游說一會有關他表叔在進行造木船的事，聽得多了使我開始心動了，因為大家越來越相熟我忘記要有防人之心，碰巧那時候我常聽到坊間傳聞不久便禁止公開偷渡這回事了。

　　我有多次考慮和分析過，當分析了之後覺得倩影仍然是沒有意思離開越南，而我單身一個小女人和五名子女如果能和亞明一家人一齊離開越南的話，便不用依照市面上一般船主以我的家庭叫價要交黃金十四塊之外，最重要的是能和亞明一家同行結伴，互相有個照應。大家這麼相熟，他又是年

青人，需要的時候他也可以關照我們六母子的。亞明給我的印象是個勤奮青年，加上亞明常對我提起他的親表叔開船在即，當聽得多了禁不住問如何付黃金作登記。一個晚上亞明告訴我的是我要先付四塊黃金，其餘欠下的黃金在開船之前才一次過付清給他的親表叔，亞明還刻意地再向我游說他親表叔的船可以在短期內開出，因為一切差不多已經準備就緒。聽後我著急了，覺得要盡快下決定，不然會錯過和亞明一齊離開越南的機會，至於亞明的誠信呢？自以為要信他便去做，不信他便別做。終於我把四塊黃金給了他，亞明仍然有來我家，每次都興奮告訴我他親表叔說開船在即了，很快便帶我去見他的親表叔才一次過付清欠他的六塊黃金了。

259. 雙重登記

其實在認識亞明之前我已經向另一處登記了，是養母的至愛譚叔叔的親弟介紹給我的。他是一個不積極無理想無進取心的人，他的妻子卻甘願吃貧，兩夫婦過著經濟很不穩定的生活。但他們給我的印象是一對沒有機心的老實人，是他兩夫婦介紹我和一位走路是一拐一拐頭髮有些班白大約是五十多歲的黎先生見面，他是船主的助手，黎先生認為我有熟人介紹訂金可豁免，只需在上船之前交齊十四塊黃金給他。雖然我性格一向是不相信人，可能在很多顧慮的因素下而擾亂了我防人之心，最不智的就是聽亞明對我說過很多次他親表叔的船會在短期內開出，我就是被「短期內開出」這句很吸引和很中聽的話而中招了，想不到一向有防人之心的

我，竟然也會如此不慎，在完全未見過亞明的親表叔前我卻欣然地交了四塊黃金給亞明！

260. 黃金被騙了

料不到世事真是會如此巧合，因為剛剛給了亞明四塊黃金只有幾天之後黎先生便來通知我七日後便可以開船，著我準備交十四塊黃金給他。這下子我可著急了，以為如亞明所說他親表叔的船會在短期內便能開出，誰知黎先生的船卻即時有了開出的日期是比他的親表叔更快！大件事了。我只有十塊黃金，於是立刻去亞明賣炸油條的檔口以為可找他相討，可惜亞明沒有擺檔了，我還懵然地去過亞明的家幾次，還天真地認為跟他商量可否取回所付的四塊黃金，但總是找不到他！總之當年有數之不盡愚昧無知的人被騙徒騙去了黃金或金錢，我也是其中之一。當總是找不到亞明的時候我開始擔心了，事實擺在眼前不由我不醒覺我的四塊黃金已被他騙去了。於是便速速去銀行以為把我全部五萬元的存款提出作救急之用，自從在第二次換貨幣時把全部換了的新幣存在銀行之後便沒有再去過，所以不知道提取自己的存款時是要申請，於是我填下提款理由是做小販，但被銀行的審核員拒絕，因為我的理由不充足而不被批准我提取自己所存放的五萬元。當提不到錢時便去找倩影向她求助，但沒有結果。當時我的心情十分低落，有感頭頭都碰著黑。過了只有兩天，黎先生又再來催促我是時候要交黃金了，我唯有把實情告訴黎先生，他聽了之後對我說：「既然是這樣，我實在是無能

為力。」他說完便走了。我仍天真的抱著希望去亞明的家，但每次都是撲個空，我苦惱了，徬徨和自責陷入了亞明的騙局，有感一切已成定局，只有罵自己愚蠢和無知！

261. 奇蹟出現

　　料不到又有奇蹟出現，因為只隔了一天黎先生又來找我，他說：「三天之後將會開船，船主肯通融，妳現在把尚存的十塊黃金交給我餘下所欠的四塊待出國後便清還給船主吧。」我好像皇恩大赦般立刻給了黎先生，那是我僅有的十塊黃金，料不到，我又再一次遇到不可思議的事，若我有宗教信仰的話一定十分感謝我信奉的神，因為祂保佑了我讓我再遇到了貴人。

　　當黎先生收了我十塊黃金之後便告之三天後我要到某地點會他，時間是中午一時正，一定要準時到，延時自誤。時間實在太緊逼了，當天我傾盡了家中只有小小的現款和向鄰居德嫂求助，德嫂很仁慈，當晚立刻帶我去她妹妹的金飾店，當時我的現款只足夠買一隻純足金但重量是很輕的金戒指，那隻小金戒指就是我離開越南時唯一帶著的財物，我和五名子女就是靠這隻重量很輕的金戒指去走我們的天涯路！

262. 一位賢妻良母

不可不寫下一位婦人我稱呼她是德嫂,她是我當年住在石磚屋的鄰居,是我很尊敬的一位婦人,德嫂是位名符其實的賢妻良母。德叔德嫂是經得起貧窮考驗的一對好夫妻,一家六口一張床就是他們租來居住的小房間。德嫂有兩個女兒和兩個兒子,她的大兒子就是亞泉,我的大兒子和亞泉年齡相若,兩人是最要好的朋友。若在外面見到我的大兒子通常也會見到亞泉的,他們玩耍時便一起去玩耍,生事時便一起去生事。德嫂很疼愛我的大兒子,當年遇著大兒子闖了禍被我罰在門外露宿時德嫂一定替他向我求情,若我拒絕了的話德嫂一定讓我的大兒子在她的小房間內留宿一宵。德叔好像是做地盤工人,他的工作很不穩定,過著手停便口停入不敷支的生活。德嫂沒有半句怨言和默默支持丈夫,時常見她用些少黃糖混和米飯來吃便算是一餐了,捱到口中牙齒脫落了數隻也沒有錢修補!因為家貧德嫂時常受盡同住在一起的房東芳姐的白眼和冷言冷語或是為難她。很替德嫂難過,除了同情更使我對她心生尊敬,我自己認為除了貧窮和生病最難受的就是要忍氣吞聲!有感於此曾經不禁問過我自己如果和陳在一起時他的經濟猶如德叔這般困難的話我願意像德嫂般跟陳一起捱嗎?我的答案是不會,我是做不到的,我絕對不會跟陳一起共患難,為什麼?因為不值得!有感德嫂是很深愛自己貧窮的丈夫,德嫂肯這樣的捱窮相信全憑是他們夫妻之間有真情真愛的維繫,不然這麼窮困的日子怎樣來捱呀!

263. 運氣

當我在家中渡過最後的一個晚上，有感我身無長物，唯有簡單收拾我和兒女們幾件薄衣服和他們幾條短袜子放在一個籐織和有手挽的小籃子內，它便是我們六個人隨身攜帶著的行李！

當年我們能離開越南真是很幸運的，我是在 1979 年 5 月 30 號坐小木船離開，但完全不知道這天是公開偷渡最後的一天！

在瑞典定居後曾跟德嫂書信聯絡，是她告訴我因為越南政府受到國際猛烈抨擊和嚴厲遣責的輿論下在 1979 年的 6 月 1 號起已全面禁止「公開偷渡」，若想離開越南的話便只有偷渡了。

過去種種經歷真使我不由得不相信運氣，冥冥中是會有運氣這回事的。

264. 在越南最後的一晚

我依照黎先生對我說的集合日期，那天的中午便先和兒女們吃了一些東西，接近十二點我們便上了一輛腳踏的黃包車，我和大兒子先坐下，在黃包車內跟著便把唯一隨身行李的籐織小籃子壓放在我的背後，然後智障女兒坐在我的雙腿上，跟著樂兒坐在大兒子的雙腿上，幼子和幼女便屈膝的蹲下在三輪車內餘僅有的空位上。車伕便踏著這部腳踏三輪車

載我們到堤岸市某地點跟黎先生會合，然後我們六個人跟著黎先生轉去另一個城市。當我們到了一間空置了的兩層的大別墅之後黎先生對我說：「你們就在這間別墅住上一晚，次日中午便坐船離開越南。」聽他說這間大別墅的家庭在最早期的半公開偷渡時早已離開越南了。

那日的黃昏我見在大別墅附近有一個露天的小地攤擺賣一些水果和蔬菜於是便走去逛一逛，想買一些食物，但看看我的口袋裡只有二十多元越幣，於是便買了幾個沒有肉的麵包，它就是我們六人的晚膳。再看看口袋裡剩餘只有十多元時看見有些很大的沙葛在地攤上擺賣，於是我便買了幾個。沙葛別名叫涼薯或地瓜，它好像只有兩種，一種是大形狀的，另一種是細形狀的，沙葛好像是有分季節性的。

讓我先形容這大形狀的沙葛吧，它的形狀若是大起上來的話會比拳頭還大，我覺得沙葛是介於瓜類和果類之間，它的用途廣泛，可以煮菜或是煮湯，也可以生吃，生吃或熟吃都是可口的。大形狀的沙葛比小形狀的沙葛的價錢是便宜些的，大沙葛的顏色是棕色的，當撕開了它的表皮後便是雪白色的沙葛了，它能解渴，生吃的話果肉像吃新鮮馬蹄般的清甜可口，它們唯一的分別是吃馬蹄時的口感是果肉嫩滑無渣和清甜，吃沙葛時的口感是不比馬蹄果肉般的嫩滑而已。另一種是小形狀的沙葛，它的形狀比大沙葛細很多，有些像乒乓球一般的細少，它的表皮比大沙葛薄些顏色是淺棕色，這類小形狀的沙葛若是把它生吃是最可口的，因為果肉質感可以和馬蹄媲美，口感也是嫩滑和清甜。這兩種沙葛若是在合

時令的季節的話，價格是很便宜的，通常小沙葛比大沙葛的價錢貴一些的。我挑了幾個特大的大沙葛，因為把它生吃的話能解渴也能充飢，當我付了買沙葛的錢之後便只有幾毫子在口袋裡了。在別墅的廚房內有兩個 10 公升裝，是全新和有手柄的空膠桶，當兒女們在地上睡著了之後，我便在廚房煮了些開水，待它冷卻了便小心翼翼把開水倒進一個新膠桶內，自以為有了這桶水在船上便可解喝，想吃東西時便吃沙葛來充飢。

265. 起程

在越南渡過了最後的一晚之後，翌日晨早黎先生帶我們到了一個小鎮的郊外，到了郊外我看見有很多很多的人，全部是我不認識的人。等了不是很久便有公安人員開始工作，一名公安手上拿著一大叠厚的名冊和跟著名冊紙上的次序大聲的唸各人的名字，當唸到我和五個子女的名字時我便像其他的人一樣走到公安人員面前交出身份証和戶口証明紙。我記得的只是當了上木船時，便有一位男士走上前幫我提起我一袋的沙葛和一個盛了清水的膠桶和我的小籃子，我便負責帶著和照顧子女們進入木船，當坐下了之後便發覺剛才那位幫我的男士交回給我的只是我的小籃子其它一桶清水和沙葛沒有交回給我，當我向左望和右望時這個人已經不知去向了，我不敢問，因為在船上沒有一個人是我認識的人！

這條是小木船但它卻有兩層，我坐在下層，全船一共有

多少人？不知道，當各人陸續上了小木船後便靜坐著等這條船啟航，快將啟航時我見到一位男士，我猜他是船上的工作人員，更是個佛教徒吧，因為見他面向著海面點起了幾枝香之後，便把香枝放在雙手和合十地閉上眼睛喃喃向海上禱告，最後把香枝插入一個小香爐內。可能出發在即而心情緊張，我見他把香枝插在小香爐內的時候，那些香枝立刻跌了下來，他慌忙拾起馬上向天鞠了幾個躬然後重新把香枝再插回去後便走了。雖然我無宗教信仰，也是個百無禁忌的人，但看到這種情景，心裡確實是有點兒不安，心裡想難道這是徵兆？是這條船遇難的徵兆？我不敢再想下去，抱著儘管此行吉凶未卜，但我已有心理準備了。因為也曾聽聞很多木船在公海中沉沒的消息，儘管如此我也要孤注一擲，至於我們是求生或是求死？唉，聽天由命吧！不多久小木船開始啟航了，終於鬆一口氣了，經過了幾許波折我和子女們終於順利地離開了越南。

266. 我們終於是海上難民了

我們坐的小木船在大海中緩慢地行駛著，我抬頭望向天，天上的藍天白雲，不久便是一片茫茫大海，看不見的盡頭，坐在船上的心情便開始有些徬徨和迷惘了。

次日中午在船上看見一位老婆婆用一把切水果的小刀切著一個特大形狀的沙葛，我在心裡想有這麼的巧合嗎？不會是我買下了卻不翼而飛的沙葛吧，後來聽說她是船主的母親。

　　小木船的摩托聲不斷地響，船慢慢的向前航行，不知在海上行駛了多久，突然聽不到摩托聲，跟著小船在海上停航了，原來船的機件壞了要修理。停了不知道多久船上的摩托聲再次響起也繼續向前航行，這小木船是日以繼夜、夜以繼日的緩慢地在海上行駛。在某個晚上船上的機件又發生了故障，於是又再次停了下來，當修理妥當後又再向前啟航。一天黃昏不知甚麼原因我們這條木船沒有如常地向前行駛，我見到前面有一座很龐大和很高的建築物連著一個露天的大平台屹立在海上，它除了又高又大還射著十分耀眼的燈光把整座建築物照亮得如同白晝，原來這座屹立在大海中的龐大的建築物是在鑽研採石油的，因為我們木船的指南針壞了辨不出方向所以便繞著這座建築物來行駛希望得到相救，這是我聽到坐在我旁邊的人的私語。於是我好奇地抬頭向上望，看見有好幾位穿著一致的白色制服，從高高的露台上沿著一條梯子走上和走落，有感他們是不難會發現到和望到我們這條木船的，可惜儘管我們的木船一直是朝著這座龐大的建築物不停的在兜圈子時，鑽研採石油的人員卻視如不見，當船上的指南針修好後，我們的木船已放棄求救並繼續向前航行。在公海上遇上了一條插上日本國旗的船，我們希望被打救但這條日本船卻視若無睹的只是察身的駛過。我們又遇上一條插上蘇聯國旗的船，大家很緊張和害怕，我聽到也是有人在船上低聲的說，蘇聯是共產國家而我們剛剛是從共產國家逃出來，實在不想被這條蘇聯船打救。謝天謝地這條蘇聯船也只是察身的駛過。

有一個小孩在未上船之前已經患了病，在坐船的途中不幸病死了，為了衛生他的父母忍痛把這小孩的屍體拋下海中，因為坐在我身旁的是一對中年夫婦和他們的兩個兒子，男的名叫成哥，他是船上的工作人員所以他很清楚在船內和船外所發生的一切事。

267. 驚濤駭浪一晚

我們的木船一直是緩慢和平隱在無風無浪的海上行駛著，但在一個黃昏，海面上不再是風平浪靜了，開始時只是有些微的風和浪，慢慢地刮起大風和大浪，大浪不斷拍打木船使船身不斷的左搖右擺我們各人開始有些不安，正當船身搖擺得厲害的時候成哥出現了，他叫我們不要驚慌大家要安靜地坐著，如果無記錯的話我見成哥拿起在船內左手面旁邊和右手面旁邊的一條幼木板然後把它們揭起，我猜可能是想讓船身通風和保持船的平衡力吧。我是坐在木船內的旁邊位，正當無意中望向海洋時頓使我不寒而慄，因為海水像一圈圈的漣漪，它旋轉時是越轉越大和越轉越深，深到像個很大的漩渦時便迅速的轉成了小漩渦，跟著再從小漩渦又轉成為大漩渦，海水就是這樣不停地因循地由大漩渦轉至小漩渦，再從小漩渦轉回大漩渦，這些大和小的漩渦是不停地更換著，太可怕了我不敢再望下去，曾經心裡想難道我們會葬身在這大海中嗎？這可怕的巨浪是不停的從黃昏刮至晚上，隨著天色入黑風力逐漸增強，風浪更加湧現，天黑了什麼都看不見了，船外一片漆黑，船內鴉雀無聲，天越黑恐怖氣氛

越濃。因為在整個晚上都是不停的刮著風和打著浪，我除了害怕我還很清楚的分辨到每一次的風浪都很有規律地拍打著，讓我形容當時的情形吧。

木船首先被巨浪推高向上升，跟著便向下滑，然後船身向左傾斜，跟著向右傾斜，整個晚上的風浪就是這樣重覆地、有規律地沖擊著木船。這駭人的風浪刮到清晨才慢慢的由強轉弱了，之後，海面上又再是一望無涯。我們的木船繼續在平靜的海上緩緩向前行駛，很幸運我們全船的人平安渡過了被驚濤駭浪沖擊著的一個可怕的晚上，孩子們都不懂也不知道我們和死神曾經擦身而過！

268. 在印尼邊界

不知何解我們的船又在海上停下來，停了很久後，一個很神氣的中年人來對我們說：「你們每人要交一百美元我們才能進入印尼國境。」於是各人很自律的把一百美元交給他，我沒有美元所以很不好意思的低著頭和不敢面對這個神氣的中年人，又是等了很久我們被一艘軍艦船拖著進入印尼國境，這次也是我不能忘記的其中一件難忘事。因為那艘軍艦船是很長很高和很大，我們卻是一隻很短和細小的木船，相形之下這艘軍艦船便猶如是大巫，我們的木船便好像是小巫，小巫被大巫牽強地拖著飛速的進入印尼國境，雖然當時海上無風浪，但我們的船被它拖至搖搖擺擺，十分不平衡的在海上走著，真擔心還未進入印尼國境我們的木船承受不起

這快得驚人的速度而被拖至在海上翻沉。感恩，終於平安進入印尼的國境。

269. 在第一個荒島

當那艘軍艦拖我們的小船接近一個荒島時它便在海中停下了，船上的人群陸續下船轉乘已經停泊在海上的幾隻木艇，我茫然帶著兒女們跟著他們轉乘上木艇，當木艇載我們到荒島的岸邊時各人便徐徐下船上岸，在船上一共坐了多少天？抱歉，不知道，在腦子裡記不起了在幾十年前坐過木船在途中其它的鎖碎事，只記得當踏足在沙灘地上的時候便覺得腳步浮浮和站不穩，沙地好像在我的腳下移動使我有些天旋地轉的感覺。當全船的人都踏足在這個渺無人煙的荒島上的時候，那位神氣的中年人特地走到我面前，他顯示出高傲無比和鄙視的態度對我說：「妳已經黃金交不足，每人要交的一百美元妳又無交過給我，小心，我是不會讓妳佔盡便宜的。」我無言以對唯有低頭讓他狠狠的奚落。

270. 船主

當我們上了第一個荒島上的第一天，一個年青人交給我一小撮白米，他說：「這是船主派給妳的糧食。」我不知道誰個是船主，便只向這年青人說謝謝。黎先生是一位有善心的好人，他在第二天早上便特地來對我說帶我去見船主，他說希望船主派多一些白米給我，因為我有五個小孩子，整條

船中我只認識黎先生，我在無棱兩可的心情下跟著他去見船主。我和黎先生走了不一會便見到一個男人的背影，他是面向著大海站著的，當我走近時便見到這個人的側面便立刻認出他就是奚落過我的中年人。跟著黎先生介紹我對他說：「就是這位亞嫂了。」我和黎先生站在那位中年人的背後在等他的反應，而這個所謂是船主的中年人仍然是站著面向著大海，我們唯有默默地在他的背後等候。等了不知多久那位神氣十足的船主終於開金口了，他依舊是背向著我們，開了金口之後仍然是直至說話完畢仍是以背相待，他昂然仰首向著前面的大海自言自語的說：「我知道，妳就是交不夠黃金和無交過美金的人，別以為有幾個小孩子便想搏同情，我是船主，派米由我決定，任何人都不可以例外。」黎先生沒有再發一言，我也默然不語，然後便低著頭走了。當我邊走心裡在想著如果我知道這個高傲自大的人原來就是船主的話，無論如何我是不會厚顏去求他。總而言之感激黎先生的善心，可惜船主卻是一個勢利囂張的現實人。

271. 在第一個荒島上過的生活

　　在這個渺無人煙的第一個荒島上住了幾天，雖然見過了船主但派給我的白米仍然只是一小撮。收到了白米後我便像拾荒者般在荒島上巡，當巡到某處有人扔掉了裝過奶粉的小空罐時我便把它拾起當作是鍋子用，然後拾些枯乾了的小竹枝把它們圍起來，搭成一個小竹架子，然後在小竹架子的中間放下拾來的空罐子，我在罐子內早已放好了一些清水和一

小撮的白米來煮米粥,然後再拾些小石子圍繞著,避免若有風吹時會摧毀這個是用枯枝建成了的小竹架。黎先生是和幾個年青人住在一起,他是個好人,在第一個荒島住下了的幾天時我有火柴生火,那些清水全是黎先生給我的。當米粥煮綿了罐子內全是粥水,些少白米卻沉澱在罐子裡的下面,那些奶粉罐體積很細小,我通常拾兩個用來煮米粥。當米粥差不多涼卻了便拾一支幼而長枯了的竹枝用它把米粥攪拌均勻,不至於粥水在上面,米粒沉在下面時便和子女們一齊進食。每次這兩罐的小罐子的稀米粥就是我們充飢來維持生命的食物,我一天煮兩次這些只是見水而不大見到有米粒的稀米粥,可能是環境和心情影響我沒有胃口,兒女們從來沒有喊過肚子餓。晚上我們躺在空曠的沙灘在沙地上睡覺,有感藍天猶如是蓋著我們的一張大紗蚊帳,沙地彷如是我們睡下的一張大床。

272. 傷感和難過

　　不忘我最幼的兒子當年只有五歲,他對我說過兩句使我感到淒愴和心酸的說話,不明白為什麼在我前半生曾經歷過的種種傷心事總是像畫象般在我腦海裡不停浮現出來。雖然事隔三十多年,但每當想起那兩句說話的時候使我產生無限的感觸和難過,眼淚禁不住落下!事緣住在第一個荒島上的某一天,我剛剛把拾來的小枯枝搭起了一個小架子準備煮米粥的時候,孺兒站在我的身旁對我說:「媽媽,不要煮兩罐米粥呀,妳要留下一些白米到明天的呀。」聽後我沒有回答,

淚水沿著臉頰流下來，不禁悲從中來。稚子無知挑起了讓我感到無助的心情！我們在第一個荒島上過的生活是日間捱餓晚上捱凍，當年我只攜帶著一個籐織的小籃子，籃子內只有幾件我的薄襯衣和幾條薄長褲，孩子們只有幾件背心和幾件薄的短褲我們便亡命走天涯。謝天謝地，我們在第一個荒島上住下了的那幾天沒有下過雨，尤幸子女們適應環境的能力很強，他們在日間是赤著上身，下身穿的只是一條短褲，在晚間時我才讓他們穿著背心和短褲睡覺，因為沙灘上總會有些微的風在吹著。當晚上躺在沙灘上的時候，睜著眼睛望向天空，有感我們活得很淒涼，奈何怎樣淒涼也要活下去，忘不了在心裡有埋怨過和後悔過，早知我們要受這麼多的苦，我情願繼續留在越南！

在第一個荒島上住了幾天之後便得到聯合國幫助和安排轉送我們這條船到另外的一個荒島。

273. 非一般的荒島

到了第二個荒島便使我大開眼界，原來這裡是個非一般的荒島。因為那裡是人煙稠密，住了很多也是從越南坐船出來的難民，據聞他們也是被聯合國送往島上暫時居住的難民。當我們這條船的人到了第二個荒島之後各人便各自霸佔空地方作棲身，一些人少的家庭便選擇細些的空地來住，人多的家庭便選擇大些的空地來住，我也是到處走走和看看環境，當我走到一處見到一間茅棚，住的是越南人，在那家越

南人住的旁邊有一塊是空著的小空地，在那塊小空地旁邊也有一間茅棚，住的是一個華人的家庭，於是我便選擇了介於那越南人和華人棲所的中間的小空地，它便是我們六母子的棲身之地。當我放下了我的小籃子在沙地上時，看見這兩個家庭住的是上面有很厚竹葉蓋頂而成的茅棚，下面有幾條很粗的短木承托著一張很大和很厚的大木板床，那木床除了有足夠地方讓他們舒服地棲息，還有很多剩餘地方可放置隨身攜帶的物品。是中國人住的家庭只有三個人，其中一位女士名叫芳姐，她沒有鄙視我貧窮，雖然我們可以算是鄰居，但她住的是有竹葉蓋頂的茅棚，我住的上面是露天，下面是沙地。芳姐很友善，有時候會主動和我閒談，她說大木板床和茅棚都是自己掏腰包賣美金找印尼人來做的。聽了之後使我很自卑，因為我只有一隻很輕和很幼的金戒指，和一個小籐籃。眼見我們這條船每個家庭都有男人或是有青年人在一起，而我只有五個小孩子。在荒島上住了五個多月之久，那段日子裡如果不是有大兒子，真不敢想像我們如何能在荒島上生存！慨嘆大家都是住在荒島上，但有些難民若想有多少的山溪水便有，若想要有一間能遮風擋雨的茅棚也無問題，甚至除了有茅棚住之外，若想有一張是自己要多高便有多高，要多闊便有多闊的大木板床或其它需要有的物品也並不難，為什麼？因為只要有黃金或美金在手便絕對不愁沒人來服務，達到需求。唉！禁不住寫下幾句是形容得很實際的中文，就是：「錢，不是萬能，但無錢便萬萬不能。」

274. 雪中送炭

　　某一天的下午，當我無聊地坐在我住的沙地上時，突然一位男士來到我的面前，他交給我一張是五十元的美鈔，他用越南話對我只說了兩句說話，他說：「亞姑，這是我給妳的。」當我收下了那張美鈔和想用越南話對他說謝謝的時候，這位善心人已經走了，事情經歷差不多只有兩秒鐘！

275. 人與人之間的冷漠和溫情

　　在這次逃難中，有幸使我上了人生寶貴的一課，因為遇到一個傲氣十足說話尖酸刻薄的船主，因為一念同情而幫我向船主求助的黎先生，一位雪中送炭給了我五十元美鈔的陌生人。人情冷暖，世態炎涼，總算有機會讓我再感受過和經歷過正面的是人和人之間的真誠，無條件施與別人的溫情和幫助。負面的是，人對人之間的無情和冷漠，而使我更加明白更看透了人生！

276. 有錢和有美金的好處

　　在第二個荒島上的難民有黃金有美金是大有人在，因為每天有一些印尼人划著小艇，艇中載著食物，水果，日用品，嬰兒奶粉和嬰兒用品應有盡有都集中擺在沙灘地上售賣。荒島上的難民很多，每天人來人往，人多氣氛便熱鬧，購物者

滿意和開心，因為只要有黃金或美金便能買到物質上的需求或口腹的享受。販賣者更開心，售賣的食物或用品是不愁沒顧客。每天中午荒島便像一個小市墟，接近黃昏那些印尼人才划著小艇離開荒島。

277. 生活如乞丐

　　心中感慨，在荒島上如果我有黃金，便可以把它換一間茅棚來居住，如果我有美金，便擁有一張又大又闊讓我們六母子可舒適的躺睡大木板床。可惜我兩者也沒有，所以只可以天為蓋，以沙地為床，最怕的就是下雨，最感恩的就是拾到別人扔掉了的特大和特厚的紙皮箱。每天晨早，是我固定要做的大事，就是做個拾荒者。當我週圍巡視時如果見到有被人棄掉了的那些紙皮箱，我便如獲至寶把它拾起，越多越好，有錢人視這些紙皮箱是廢物，但我視它們如寶物，因為若把那些大紙皮箱按平了之後便成了一張張又大又厚的大紙皮，然後我把這些大紙皮一個接一個地堆高放在我住的沙地上的一旁，以備候用。這些大和厚的紙皮是可以一物多用的，我的鄰居芳姐自淘腰包置了一張大的木板床，雖然我無能力自淘腰包，但我也有一張大床，什麼大床？就是用幾張已經按平了的大紙皮鋪在沙地上，它便是我們的大紙皮床，有了那些大的紙皮，我們便不至於要赤裸地在沙地上又坐又睡。那些大紙皮還有十分重要的用途，便是遮風擋雨，不管在日間或晚上，不管下的是小雨或是大雨，下雨時我和大兒子每

次都很有默契地立刻屈膝蹲下，介於我和他蹲下的中間留下一些小位置，那是讓我的智障女兒、愛哭的樂兒、五歲的幼兒和四歲的幼女，他們四個共同蹲下的空間，當我們緊密地互相靠著和縮作一團的時候我和大兒子已經把一張按平了的大紙皮高高托起，我們用雙手分別把左右兩邊的盡頭托高，把這張又厚又大的紙皮變成了一把特別大的雨傘，為我們六個人遮風擋雨，每次下雨的時候我們便用這個方式來避雨。最怕和最苦的就是在半夜三更突然傾盆大雨，我們被無情的橫風吹，被無情的橫雨打，我受苦不要緊，最無助是我五個子女，他們除了要捱餓，還要受風雨的拍打。每次在下雨的時候，我便會在心中默禱，請風風雨雨可憐我們的處境，請狂風或橫雨趕快停下！那些大紙皮實在是我們不可或缺的恩物。因為在雨後我便把已被雨水弄濕了的大紙皮扔掉，然後把之前拾來的，已經按平了的堆在一起以備不時之需的那批大紙皮的中間，撿些還未被雨水完全弄濕了的鋪在雨後潮濕了的沙地上，這樣我們六母子又可以像沒有下雨時擁有一張可以坐下或躺下安睡的大紙皮床。在荒島的晚上總會有些涼意，我們沒有棉被蓋身，只能靠那些大紙皮，它就是我們的大棉被了。

在雨後的晚上，更添夜寒露冷，孩子們能有些大和厚的紙皮暖身蔽體，可避免受傷寒之苦，已是萬幸。總不能讓他們只穿背心和短袜子便坦蕩蕩地在沙地上睡覺，所以那些又大又厚的紙皮實在是我們的恩物呢！在荒島上我們六母子過著像乞丐般的生活，不是被日晒，便是被雨淋的苦日子。雖

然這也是三十多年前的昔日事，但仍然是忘不了的畫面，仍然挑起了我為昔日的凄涼而難過，這輩子怎樣說都忘不了曾經歷這些無助的境況！謝天謝地，很幸運在荒島上住下了的那段日子裡，我和兒女們從未有生病，又是一句老話，孩子們是「天生天養的」他們是「自生自滅的」！

278. 後悔

　　我性格不愛緬懷，亦不大會介意或後悔已經做了的事。但卻不忘我確實曾經有後悔過，有感縱使已逃離了越南，卻因為在荒島上過的日子實在是太苦了。在越南的時候，我做婢女，做寵物，是精神上的苦，是我個人直接的感受和甘心承受的痛苦，但在荒島上是我的子女要跟著我來捱苦，他們在日間捱著肚子餓，夜間露宿在沙地上，過的是風餐露宿的日子。但事已至此，已經沒有回頭路了，我們已經立足在荒島上了，要生存無論怎樣的苦也要撐下去，該面對的便要面對吧。希望捱到黑暗的盡頭便是黎明，我對自己說，要抱著希望，等待黎明來臨的一刻，總不相信黎明不會來。每一天，我就是靠那個意志力來鼓勵自己。

279. 紅十字會的援助

　　在第二個荒島的難民營住下了只有幾天，便得到紅十字會按人口登記來分派白米，醬油，每人有一顆雞蛋。我開始

不用煮稀米粥了，而每次收到的六隻雞蛋便拿去跟在沙灘上擺賣的印尼人用以物易物的方式換取些少日用品。因為只要有醬油和米飯拌勻在一起來吃便已經是很幸福很滿足了，只要不下雨便更加是謝天謝地了。除了在生活上有了明顯的改善，我們還可以免費寄信聯絡在外國的親戚或朋友，我有寫過幾封求救信去香港和主人聯絡，但總是沒有回音，使我更加徬徨和擔心將來的日子！

280. 生命沒有保障

　　荒島上的衛生環境很惡劣，以上寫過，住在我旁邊的是一個越南人的家庭，他們是一對年輕夫婦和一個嬰兒。有一天，我見到這個女的哭了，原來她的嬰兒去世。有時候會聽到這邊廂有人患了重病，那邊廂有人去世，心理上感到無比壓力和懼怕，因為生命是完全無保障！

281. 真相

　　以上有寫過，一位在船上的工作人員，他名叫成哥。在第二個荒島上他剛剛住在我的斜對面，有時候成哥和我閒談，當他聽到我隨身只有一隻很幼很輕的金戒指便帶著五名子女走天涯時，便被嚇到目瞪口呆，我還告訴他我只有十塊黃金給過船主，我還欠船主四塊黃金。成哥聽了之後，便向我透露付黃金給船主的真相，因為他和妻子和兩個未成年的

兒子，他一家四口只交了十塊黃金，因為這條船收黃金內幕是成年人付五塊黃金，十二歲以下的小孩是免費的。還記得成哥和我分析，他說：「船主和妳素不相識，人們都是利字當頭，憑什麼會有船主肯幫妳這個從未謀面的陌生女人呢？世界上會有不收夠黃金的船主而去幫一個不相識的人嗎？會有船主肯這麼吃虧嗎？

282. 討債

當我在瑞典住下了之後，便收到一封是船主追我還黃金的信，這個多次在人前刻意奚落我的勢利船主居然好意思向我追討欠他的黃金？現在機會來了，總算能讓我出一口氣了，我回寄了一封在文字上寫得很沒有禮貌和拒絕還黃金的信給他，自此之後便再沒有收過追我還黃金的信了。

283. 我們在第二個荒島上過的生活

子女們只有幾件背心和幾條短褲是我為他們攜帶上船的，荒島天氣炎熱，所以他們每天都是赤著上身，下身只穿一條短褲，大兒子性格一向獨立、頑皮、反叛，但在荒島上卻全靠他攀山越嶺去取山溪水，不然便是跟一些壯男去某處捉些像手指尾般的小魚帶回來給我弄膳，很多很多是我做不來的事全賴有他。至於只有五歲的幼兒子，每天愛站在附近

看別人在弄膳來滿足他饑餓的小肚子。遇著智障女兒肚子瀉個不停的時候，我便帶她去叢林裡方便，心情已經很差，對她更心生討厭，我常常責罵她，覺得她是我不願意背而又掉不下的包袱！樂兒和只有四歲的小女兒不敢到處走，他們終日跟著我，以我為伴。自從在第二個荒島得到紅十字會的救援後，每次吃的雖然只是米飯淘醬油，但對我們來說已經是十分可口了。最討厭的就是荒島上的蒼蠅，因為幼兒患的癲癇頭時好時壞，當他頭上的濃瘡穿了，流出來的濃還未來得及清洗，蒼蠅便飛到他頭上的瘡口上。大兒子取山溪水要經過叢林，有時候被蜜蜂追，刺到面上或身上又紅又腫！

284. 聯合國專員來荒島巡視難民

在荒島的某一天，有三位聯合國專員來荒島上視察難民情況，他們派表格讓我們填上自己的履歷和意願去哪個國家定居。當年最普遍的都是填上美國，澳洲，加拿大。這三個國家是難民們心目中夢寐以求定居的國家。我什麼都不懂，便跟著其它人一樣填上意願定居的國家是美國或澳洲。

285. 靜待佳音

當各人交了表格之後的不久，便聽到一些專業人士和各行各業的精英份子很快便收到答覆信，信內通知了啟程日期，其次的便是一些單身的青年男女，還有的是在越南做過

一些是自己專長的職業和有某種工作經驗的人,他們也是很快便得到通知信可何時離開荒島。餘下的便是一群多數是介於無一技之長的、婦孺或是有未成年子女的家庭。我便是這一群其中的一個,雖然表格已遞交了,但總是沒有回音,只有苦苦地靜待佳音。

286. 聯合國專員再度來荒島

過了不久,聯合國專員第二度來荒島訪問,目的是想再了解難民情況。當我聽到瑞士站在人道立場,願意收下若是健康有問題或傷殘人士,甚至是智障的人士的時候,便有感我有一個智障女兒,加上我沒有一技之長,真不想無了期地再呆等美國或澳洲收留,在荒島上過的生活彷如乞丐般已經有幾個月了,尤幸我們仍然是平平安安,但幸運不是必然的,萬一我們六個人之中有一個患了病的時候,我真是會求助無門的。越想越害怕,機不可失,趁我有一個智障女兒的條件是符合瑞士收留,於是我便在第二次的表格上填上意願去的國家是瑞士。

287. 有了錢後的生活

某一天,一位不知他姓甚名誰的青年來告訴我,因為有些匯款是從香港的銀行寄來了印尼的銀行給我,他說待她幫我做了一張身份証明紙之後便可以去市區的某銀行領錢。謝

天謝地，終於等到主人匯錢給我了，於是，我便把那位善心人給的五十美元賣掉了給荒島上有印尼幣的人，抱著輕鬆的心情和兒女們坐渡輪船出市區的銀行收匯款。領了錢之後的我心境完全判若兩個！在印尼的市區內，一些吃的，用的，穿的等等的東西我都買了一點點，可憐兒女們捱了幾個月的苦日子，現在是時候要給他們一些物質的享受，真是不知怎樣來形容當有了金錢在手時的心情。子女們開心，見到他們童真開心的情懷也直接被他們感染了而使我也開心。

288. 好消息

某一天，又是那位青年來向我報喜，喜訊是瑞士收留我們六母子了，三天之後我們便能坐船離開荒島。這好消息使我喜出望外，就在明天可以離開荒島的晚上，我把買了的乾糧和食物和鍋子，一些日用品的東西全部送給了住在我對面的一對貧窮夫婦。他們比我早兩個多月便在荒島上住下，這對夫婦本來並不貧窮，而是不幸在海上遇上了幾次海盜船，先後被不同的海賊上船，財物便被他們洗劫一空！這對夫婦只有一個兒子，到荒島上住下了不久兒子便患了病，我見這患病的小孩的父母，終日不是忙著趕走被蒼蠅的圍繞便是愁眉苦臉的陪著昏睡著的病兒子。在日間我愛去和這對夫婦聚在一起作伴，因為大家都是貧窮人，差別的是他們除了是貧窮加上兒子有病，而我也是貧窮，但我的子女健康！忘不了當我們明天便能離開荒島時的晚上，我懷著十分興奮的心情來等待天明。

289.壞消息

　　次日的晨早，這青年又來，我還以為他帶我們六母子坐船離開荒島，可惜帶來給我的是壞消息，他對我說：「瑞士改變主意不收你們了。」什麼？晴天霹靂！一個國家竟然出爾反爾，跟我開這麼大的玩笑，啼笑皆非的是我在昨天晚上已把全部不會帶走的鍋子乾糧和食物等等的東西都送給了住在對面的一對貧窮夫婦，想不到只是過了一個晚上帶來給我的是一場歡喜一場空，唯有懷著失望心情來面對，雖然事實是這樣，但未至於使我徬徨，因為我口袋裡仍然有主人匯來給我的錢。

290.意外的決定

　　在同一日的黃昏時份那青年又來，他對我說：「收到消息，瑞典願意接收瑞士不收的難民，妳願意去瑞典嗎」？突然間的一問使我不知怎樣回答，因為對瑞士我是略有所聞，但瑞典這個國家卻很陌生，這青年見我舉棋不定和低頭沉思時他便用關心的語氣相勸，他說：「妳孤身帶著五名子女，現在有瑞典肯收留，我建議妳走為上著，住在荒島上的人尤其是小孩子每天會受到健康的威脅，你們實在不適宜留在這個環境差和不衛生的荒島上。瑞典是個文明和自由的北歐國家，不要錯過這個機會呀」！他一語道破了我在心中舉棋不定的考慮。他說得很對，以現在的情況，只要有自由國家肯

收留，我還考慮什麼呢？這青年繼續說：「如果妳願意去瑞
典的話，後天便可以起程。」為了不想夜長夢多，於是我便
立刻答覆了我的最終決定。

291. 衷心表謝意

　　在起程去瑞典前夕的晚上，我特地到那、青年住的地方，
除了向他道謝，我還遞交一個信封給他，信封內有印尼幣一
萬元，我沒有等他把信封拆開便向他告辭了。不知道是與生
俱來還是習慣了事無大小總是愛先思考後分析，然後衡量我
該怎樣做和值得做或不值得做。性格不愛被人相幫，如果可
以的話，我盡量是靠自己的，因為受過好些不同的人施與我
大小不一的恩情和人情，這些恩情和人情在我心中是一種難
以忘懷的虧欠，也使我會耿耿於懷的。所以當離開荒島在即，
有感若只是向那陌生青年道謝是不足夠，因為若然沒有他善
意地忠告和相勸，相信我仍然獨自在迷茫中不知何去何從，
若不是他特地來告訴瑞典肯收留，若不是他和我分析別錯失
良機，一切一切，如果不是他，我是無可能這麼快便能離開
這個生命沒有保障的荒島，有感錢財只不過是身外之物，這
次一別，相信後會無期，縱使有緣再見，我也不會記得他是
誰！因為不想在心中懷著欠下的人情債，所以便豪氣地送出
一萬元印尼幣來答謝他，以表心意和謝意，因為這是值得我
去做的事。當天晚上我仍然是帶著患得患失的心情等待黎
明，希望不會再一波多折，希望不會⋯

292.終於可以離開荒島了

次日的中午，在眾目睽睽下，我看見島上有些難民用羨慕的眼光默默的望著我們六母子上了一條小船，當我坐上小船後才敢鬆了一口氣，因為終於離開荒島了，謝天謝地謝命運。

293.最後一站的難民營

最後一站的難民營是在市區內，因為見到外面有車輛在行駛，那難民營的地方很寬敞，營內有兩張很長又很闊是互相相對著的木板床，這些長和寬闊的木板床是給各難民共用的，除了讓難民們放下自己的隨身行李還有足夠的地方休息，更有膳食供應，我和幾個住下了的難民搭訕，聽他們說也是即將離開印尼，但我比他們快，因為只住了一天便離開印尼飛往瑞典。

294.瑞典

從來沒有坐過飛機，除了興奮，更加感謝瑞典仁慈收留了我們，當飛機將降落時，我從高處向下望，見到很多像砌積木的小房屋，很多像玩具的汽車走來走去，使我這個土包子覺得有趣和新奇。到了瑞典，便有一位司機和一位中文的翻譯員來接機，我們坐上了一部汽車到一個叫做 Flen 的小城市，下車之後我們便被帶著進入一間很大的難民庇護所。

295.難民庇護所

　　在難民庇護所內有四位翻譯員，他們是說廣東話的。三位是男士，一位來自日本，兩位來自馬來西亞，另一位來自香港，她是位年輕的女士。一間很大的翻譯員工作室，一個醫療小室，有一位護士長和一位護士，另一間是一位女秘書的辦公室，兩個大飯堂和一間電影室。那電影室是兩星期放映一次華語片，一個月派一次零用錢給各難民，成年人零用錢比小童零用錢多一點，有好幾個讓我們學習瑞典文的課室，另外有一間只是讓練習瑞典文發音的特大課室，裡面有十幾張桌子和座位，座位與座位之間有很寬敞的距離，每個座位有一個收聽器給我們戴上直接聽到教師的聲音和跟著唸瑞典文字的發音。若沒有記錯的話，每人要讀夠三百六十五個小時的瑞典文才能搬出難民庇護所。在難民庇護所中，各人得到十分完善的照顧，例如首先便是檢查身體和牙齒，我們的頭髮裡藏有蚤子和卵子，多虧被照顧，這些蚤子和卵子很快便被清除了，我最細兒子的癲癇頭得到護理也徹底痊癒了。我是第二批住在 Flen 的難民庇護所，第一批比我早幾個星期到，徐後便不斷有很多難民來，他們都是來自越南的華人，分別的只是住在越南不同的地方，一些雖然自己是華人，但已習慣了在家或出外都是說越南話，以致他們說的是不大流利的廣東話。距離難民庇護所附近有一間很大的屋子，我稱它是難民屋。屋內分別有大、中、小等不同面積的房間，我和五名子女被安排住在最大的房間。那是一間設備齊全的大套房，房內有一個小廚房，一個洗手間和浴室，一個大睡

房，睡房內共有六張單人床，至於其它大小不一的房間，便被分配給各別家庭人數難民暫時居住。在難民庇護所內除了供應早、午、晚三餐膳食之外，也有很多課室容納我們學習瑞典文，若遇上有問題要翻譯員相幫或是身體不適要醫護人員診治，甚至是意外受了傷的話，才到那間難民庇護所的。難民屋內有一個大客廳，它是公共的，很多男士喜歡聚在那客廳內閑談聊天。其餘的時間，人們通常愛留在自己住的房間，或是自由地出外逛逛。以上寫過我是第二批來到 Flen 那個難民庇護所，當時難民人數並不多，但漸漸地難民來多了，所有房間都住滿了人，各種家庭的或單身的，難民屋每天都人來人往，很熱鬧。我性格內向，不愛和人交往，交談更加是沒有。一到膳食時間，飯堂內便十分熱鬧，男女老幼都從難民屋走到難民庇護所的飯堂聚在一起用膳，大家都是先排隊領餐，再選擇自由座位坐下來用膳。早、午、晚三餐的膳食是有規定時間供應。廚房的工作人員全部是女性，她們穿上一身潔白的工作制服，當排隊輪到自己的時候，工作人員便盛上一份熱騰騰的食物在碟子上然後交給我們，吃量大的人可以再加添。午膳多數是馬鈴薯，晚膳也是馬鈴薯，有時候是米飯，午膳和晚膳通常是魚或肉和蔬菜。午膳，晚膳都有兩鍋熱湯放在飯堂內讓人們自己盛取。早餐如茶包、咖啡、鮮牛奶、酸奶、牛油、麵包和三文治的肉片等等的食物是讓各人自行拿取。全部難民要個別會見女秘書一次，然後她從翻譯員的幫助下把我們各人的資料記下。一位陳先生，他很早便從中國的廣東省移民來瑞典了，他除了是一間中餐館的老板，還兼職做我們的家庭顧問，當我們遇到私人有問題時，

他很熱心來幫忙的，很可惜，聽說他在最近已去世了。生、老、病、死，當生命到了盡頭時，縱使很能幹或是很好的人，也要無奈地離開這個世界！

296. 朋友

在飯堂用膳的時候，我只喜歡和一男一女坐在一起，先說男的吧，他很年輕，有一位哥哥。兩兄弟身形是高高瘦瘦，哥哥戴上一幅近視眼鏡，弟弟樣子很帥，和他交談時，覺得他帶些孩子氣，可能是年輕吧。雖然兩兄弟被安排住在同一個房間，但從未見過他們會走在一起，用膳也是，哥哥坐在東，弟弟便坐在西，看來這兩兄弟的感情是不大和諧。在用膳的時候我愛和這位小弟弟坐在一起，因為大家合得來，我們通常是一面用膳一面聊天，當我離開了難民屋幾年之後，聽說他兩兄弟已經移民去了澳洲。另外一位是年輕少女，她身形龐大和個子很高，不大懂說廣東話，她只會說潮洲話和越南話，我們是在膳食時在飯堂內認識，她思想成熟是個很率直的人。她很疼錫我的子女，雖然我和她年紀有距離，但大家很投緣。她的父親是華人，母親是越南人，她有一位姐姐和一位弟弟，弟弟名叫亞照，亞照和我的大兒子年紀相若，兩人相處得十分融洽，而且還成了莫逆之交。我大兒子懂說一點點的越南話，而亞照卻完全不懂說廣東話，攪笑的來形容當年他們倆人走在一起時，便像雞同鴨講，妙在他們不會因為語言間的障礙而建下了深厚的友誼。

297. 大兒子的趣事

不忘很久之前亞照向我投訴我大兒子的一件事，我卻覺得這是件很有趣的事，所以寫下讓大家分享。話說當年他們兩小住在難民屋的時候，亞照是完全不懂說廣東話的，我大兒子卻裝作很友善的教他說些廣東話。他教亞照若是在第一次認識新朋友，而對方不懂說越南話只會說廣東話的時候是要有禮貌先介紹自己的說：「你好，我名叫做「衰人照」。」亞照卻信以為真，於是便用以上這兩句中文的開場白向新朋友來介紹自己，後來亞照發覺好像有些不對勁，因為當他介紹了自己名叫衰人照之後，對方總是點點頭和微微笑，當亞照追查究境之後，才知道是我大兒子的惡作劇來作弄他，這是他倆在童年時的趣事。現在的亞照已經是幾個兒女的父親了，說廣東話也大有進步，他住在南部的大城市很久了，以前和我通電話時他不只是說些廣東話而且還會說些中文的成語，真是後生可畏。

298. 學習瑞典文

當各人在難民庇護所被安頓了之後，我們便跟著時間表來上課學瑞典文，上了幾個星期便碰上我的智障女兒出麻疹，跟著傳染了我的小女兒，我五名子女好像在玩接力賽般，一個接一個地出麻疹，為了要照顧他們，我有時上課，有時缺課，瑞典文成績在班內我是最差的一個！

299. 多謝瑞典

　　住在難民庇護所中，我們備受關懷和熱誠對待。例如：老師帶我們去參觀在首都的博物館和大教堂，在首都最高的頂樓上的高級餐廳用午膳，到動物園看動物，各種不同的節目，使我有目不暇給之感。

300. 自力更生

　　我於一九七九年十月十日來瑞典，在一九八零年的一月聽說 Flen 一間規模很大的冰淇淋廠招聘員工，當年是事求人，不需要說流利的瑞典文也有機會被僱用，於是我請翻譯員幫我申請了這份工作，很快的便被通知在二月中可以上班。於是我去見女秘書，告訴她我被冰淇淋廠僱用了的事，她很不贊成，她認為我的子女尚年幼，若在家照顧他們的話，社會福利部會經濟援助我，生活費絕對不成問題。可惜一提到生活費這三個字時，我便不由自主地想起了在越南時，沒有尊嚴和委屈自己，靠人養活這種辛酸和無助的日子，因此儘管女秘書多翻相勸，我仍然是堅持自己的決定。因為我要重拾尊嚴，我要自力更生。終於如願得償，我在還未讀滿三百六十五個小時的瑞典文，那女秘書便批準我搬遷離開難民屋。

301.再一次衷心的感謝瑞典

在搬遷之前女秘書要我再會見她，她特地告訴我日後若經濟有問題時，可以向我住的地區部門申請生活援助費。當我選擇了住在 Flen 城市之後，便有一位工作人員帶我找房子，跟著帶我買傢俱，廚具，一些置家的必須品和日用品，我得到不少人力、物力和財力的幫助，感謝瑞典賜我一個屬於我自己的家。我是很早便離開難民屋的，當年難民庇護所有義務幫助各難民，若想繼續讀書的便在成年人學校讀書，若想工作便幫忙找工作，若想找份專業的工作時也得到幫助報名參加職業培訓班，為自己的前途鋪路。

我這輩子是一事無成，能使我感到自豪的，就是我沒有向社會福利部求生活援助，我是自己帶大我五個子女的。

302.我的趣事

自從環境改善了，我的性格隨著也改變了，心情開朗了，樂觀和喜歡捉弄人了。我的第一份工是在冰淇淋廠內工作，當時只有廖寥幾位華人同事，我喜歡只跟瑞典人同事溝通，因為自知我要找機會練習說瑞典話，不然的話，當要說瑞典話時，舌頭會像打了結似的。我和一位瑞典女同事很投緣，我們經常被安排在同一部機內一同工作。有一次，剛巧是四月一號，又適逢當日是和這位十分投緣的女同事在同一部機內一起工作中，當我們站在相互對面的工作崗位上，各自把

冰淇淋放進在盒子內的時候，我卻趁機假裝很嚴肅的一面工作，一面小心翼翼地向左望望和向右望望，然後伸長了脖子和低聲的和她耳語，我說：「我告訴妳一件事，但妳千萬別告訴給別人。」她立刻伸長了脖子和聚精會神的等著我說下去。我知道她中計了，於是，便裝作很小心的再向前望望和向後望望，我才低聲對她說：「我中了一百萬元彩票，我已經辭工了，我要去環遊世界，享受人生。」忘不了她睜大著眼睛，以很驚奇和羨慕的眼神望著我和低聲對我說：「嘩！妳這麼幸運。」我回報她是以一個很滑稽的表情和對她說：「是的呀，我真是很幸運呀，因為今天是四月一號我便中了頭獎呀。」她立刻醒覺這天是愚人節，跟著便哈哈的大笑起來。她的笑聲傳遍了附近正在工作中的女同事，各人把視線轉向我們望，使我頓時覺得十分尷尬。雖然刻骨銘心的傷心事使我難忘，但有趣的事也會使我忘不了，可惜在我印象中我的趣事並不多！

303. 通宵班

　　接近夏季，冰淇淋廠通常有幾個月是開通宵班的。在這幾個月內便只有一部或兩部的冰淇淋機是日以繼夜不停地開動著，若沒有記錯的話，通宵班時間是晚上十一點半至翌日早上七點半，我在冰淇淋廠做了有六年之久。每年我不會錯過有開通宵班的通告，而每一次我都是以五個子女為理由來申請，因為日間多些時間留在家。在瑞典，不管是做什麼工，若是全職的便是一星期的工作天是四十個小時。喜歡做通宵

班的原因之一，就是勞工規例，在傍晚六點鐘之後，仍然是在工作時，那麼薪酬的補償費是很高的，三十多年前我做通宵班月薪的薪酬在扣了稅之後有一萬多元在手的，做輪班制的薪酬也很不錯，月薪有八千多元，因為有做下午班，沒有輪班制的工廠月薪大約是七千元。原因之二，通宵班的小休時間每次是三十分鐘，否則，普通的小休時間每次是十五分鐘。原因之三是我喜歡清靜，因為整個晚上全廠只有一部或兩部是開動著的冰琪淋機。原因之四，通宵班一星期只須上班四天，就是星期一至星期四我大兒子的性格從小便獨立和長進，每當我上班後他便以大哥的身份來照顧弟妹，他有做大哥的風範，在家中子女們最敬畏的便是這位大哥。我的幼女對我說過很多次，她說：「媽媽，我不怕妳，我只怕大哥。」半生經歷了幾許風雨，終於能在瑞典定居了，又有一份十分輕便的工作，使我能養活自己和子女，除了感恩，便心滿意足了，不敢有何奢望，心裡認定冰淇淋這份工，將會是我終身的職業。感謝瑞典幫我建立了一個屬於我自己的家和擁有一份適合婦女的工作。回想在越南和主人一起的時候，過著只有今天沒有明天的苦日子，若是把現在和以前的生活來比較，簡直是天淵之別呵！幾十年前的屋租很便宜，食物也很便宜，一隻烤好了的燒雞只賣五元一隻，現在卻賣六十元一隻。所以當年在什麼都便宜的生活消費下，每個月除了生活費和其它的支出之外，我還能儲蓄了很不錯的私己錢，加上有五個未滿十八歲的子女，我每個月有固定收到數千元的兒童津貼，於是便買了一幢分期付款的別墅，讓我們六母子住的環境更加舒適。

304. 仇人來瑞典為自己探路

　　我和陳一向有書信聯絡，當他知道我遷出難民屋時，每次寄來的信都是說要來瑞典，我在模棱兩可的心情下，便為他申請來瑞典，移民局是批準了，但他只能在瑞典逗留三個月。陳來了之後只有幾天便查問我的經濟，我沒有防他之心，於是從實相告我的經濟，更加不用他付一文錢的生活費給我，他聽了之後十分滿意。有一天，陳提出要我申請他來瑞典定居，我當然不願意，我有提議過他能否在瑞典及香港各住半年，但我這個提議立刻便被他堅決的拒絕了。

305. 心聲

　　當年我的心情是很矛盾的，因為深深知道，我在瑞典已經有能力獨立生活了，是時候可以擺脫要依靠陳才能生存的日子了，我實在不願意再和他生活在一起了。但也深深知道，我能夠在瑞典過著自由和幸福的生活，無可否認全賴有他，否則，我和子女們仍然滯留在越南，良心告訴我做人不應該忘本，不應該做個忘恩負義的人。

306. 無奈

　　由於我過不了良心這一關，便唯有照陳的意思去做，當申請他來瑞典定居的表格交了之後，移民局的答覆是要訪問

我們。於是我和陳便如約到移民局見一位是女性的職員，忘不了她問我其中的一句說話是：「妳願意和他在瑞典一起生活嗎？我低聲回答說：「我願意。」但同一時間我在心中大聲的說：「我不願意，不願意，不願意。」

陳在瑞典住下了第一次的三個月，是我有說不出的辛苦才捱過了的三個月，但對他來說是十分的滿意在瑞典的生活。這三個月裡的每一天，在表面上我裝著沒有什麼，但心裡卻是在苦苦地捱著，等著他快些離開瑞典。當漫長的三個月捱過了，陳離開瑞典了，我的心情？不用多說吧！

307. 計劃轉工

後來因為越來越多華人婦女在冰淇淋工作，人多的地方便會說話多或是是非多，喜歡我行我素的我，開始萌生了轉工的念頭。

308. 自發性學瑞典文

當年有幾個家庭和我一樣搬出難民庇護所之前也是選擇仍然住在 Flen，碰巧這幾個家庭和我是住在同一棟大廈，只是住在不同的單位。有些住在底層，有些住在二樓或三樓，當年是事求人，不論男女大多數有工作。幾十年前住在 Flen 的華人家庭接受和父母住在一起，因為身體健康的母親們，

通常在家打理家務和弄膳，讓有工作的子女或兒媳放工回家
稍作休息後便用晚膳，小朋友適合上學年齡的便上學，幼少
的便寄進托兒所。

　　瑞典是一個十分重視公民教育的國家，當年我住的地區
有一個華人家庭，夫婦二人耽在家，因為已屆退休年齡了，
當他們的子女上班後，在九點鐘的時候，便有一位教師上門
教這兩夫婦學些簡單的瑞典文，好像是一星期上課三次，每
次一個小時，在那一個小時內有十分鐘是大家的小休時間。
倘若還未找到工作，而也想學些簡單瑞典文的話，是不會被
拒之門外的。即是也可以到這兩夫婦的家一同學些簡單的瑞
典文，因利乘便遇著我上班的工作時間是下午班時，我便利
用早上的時間和這兩夫婦一起讀些瑞典文，這兩夫婦是文
盲，所以老師便教他們學寫和學讀的只是瑞典文的字母，我
卻很自私，在上堂時通常向老師請教一些我想學的瑞典文，
甚至練習和她講些日常會話。當我買了別墅之後，新和舊的
住址相隔遠了，於是我沒有再繼續和他們一起學瑞典文了。
有一間一個星期只有一次教瑞典文初班的夜校，因此若我上
早班的話，傍晚便去那間夜校上學，可惜一個月只有兩個星
期是我上上午班。斷斷續續的上夜學，根本學不到什麼，但
抱著有去學總好過不去。有一間成年人日校，校內有一班逢
星期一至星期五的早上有老師教初班程度的瑞典文，那班是
最適合我的了，因為若我上下午班的話，我可以一個星期有
五天去那間日校學讀些瑞典文，也是十分幸運，因為陰差陽
錯，在越南的時候，我有去讀過兩個學期的專科初班英文，

也有讀過一個學期的成年人初班的越南文，否則我已屆中年了，而只懂中文的話，我知道我是學不成瑞典文字的。

309. 半工讀

在某一年，冰淇淋廠的管工通知我們華人職員，若有興趣讀瑞典文的話，可向廠方申請半工讀，於是我報名，廠方便安排了我只是上早班。每個星期一至五的下午，由一點至三點我便在一間成年人學校讀瑞典文，為期只是三個月。之後的某一年，我不再在冰淇淋廠工作了。

310. 第二份的工作

我第二份工作的崗位是照顧不同性別，不同年齡的智障人仕。工作是流動式，隨時被調去不同的部門，但每個部門的工作差不多一樣，也是照顧不同性別不同年齡的弱智人士。第二份工作完全沒有華人，只有瑞典人和外籍人，全部都是女性。當年做這個行業的時候，如：療養院或醫院，所有的同事們，不論是什麼國籍，當我們有小休的時間坐在小休室時，有些愛聊天的女同事們，便互相閒談聊天，也有些不愛聊天的女同事們，便獨自看書或看報。雖然大家坐在小休室內，如果互相沒有交談，並不等於大家是不和，只是各人作風不同而已，這是我最接受的，因為同事和同事之間的人際關係隨和些，便自然覺得舒服些。

311. 唏噓

　　很喜歡照顧弱智的一群，很樂意為他們服務，雖然他們是弱智，但他們有童真，不做作，不虛偽，真情流露，和那一群弱智人士相處，我很欣賞他們的純真和可愛的一面。喜，怒，哀，樂，盡形於色，表露無遺他們的單純，沒有機心，不懂記仇或記恨。話雖如此，使我感到無限唏噓的是什麼都好像是離不開運氣，因為若是好運的話，便生存在一個有關懷，有愛心，有人道的國家，被政府終生照顧，幸福地過著被受照顧的一生。不好運的話，若生存在落後國家，或是戰亂國家，或是不重視人道和無愛心對自己公民的國家時，便會被國家無情的遺棄，被社會人歧視，這樣便渡過無奈的一生！很慶幸，他們有幸在瑞典，得到瑞典政府仁慈的善待，照顧和頤養天年。衷心盼望施一點溫情的關懷，勿歧視一些天生殘障的不幸人！可能因為我的工作和那些不幸的人接觸多了而產生了同情心，因為同情他們的不幸，使我更加投入去做這份工，體會到施比受更有福的道理，明白付出關懷和溫情是並不難做到的。因為這份工，影響了我從孤僻和不在乎的性格，而變成了一個可以算是有些愛心的人，處於和他們之間相比之下，使我意識到我是個很幸福的人。剛剛在那個行業工作時是十分不習慣，因為目睹這些不幸的人，終生要受不一樣的苦難，他們一輩子就是這樣模模糊糊來渡過不知道什麼是人生的一生！我是全職的，一星期工作五天，每天八小時，但我喜歡工作，遇著有加班的話，我很樂意加班的，當年是事求人，尤其這個行業是不愁會失業。

312. 感謝生命

　　我和身體有不同缺陷或思想是一片空白的不幸的人相處過,有感他們生存在身不由己的環境裡,渡過無可奈何的一生,使我更加感謝生命,因為我是個五官端正,身體沒有殘障的人。

313. 金石良言

　　隨著年齡增長不知道何時我盟起了做人要有目標和夢想。也不知道何時我開始了追求我的人生目標和夢想。在二十幾年前我已經默默地追求我的兩個目標,可惜日子一天天、一年年地過了,直到現在仍然是找不到機會讓我達成目標。我也有一個在十年之前的夢想,可惜仍然是未能圓夢。雖然活到現在我已經是一把年紀了,也退休很久了,但我仍然固執地保留著在心中一團不滅是追夢和追目標的火,希望是我的精神支柱,抱著只要我仍然健在,只要是尚算健康,我是不會放棄我的目標和夢想。很喜歡看警世格言和至理名言的書。一本在書中寫下了鼓勵人生的至理名言也是鼓勵我的金句,名言是:「夢想並非純屬年輕人專有,不要因年紀而放棄夢想,機會永遠留給有準備的人。」也有兩句的名言是:「不管多久是生命的盡頭,活一天就要有一天的希望。」謝謝那些至理名言,實在是太感動了,它使我更加堅持地抱著,我雖然是個老年人,但仍然要有鬥志來充實我只能活一

次的人生，希望在離開世界之前，終於能達成目標或是能實現夢想，如果做到了的話，便真是不枉此生了。

314. 童年時的志願

　　在小學時，老師要我們寫一篇作文。題目是「我的志願」。我寫下了的志願是做護士，坐在我旁邊座位的女同學剛巧寫下她的志願也是做護士，但她卻寫錯了字，她把「護士」寫成了是「鑊士」。我性格本來是開朗和喜歡作弄人，因為明知她寫錯了字我也沒有相告，私底下覺得很可笑，因為中文字只要是一筆的差池，意思也會完全不一樣，正所謂差之毫釐，謬之千里。所以若把「鑊士」這兩個字拆開的話，可以變成很攪笑的解作，我的志願是拿鑊鏟的人仕。中文字是很有趣和很難學的，因為若寫錯了一個字而和另外一個字連在一起的時候，意思便截然不同，甚至變成了是十分攪笑的意思。雖然我無可能做到曾經寫過是我的志願，但我有做過護士助理，照顧過不同病患的病人，總算是聊勝於無吧！最不喜歡說如果，但有時候免不了也要說說。如果不是醫院的告示，我是不會辭職不繼續幹護士助理這個行業的。告示內容是，若沒有受過培訓的職員而想繼續從事護士助理這個行業的話，便要報名參加培訓班。私底下覺得，那個真是最要命的告示了。正如我寫過，我來瑞典的難民屋住了只有三個多月便開始在冰淇淋廠上班，瑞典文只是在家中若有空時，才自學一些社交需要，和與人溝通時能夠互相溝通的瑞典文，在成年人的學校裡斷斷續續的學一些只是初班程度的

瑞典文，我實在是無信心參加護士助理的專業培訓班。自知課本一向與我無緣，肯定我是跟不上的，既然自知我是做不到的事，便乾脆辭去這份雖然我很願意做的工作吧！跟著我找的工作是當年有些行業還接受沒有被培訓過的職業，就是曾經在托兒所工作，做語文科的母語教師，自知需要找機會和瑞典人接觸，溝通，多聽和多說些瑞典話，於是憑著衝勁我推薦自己和交了一些資料給兩間成年人的夜校，就是 TBV和 ABF，的兩間夜校的領導人。很幸運，我被批準了在傍晚開班。一星期一晚，每晚三個小時教參加者煮簡單的中國菜，日間的工作便在安老院照顧長者，最後的職業是在餐館做雜工，只是負責些輕便的工作直至年屆退休。本想退而不休的，可是找不到機會！也曾經在我住的地區做過短期的義工，我熱愛工作，工作可以說是我的第二生命，很怕有朝一日失去了工作能力時，生活是很枯燥乏味的，唉！若生命沒有價值時，是會感到自己不存在的，活下去是沒有意思的！慨嘆若然有幸我能夠從事做我的志願是護事這個行業的話，相信我會是一個很稱職很專業很樂意為病人服務的護士。因為這是我從來沒有想過要改變的志願，可惜…這又是我在無數遺憾事中的一件遺憾事！

315. 自卑

　　當年我住的平民屋每一座有四層，每層有十幾間住戶和兩條通道的公共走廊是讓住客使用的通道。有一對中年夫婦育有兩兒一女，我們是住在同一層但不是鄰居，我不認識這

對夫婦，聽人說男的失業，女的是業餘的理髮師，我見她家中的客廳放有兩張為女性服務燙髮或是修髮的椅子，鄰居稱這個女的是電髮婆。因為我和她住得很近，有一次我從公共走廊經過電髮婆的家，她從家裡走出來邀我修理頭髮，我推說不需要，她面露不滿的表情對我說：「我知道，妳是不會讓我幫妳修髮的，妳要修髮當然是去專門為舞女修髮的髮型店啦。」自此之後，若我出外或回家時便走在另外一條通道的走廊。有一次她的大兒子在我身邊一面走一面刻意的自言自語說：「全部都是野種。」又有一次，我樂兒的小腿被單車撞傷了，他哭著對我說：「很痛呀，是電髮婆的兒子撞傷我。」縱使樂兒的小腿流著血和哭喊著，但我知道那電髮婆這家人是不好惹的，自卑感使我覺得不要追究吧，息事寧人，算了吧。以上發生了的事我沒有對陳說，因為我有自知之明！也沒有把這些事情告訴我的大兒子。那電髮婆有兼賣冰凍的凍香蕉，偏偏就是我的大兒子十分愛吃的。我曾經有很多次對大兒子說不要去買電髮婆的凍香蕉來吃，但我卻沒有對他說原因。他卻如常的，我有我對他說，他有他做他自己的。有一天，我要大兒子去電髮婆的家買十隻凍香蕉在我面前一口氣吃光它，大兒子不敢不從，他不發一言的吃，我見他越吃便越嚥不下，但我不管，非要他吃下這十隻急凍的香蕉不可。我不講理由的懲罰大兒子的原因是我錯把藏在心裡被電髮婆的歧視，被她兒子的侮辱，她兒子欺侮樂兒等怨氣，全部的矛頭指向著懵然不知內情的大兒子！我是在有苦無處訴的心理變態下向他發洩藏在心內那些說不出的委屈。曾經想過向大兒子重提那已經是幾十年前在他童年時發生的事，

甚至覺得縱使已過了幾十年了，我都是應該當面對他說聲對不起，但總找不出理由，現在才突然對他提起那件會使大家都感到不好受的難過事，但藏著自己愧疚的心事在心裡是很辛苦的。我不管他記得與否，這件是他童年的往事，而在這裡我要衷心地說：「俊兒，對不起，我不是刻意的，這是我無心的錯。」我的主人未移民之前，這電髮婆有一個時期在傍晚時份便常常來找我主人聊天，在正常的情形下，我對他們兩人的行為應該會有些微言或有些不滿的反應吧，但我沒有，以其說沒有，倒不如說是我不敢有！我不敢得罪我的主人，也不敢得罪她！我的主人和電髮婆兩人視我如無物般常常站在家中的門口一起聊天，我也自卑地常常當作什麼也看不見！在越南的時候，我很抗拒和人接觸，因為自卑，忘不了我的背景，為求生存而自己踐踏自己尊嚴的痛苦是一生一世都不可能會忘記的。長期活在沒有尊嚴的日子裡，是沒有可能忘記這種傷痛的，不管活到多久，心靈被踐踏，尊嚴的創傷，是永遠永遠留下的！我時常灌輸人生經驗給我最細的女兒，就是：「我們不要欺負人，也不能被人欺負。」在劣境中生存，長期生活於被人刻意羞辱，或是自己羞辱自己的我，在不知不覺中有了很嚴重的自卑感。想當年在冰淇淋廠工作的時候，有一位比較年長的男管工問我：「妳為什麼總是低著頭來走路呢？」他一面刻意的抬起頭來示範和繼續對我說：「不要低著頭來走路，要像我般昂然的踏步向著前面走。」經他一說，才知道原來我一向是低著頭來走路。可能是過去的遭遇，心態上的影響，而不自覺擺脫不了自卑的陰影，我前半生的生活，是活在沒有尊嚴的日子裡，自卑感作

崇，我沒有勇氣抬起頭做人，縱使在瑞典的生活安定了，尊嚴也重拾了，但卻習慣成自然了。例如：跟幾位同事一起走著的話，我一定會放慢腳步，低著頭，甚至禮讓的讓她們先走，走在最後的一個通常都是我。當我聽了那位男管工的說話後便開始留意我的舉止，從而提醒自己不要再低著頭自卑的走向我前面的路，可惜習慣了始終是改不了！

316. 幸福的日子

　　在瑞典住下了不久，便讓我感受到什麼是幸福的生活。因為單身的我，自己掌握生活節奏，過的是自由自在的日子，兒女們全部已經上學，我的智障女兒更加受到特別關懷。她得到很多免費的安排和照顧，每天有一部專車準時來送她到一所特別學校上學，專車準時從學校接她回家，塞翁失馬焉知非福，誰料到瑞士出爾反爾不收留我們，反而幸運地我們被瑞典收留了。瑞典是一個仁慈的國家，對有缺憾或是有殘疾的公民都施予特別的援助關懷和照顧。我女兒不單止沒有因為是智障而被政府忽視或遺棄，她得到特別的關心和照顧，因為有幾個特別小組的工作人員負責跟進她的需要來幫助她，常常有幾個不同部門的職員來我家探訪和我討論要怎樣著手去幫助我這個十分幸運可以在瑞典定居的智障女兒。至於當時的我已經是中年婦人了，自己沒有什麼專長，在瑞典有一份工作能養活一家人，對我來說已十分感恩和知足了，對子女的將來，也不用有太多的後顧之憂了。我是在沒有家庭教育和沒有親情的環境下長大，我真是忽略了親情，

對子女仍然是不懂關心，只重視我自己的需要，我的需要就是工作。我仍然是不喜歡孩子，不管是人家的或是自己的！唯一是我懂得做的就是在物質上滿足我的子女，例如：我們常常出國旅行，能力花得起的我很樂意為他們去花，我只是盡量給兒女們在生活上有好的享受，至於施予母愛的關懷，坦白的說，我仍然是沒有。時光不會倒流，當我懂得什麼是母愛，什麼是親情而想補償給他們的時候，卻為時已晚了，子女們不需要了，因為他們已經長大了！

317. 幸福生活上又再發生轉變

陳來瑞典住了的三個月是以探親為名的，他在很不願意的心情下離開瑞典，因為申請定居，手續上是要先離開瑞典等移民局的批準。自從他走了我又回復過自由自在的生活，我的快感和舒服感真是非筆墨能形容的呵！可惜這份無比開懷和自由自在的日子卻十分短暫，因為在某一天，我不想再見到的人卻重來瑞典，再出現在我的眼前，因為移民局批準他合法來瑞典定居了，我單身和自由的生活又被現實打回原形了！

318. 依靠社會福利

當陳重來瑞典之後，便有很多是我意想不到的問題接踵而來，在他來瑞典定居之前，每個月我有不錯的薪酬，每個月固定收到子女們的兒童津貼數千元，我的經濟本來是很充

裕的，但不知被誰個安排我要社會福利部補助生活費。當靠了福利部之後我的尊嚴又再蕩然無存了！在那些年我仍然在冰淇淋廠工作，每個月發了薪酬之後，我便要厚顏向社會福利部報告我的工資，之後，我便收到差不多二千元是從福利部寄來給我是生活經濟的援助。總而言之自從靠了社會福利部之後，不知何解，我每個月的經濟反而是足襟見肘！

　「因為妳有丈夫和五個子女，你們一家七口是個完整的家庭，但是只有妳一個人去工作，你的入息是不足夠應付妳家庭上的開支，所以福利部要幫助妳。」以上的是一位任職在福利部的女職員，把我為什麼要靠福利的原因相告。我有去見過和問過這位女職員兩次，但得到的是同一樣的解釋。由於我的瑞典文並不是很好，唯有作罷，不想再多問下去。我是知道的，若市民有私人事或家庭有問題時是可以有翻譯員免費幫翻譯，但我很不願意，因為這是我家庭內的私隱，在無可奈何的心境下，本著要靠福利便靠福利吧，想不到靠了福利之後的經濟卻更糟！

319.心聲

　雖然不願意再和陳生活在一起，但基於在良心分析了之後，縱使有一千個一萬個不願意，但也要無奈地逼自己和一個很討厭的男人再生活在一起！

320.我們糾纏在經濟上的問題

當搬出了難民屋之後，陳還未來瑞典定居之前的一段日子裡，因為我有固定了的工作收入，我沒有吸煙或嗜酒的不良嗜好，加上每個月收到數千元是五名子女們的兒童津貼，在經濟的充裕下我便向銀行借貸，用分期付款的方式買了一間別墅。付別墅首期的錢是從我的積蓄中抽取出來支付的。但當我和陳住在一起時，被安排讓福利部援助之後，我的生活費反而是入不敷支！當經濟出現了問題的初期，我還可以把私己錢拿出來補貼家用，我知道，每個月陳有收到一份固定的退休金，多少？不知道。也不想知道，因為與我無關。曾經想過告訴他每月的生活費是入不敷支，但我清楚他的為人，最後決定還是不說吧。再過了一段日子我的私己錢全部用完了，唯有把經濟問題相告。我建議他把他的退休金拿出來幫補家庭開支，但他不肯，他還說：「這是我的錢，為什麼我要拿出來？」真是豈有此理，那麼我呢？我工作的薪酬何嘗不是我的錢，難道我卻應該要拿出來用在家庭的開支上？對著一個不可理喻的人真的不想再多說。我是很抗拒靠福利部援助生活費的，因為這是另外一種沒有尊嚴的感受！當我揓到口袋裡一百元都沒有的時候，感到我真的無能力當這個家了。我有去見過一位負責跟進我經濟的女職員，要求她把我每個月工作的薪酬，子女們的兒童津貼，福利部每個月援助的錢，全部轉入陳的銀行戶口，讓他負責家庭內的開支，因為我真的不想當家了。「不可以，因為他退休了，無能力擔當負責有五個未成年子女的家。」以上的就是那位女職員給我的答覆。

321. 借貸度日

　　我不想終日困擾著自己，耽著而不解決家裡經濟上的問題，在日思夜想之下我便想到了一條下下策。因為每個月的生活費通常在月中已不夠開支了，勉強的捱也只能捱到大約每個月的二十號左右。我的下下策就是和陳商量，每個月的二十號便向他借二千元來周轉渡日，當每個月收到了福利部寄來大約是二千元的補助家用錢的時候，便立刻還給他，陳同意了。於是我每個月就是這樣因循的向他借了錢之後便還，還了錢之後又再借！陳剛來瑞典住下了便要有汽車代步，初時我尚有能力，於是便拿出私己錢四萬多元買了一部二手汽車，汽車一切開支全部是我付，如電油費，維修費，交通費，保險費等等，他一文錢也不付。除了從來沒有付過汽車的電油費，陳在週末時還要出埠去，循例我一定要相陪，每次和他出埠額外的消費，全程開支也是由我來付，縱使每月收到有差不多是二千元的生活的援助費也無補於事，我的經濟怎能不亂，怎能不向陳借貸渡日呢！

322. 心聲

　　回想當我們住在一起時，我仍然在冰淇淋廠工作，每天他一定要送我上班，接我下班。例如若早班開始工作時間是早上七點正時，他便總是慢條斯理地耽到還差十分鐘便七點了才開車送我上班。從家裡坐車到冰淇淋廠時需大約三至四分鐘，當我到了工廠門口時，餘下便只有幾分鐘的時間了，

每次當我下車後，便要連奔帶跑地上員工的更衣室換廠服，換廠鞋，接著便要匆匆跑往樓下去打咭上班，跟著才能舒一口氣和開始工作。敬業樂業我盡量做到守時，但因為守時而使我每次都要趕到透不過氣來才開始工作。當下班了，為了不被他囉囉嗦嗦，在下班時，我便盡快趕去排隊打卡下班，然後盡快的奔上樓換廠服、換廠鞋，最後好像逃難般奔跑出工廠外，因為他早已坐在汽車內，等著接我回家。當放工了，我多數是第一個最早便步出工廠的人，但他每次都埋怨我為什麼這麼遲才出來！除了上班，若我要去市場買菜，或者是他要出外的話，便一定不是他要跟著我，便是要我跟著他。使我感到越來越受不了，我完全沒有自己的私人空間，這種生活過得是很痛苦的，因為每天除了上班，便是對著一個我十分憎厭的男人。當我真是受不了不用上班便一定要和他在一起時的有一次，我對他說，我要出外探朋友，但陳不批準，理由是他從來沒見過有朋友來探訪我，我有什麼朋友要去探訪？禮拜六，日，當我不用上班時，便常常被他逼著一同去露天市場買新鮮的魚，陳是個很懂得養生之道的人，每次買下一大堆新鮮的魚除了是我付錢，回家後也只是我把全部的魚清理。我是個笨手笨腳，做事很慢的人，每次需要用一個多小時才能把魚類弄好，每次我的雙手都沾滿了魚腥氣味，整個屋子也有難聞的腥臭味！雖然我住在自由國家的瑞典已經有幾年了才和他住在一起，但我仍然是改變不了我的怯懦作風，就是不敢怒也不敢言。而他卻不醒覺的知道，時移勢易了，已經今非昔比了，不能仍然像在越南時，視我如他的婢女般要投其所好，為他服務。最難接受的就是每次當我弄

好的小菜放在飯桌時，陳便一定是先坐下來嚐菜。他通常是先嚐數口弄好了的小菜之後才離開飯桌，稍後才再坐下飯桌和兒女們一起用膳。我覺得嚐菜這種行為是最要不得的，是很不禮貌的，很不尊重家庭成員的，雖然兒女們還幼小，但也不應該對家人是完全沒有一點尊重感！

323. 一個可怕和可憎的變態人

　　陳的行為越來越變態，我心內為他起了一個綽號，就是「變態狂」。變態狂是有手癢僻的。不論是白天或晚上，當他手癢時便用淫穢的雙手撫摸我的胸部，他不停地撫摸，不停把我的胸部玩弄到滿足了才肯罷休。最難忍受的就是，每當我站在廚房面向電爐做飯的時候，他常常會一聲不響的走進廚房，站在我的背後時便用淫穢的雙手伸向我的胸部撫摸和玩弄，直至滿足了才轉身離去。使我最不安的是，當我正在廚房做飯的時候，聽到有輕微的腳步聲時，我便心情緊張了，因為變態狂又來了，我的胸部又要受遭殃了。變態狂不管是在日間或晚上，不管是在廚房或客廳，都是一樣的行為來對我。若在晚上，當我坐在客廳內看電視的時候，只要他的手癢僻來了的話，我隨時受到很不願意和很難接受的，就是他的性騷擾。當年我要上班，要打理家務，更要刻意去服侍他，因為要迎合他的需要，就是每餐要有魚有肉有菜和有湯！我的別墅是兩層，兒女們住在樓上，樓上有三個睡房，一個小客廳，一個是連著浴室的洗手間，大兒子有一個自己

的睡房，我的兩個兒子便同住在另外一個睡房，最後的一個睡房便是我兩個女兒住在一起。樓下除了有一個廚房，一個連著浴室的洗手間，一個小書房，便是一個大客廳和一個大的睡房。每天晚上，我一定要進睡房與變態狂同眠。他在白天已經是行為淫賤，晚上更加變本加厲的不放過我，受他欺凌得很苦。記得有一個晚上，我不肯進房間和他同眠，我要在客廳的梳化上睡一宵，但始終被他拖拖拉拉的逼我進入睡房。他年紀老邁，晚上常有要去如廁的習慣，當他如廁後，或是再睡不著時，便不管我已經在熟睡著，只要他喜歡時，便伸出可怕的淫手向我胸部性騷擾。最苦的是在睡覺時被他的性騷擾影響而微微的醒了，在半睡半醒的狀態中，我還要假裝著仍然在熟睡，不敢動彈，來讓他為所欲為！每次到晚上睡眠的時候，我便要很無奈地走進睡房，每天晚上，我要承受的是睡得著又苦，睡不著更苦！有一次，幼女患了感冒，很想我陪她睡覺，於是我鼓足勇氣向變態狂申請，我可否陪幼女一個晚上？他問我：「理由呢？」我答：「因為幼女兒生病了。」基於這個理由，他才準許我陪幼女只有那一個的晚上！他除了是變態狂，也是佔有狂。因為我的幼兒和幼女仍然是小孩子，他們是有正常的稚子之心，喜歡親近母親。記得每當我坐在客廳的梳化小休或是看電視的時候，幼兒和幼女便很欣然地一起走過來，分開坐在我左和右的兩旁。有一次，變態狂連自己的親生子女也看不順眼，他大聲的罵他們說：「你們這麼大了，還纏著媽媽。」忘不了我這對可憐兒女的目光，忘不了他們眼神的反應，他倆是諤然和害怕地望著變態狂的父親。看見這對小兒女的反應，我如常是沉默

無言，裝作什麼都聽不到，什麼都看不見！自此之後，幼兒和幼女便疏遠我，不敢再坐近在我的身旁了！

感慨人生如我，總是有很多不能忘懷，每一樁，每一件辛酸痛苦的昔日事，逼自己做不想做的事是沒法忘掉的，是揮不去的。有無數次是一面執筆寫我那些年的故事時，禁不住悲從中來，流下傷心和感觸的眼淚，唉！只有黯然流淚，才能把過去藏在心底內的委屈和痛苦，從眼淚中把它們釋放出來！

324.壓逼力越大反抗力越強

本來是很不甘心，很不情願和變態狂一起在瑞典生活的。因為我已經不再是吳下亞蒙了，我有足夠能力處理結束我們的關係，但卻矛盾的逼自己和他在瑞典住了有三年之久，原因只有一個，就是擺脫不了良心關口。這是無奈之舉，因為良知總是提醒我，我有幸能在瑞典這個視民如子和有自由的國家居住，全賴是他，他這個恩，我是應該報答的，因有了那個思維，才使我做到逆來要順受，但容忍是有底線的，在他日積月累，對我越來越過份的時候，我對他便越來越充滿了極度的反感，因而漸漸潛服了要反抗他的動機，跟著不知從哪裡來的勇氣，我在行動上對他稍有些微的表態了，更加不知道在什麼時候開始，有些少是我敢作敢為了。我敢作敢為？是的。就是堅持不肯讓他送我上班，我提早半小時輕輕鬆鬆地自己步行上班去，也堅持不肯下班之後便讓他接我回

家，在家中更加是有意無意地避開他，雖然住在一起，但我仍然像在越南般和他是零交談。某一年，接近夏天了，當我被批準了轉做通宵班時也是沒有告訴他。我的大兒子一向愛在他要好的同學家裡渡宿，至於我其他的四個子女，通常愛躲在別墅的樓上，因為這是他們的小天地。當年通宵班的工作時間好像是晚上十一點半至次晨七點半，當我轉做通宵班的第一個晚上，在十點鐘後，我便開始更衣準備上夜班，但當我將要離家步行上夜班時，變態狂卻不準我出門上班，理由是他不管什麼原因，我絕對不能在晚上出門，更加不能整個晚上不回家。但我愛理不理的剛想步出家門時，他便拉緊著我的手，我憤怒了，越是不讓我出門，我越是要出門去，變態狂緊拉著我雙手，我掙扎著要擺脫，他拼命的拉著我，我也拼命的爭脫，意志力鼓勵我要反抗到底，我一面尖叫的罵他，一面和他糾纏，不知和他糾纏了多久，當看看牆上的時鐘時，我便著急了，因為要準時上夜班接替做下午班的一位同事的工作崗位。相信我的一對幼兒女是聽到我大吵大鬧的，但他們不敢下樓，智障女兒更加是什麼都不懂，當時只有樂兒從樓上跑下來，他站在一旁看著我和變態狂在糾纏。當我見到樂兒的時候，便立刻高聲喊他幫我走去隔壁鄰居瑞典人的家求助。人善被人欺，這句說話一點也沒有說錯，因為當變態狂聽到我要向鄰居求助時，他便放開緊捉著我的雙手，於是，我急不及待，立刻穿鞋子，穿外衣，連奔帶跑的走出家門。時間剛剛好，總算沒有遲到，自從那次之後，變態狂不敢再用暴力阻止我上通宵班了。

325. 無言

　　有一天，樂兒走進睡房對我說：「媽媽，我不要叫他做爸爸，因為他常常罵我是蠢仔。」聽後無言以對，我沉思了片刻之後，覺得樂兒是個小孩子，我要安撫他。當時我們是站在我睡房門的旁邊，我對樂兒說：「算了吧，畢竟他是你的爸爸，不要有這樣的想法。」深感慚愧，我只能用那寥寥數語來勸解樂兒，不然，我能對他說什麼呢！變態狂是受過教育的人，照常理來說，他應該是個知識份子，但竟然是個意識低的人，把自己的兒子辱罵？世界上竟然有這樣的父親？縱使有，希望不多吧！雖然我沒有聽到變態狂罵過樂兒，但縱使聽到了，我又可以怎樣呢？！常聽人說，若小孩子有父有母在一起時，那個家庭才是沒有遺憾，才是個完整的家庭。以我愚見，是錯的。是絕對不能認同的，因為以我情形為例，我的子女不是有父母嗎？我們不是住在一起嗎？難道就是個完整和沒有遺憾的家庭嗎？！

326. 忍氣吞聲

　　我知道做人有時候是有得也有失，我得到的是自力更生，我失去的便是錯過了學瑞典文的機會，其實不可以說是我錯過了機會，因為根本我是有機會學瑞典文的，只是不懂得為自己分配時間。當年首要的應該是先學瑞典文，然後才為自己鋪路，這確是我的不智！現在仍然感到很可惜，若然我在難民庇護所有依照規例，先讀完了三百六十五個小時的瑞典

文之後才工作的話，我絕對不會時至今日，我的瑞典文仍然是強差人意，仍然是處於在說或是在聽的時候都介於懂與不懂之間，算是頗低水平的瑞典文！當年閑來在家時，我會重新翻看一會兒讀過了的初級課本，是很簡單的瑞典文或文法。也會看一個星期有一次是為難民而刊登的簡單瑞典文報紙，這是我在不用上班時，自己自修一會兒的小習慣。當我和變態狂住在一起時，我仍然有保持著這個小習慣。可是有一次，當我拿起了課本，想自學的時候，他便用嘲笑的表情來對我說：「妳今年貴庚呀？臨老才學吹喇叭，老了才學人拿起課本，一把年紀了，不自量，面皮厚，妳不覺得很不好意思嗎？」被他那次不禮貌的嘲諷了之後，為求耳根清靜，為了避免變態狂的不滿，自此之後，在家中我不敢再拿起是瑞典文的課本來看了。每天過著不願意過，又逼自己要接受過的是無奈和完全沒有自己的空間，完全沒有自由的痛苦日子。回想和變態在瑞典一起生活的第一年，我願意接受過著被他不尊重和欺凌的日子，因為在心中常常勸諫自己，算了吧，誰叫這是我的宿命。唉，接受吧！到第二年開始，我便有些受不了，真是不大願意逼自己過著這樣的苦日子了。到了第三年，我對變態狂起反感了，因為已到忍無可忍的地步了！

327. 歪理

　　當我對變態狂起了莫大的反感時，便不肯仍然做隻純如被他看管著，受他控制著的小綿羊了。有一次，當我如常在廚房弄膳時，他如常來到我背後便伸手向前撫摸，玩弄我的

胸部時，我一反常態，用行動拒絕他，這是我第一次勇敢的抗拒他，因為我突然的抗拒變態狂生氣了，他便用勁力在我背後狠狠地不斷的推，務要把我從廚房推到睡房，雖然我敢抗拒他，但仍然有些膽怯和懼怕他。每一次若我在廚房弄膳的時候有抗拒變態狂的性騷擾時，便一定是被他用勁力在我背後不斷地推我進睡房的。經過了很多次是這樣之後，習慣成自然了，我亦選擇了，當抗拒了他的性騷擾之後，便情願自動從廚房走到睡房，也不肯被他在廚房裡向我性騷擾。每次當進了睡房之後，我會沉默和睹氣地坐上床邊，跟著他便關上房門向我訓話。變態狂很像我去世了的養母的作風，因為他每次的訓話都是千篇一律，重覆又重覆，例如：他在越南養了我二十多年，無功也有勞，我忘恩負義，我過橋抽板，我打完齋便不要和尚。我能來到瑞典完全是拜他所賜，我應該感謝他，因為若是沒有他，我怎能離開越南，他付出過的現在要得到回報，他是應該來瑞典享受，因為我有虧欠他，他有權利在我身上為所欲為，他…

328. 暴力

因為不遵從變態狂的性騷擾而情願選擇了在睡房聽他訓話的次數太多了，實在聽得厭倦了。某一次，我如常坐在睡房的床邊，但當在他如常向我訓話的時候，我開始用雙手掩著耳朵，用意是來個沉默的抗議。變態狂惱怒了，他用力向我一推，我整個人便被推倒在床上，雖然我是躺在床上，

但我仍然用雙手掩著耳朵。他隨即像瘋了一般的撲向我的身上，把他的身體壓在我的身體上，使我不能動彈，繼而用他雙手把我掩著耳朵的雙手分開，誓要逼我聽他的訓話。當被他用這種暴力對待時，我也憤怒了，本著拼之一切，他越要我就範，我越是不肯就範，冰封三尺已非一日之寒，我在床上不斷掙扎，盡量不讓他的身體壓著我的身體，誓要把我的雙手緊緊掩著耳朵，以示無聲的抵抗。而變態狂也誓要壓在我的身體上，讓他方便用暴力的雙手分開我掩著耳朵的雙手，我們一聲不響地在床上像鬥角力賽般，不斷地滾著和糾纏著，直至我筋疲力盡，才無奈地讓他的身體壓在我的身體上，讓我兩手被他兩手徹底分開，躺在床上乖乖地聽他在我耳邊不斷的訓話。每次若然是我自動從廚房進入睡房內的時間是只有半個小時便能離開睡房的話，這便是我已經默默聆聽了他的訓話，不然，我便要在房內捱一個多小時，甚至我說要去如廁也不被他批準出睡房半步，為什麼？因為在睡房內他正在和我在進行著困獸鬥呀！說到底，當年我只是過不了良心這一關，所以才在極度不願意之下再和他生活在一起，甚至要向他借貸度日的苦日子也願意接受，我本來沒有想過要離棄他，要不是他越來越視我如傀儡，視我如奴隸般虐待，欺侮我，控制我，相信我是不會和他反目的。飲水思源，這是我一向做人的原則，我是被困在一個小圈子裡長大，幼年，童年和年輕時最親最接近我的人只是養母，跟著便是如一隻困在籠中的鳥，每天只是和變態狂在一起，我像是隻井底之蛙，見識狹窄，不懂爭取自己的需要和自由，又遇著被他不斷把似是而非的歪理向我洗腦，使我更加被誤導了。

被人洗腦了是不自知的,是很可怕的,因為我已不禁地也認同了,若然不是他,我何來有能力買黃金離開越南?多虧是他的大恩,論情論理,他是應該有回報的,做人不能忘本,誰叫我的確是虧欠了他!終日的心情是處於極度矛盾的思維中,我像洩了氣的氣球來告訴自己,接受現實和負責任還恩吧,若和他一起又不肯順他,最終苦的是自己,這又何必呢!話雖如此說,但有時候情緒真是不由我控制,我真的捱不住生活像在地獄裡了!

329. 心聲

　　一直受盡變態狂的欺凌和虐待,還要向他借貸度日,每個月因循的借了便要還,還了又再借,除了生活沒有自由,沒有尊嚴,更加沒有我個人空間來做我想做的事時,我開始不斷地和自己的思想鬥爭,因為他千篇一律的訓話聽得太多了,使我從他每一句的訓話中找到很多是不合邏輯推理及他誤導了我的謬論。於是,我把他的訓話重新來個清楚的分析,當分析了之後,便覺得根本我沒有忘恩負義,他早就已經有回報了。因為我逼自己和他一起生活已經有三年多了,這三年多來我有照顧他,順從他,甚至讓他欺凌,虐待,過著完全沒有尊嚴的日子,雖然不能否認變態狂確實是有恩於我,我才能離開越南,但也不能否認有無數的人縱使能夠離開越南,但葬身在大海中也大不乏人。我在海上遇過驚濤駭浪,為什麼我能夠平安渡過呢?有不少人被騙了黃金,現在仍然滯留在越南,我也有被騙了黃金,但為什麼我能順利如期坐

船離開越南呢？在越南被他照顧了有二十年之久，從來沒有受過被風吹雨打的日子，但在荒島，我卻像乞丐般窮困，過著日晒雨淋的苦日子，在這幾個月之中，有人患病了，有人去世了，為什麼我仍然健康地生存在荒島上呢？荒島上人人會自保，這是理所當然的事，引用中文兩句成語，就是：「各人自掃門前雪，不管他人瓦上霜。」但卻有一位沒有目的的陌生人，救濟了我五十元美金呢？為什麼一位陌生青年，自動來指引我勿失良機去瑞典呢？為什麼本來是瑞士收留了，我卻會去了瑞典這個自由和愛民如子的國家呢？為什麼呢？為什麼呢？當我越多分析，越多為什麼的時候，便越覺得很多都是和變態狂扯不上他所謂的大恩大德，當我再鍥而不捨務要找出原因之後，我找到答案了，答案就是運氣。以我過去了的經歷是，當我遇到困難或危難時，我想不到除了我有的是運氣之外，還會有什麼原因使我能事事化險為夷？實在找不到什麼原因証明，從變態狂在訓話中，肯定的認為他就是我的救世主呢？當我仔細分析了之後我便釋懷了，對良心有交代了。因為我已經逼自己和他一起生活有三年多了，這些日子裡我一直是甘心情願做他的傀儡，讓他牽著鼻子走，讓他虐待，讓他對我為所欲為，難道要如他在訓話中所言，我應該用一輩子來還他的大恩，才算是對得起他嗎？我要這樣苦苦捱下去，才算是對得起自己的良心嗎？報養母之恩是有因才有果，我是在因果關係之下，才心甘情願無怨無悔的還我養母之恩，但變態狂呢？這二十年來他是怎樣的照顧我呢？我過的是只有今天，沒有明天的日子，今日在瑞典，其實我可以自私地，絕情地，一腳踢開他，這是我欣然和有能

力做得到的事。而且我已屆中年了，難道我餘下的日子要和他在一起才算是有報他的大恩嗎？或是他比我先死了，我才從新開始來找尋我自己想過的新生活嗎？假若我比他早死了，這就是我的一輩子了嗎？我會甘心嗎？當我把心中藏著的矛盾，徹底分析了之後，得到了的結論是，若變態狂不是以大恩人自居，若他聰明些，饒人些，自量些，對我仁慈些和尊重些的話，相信在良心和認命的概念下，我會和他相處一輩子的。相反，他卻無休止的咄咄相逼，難道我仍然是這麼愚蠢地，再不為自己，仍然只是為了他，這是值得我去做的事嗎？終於發覺我糊塗了，為什麼還蹉跎歲月，繼續茫然走向那條地獄的不歸路，若是無可選擇時，我無話可說，但今天什麼都是靠自己，為什麼我卻仍然默默委屈自己，忍受一個不值得我犧牲自己一切的人呢？憑什麼值得我放棄，我已經擁有了幸福的選擇權呢？為什麼我尚要過著受人控制被人凌辱的苦日子呢？

330. 大反抗

　　有一次，當我正在廚房弄膳時，變態狂如常來到我背後，伸出淫手在我胸前時，我便如常抗拒他，但那次我不再是自動地走進睡房聽他訓話了。他當然很生氣，當然如常一般狠狠使勁的推我離開廚房，但我不甘示弱，也作出最大的反抗了，清楚記得當時的情形就是，他越是狠狠地在我背後推我出廚房時，我便越是堅定地站立著在廚房不動，我做了從來不敢做的事，就是當我快要被變態狂的勁力在背後推出廚房

的時候，我便立刻飛掉穿在室內的鞋子，赤著腳坐在地上，用雙腳和雙手支撐著身體向後移來增加不被他推出廚房的無情力。因為我的反抗，變態狂更加生氣了，他狠狠地拉起我按著在地上的一雙手，當我快要被他拉出廚房時，在情急之下，我掙脫了他捉著的左手，我把左手迅速的抓住廚房的飯桌下的一條桌子的木腳子，那時，他便只能捉著我的右手，繼續使勁地猛拉我出廚房，我也用盡全力用我的左手來緊抓著飯桌下的那條木腳子，我不斷地和變態狂糾纏，飯桌也被他的無情力拉到移了位，他雖然年邁，但我體力始終不如他，當我和桌子快要被他拉到將要出廚房門口的時候，我便立刻把緊抓著飯桌下的木腳子的左手，轉移抓緊廚房的木門，雖然我仍然是坐在地上和抓緊廚房的木門，但木門的木太厚了，抓著木門的手力，怎樣也敵不過變態狂拖拖拉拉的暴力，當快要被他拉出廚房的一剎那，我迅速站起，把手轉握著廚房門的手柄，用門的手柄借力，才不被他拉出廚房，不知從哪裡來的勇氣，我仍然堅持反抗他到底，他也堅持非要把我拉出廚房不可，不久，自知我的反抗力不濟了，於是立刻再坐回在地上，變態狂仍然狠狠的用勁力緊拉著我的右手向前，我也用盡九牛二虎之力赤著腳用我的左手撐在地上，集中把左手的力度向後移，使我身體不被他拉出廚房，這時候變態狂像瘋了般把拉著我的右手連著我整個人的身體從地上連拖帶拉的把我拉出廚房，整個在抵抗他暴力的過程中，我不發一言，只是沉默地堅持地用行動來反抗。因為這次是我翻了臉的反抗而激怒了變態狂，當我被他拉進睡房後，便被他狠狠的拋上睡床，不用多說，我便用雙手緊掩著耳朵，

也是不用多說，又是被他壓著身體使我不能動彈，然後也是被他用暴力分開我緊掩著耳朵的雙手來聽他的訓話。實在是太過份了，這一次我拼啦，窮我畢生氣力也非要把雙手緊緊掩著耳朵不可，於是我在睡床上不斷掙扎，不停的和他糾纏，我們不停的把身體滾動，每次當我雙手被分開了我又再掙扎和反抗，誓要把雙手再掩著耳朵，用沉默的行動來反抗被他的欺凌。當時整張雙人床的每一個角落，都被我和他打滾過，掙扎過，糾纏過，搏鬥過，但終於也是敵不過他的無情力，直至我筋疲力竭了，被他的身體壓得不能動彈了，被他拉直了像一字形的雙手在床上時，又要像正在受刑般的被逼靜靜躺在床上，聽著很討厭，重覆又重覆的訓話！

　　我的大兒子常常不在家，兒女們不是上學便是躲在樓上的小天地，當在樓下的睡房門關上了，縱使房內發生了翻天覆地的事，但樓上的子女們是完全不知情的。他們尚年幼，縱使知道我被他父親虐待，又能如何呢？！經過了這次的認真的翻了面之後，我不肯再委屈自己來受盡身心上的欺凌，誓要和變態狂週旋到底，有一天，我終於醒覺了，逼自己報他的恩已經有三年多了，足夠了，我不該再愚蠢的認命了，回報他的大恩是時候要告終了。瑞典是一個有人權有自由的國家，在法律上女性一向受到尊重和保障，我不該再默默地忍氣吞聲，被變態狂控制著和剝削我的人身自由，當覺得是時候我要挺起胸膛，不要再受他歪理誤導了之後，便開始有了要起家庭革命的念頭，要闖出一條是我要走的新生路。人生苦短，不可以不理性來決定我的下半生應該怎樣活下去，

不能再有愚昧的思維，去報一個不值得我報答的所謂大恩人，人只能活一次，我要為自己而活，自己命運是自己掌握，我要拯救自己。

331. 家規

當年變態狂知道我的缺點是，懦弱，可以控制。於是，他定下了家規，家規的手則是，開始工作前的半小時，才準許我步行出家門去上班，每次下班一定要讓他接回家，除了上班之外，不可以獨自出門，出入要和他有影皆雙。他以為定下了的家規之後，就能把我的一舉一動瞭如指掌，可惜當我找到了我的人生方向和目標時，便知道我該怎樣做，變態狂實在太高估了他自己，也實在太低估了我。

332. 暗中發動起家庭革命

自從家規定了，表面上我也遵守了，但暗地裡已開始進行我要起家庭革命的計劃了。我是在工作的小休時間先打電話向一個幫助女性的部門求助，一位女職員給了我一個是我要求要見她的時間，於是，我便利用員工午膳的三十分鐘去見她。因為這是唯一的時間才能讓變態狂不知道我正在進行起家庭革命。午膳的三十分鐘去解決我的問題是不足夠的，我是預先告訴管工，讓他安排另一位職員暫代我的工作崗位，直至我再返回工廠工作。當我把我的問題向那位女職員

相告時，她問我：「妳有沒有被他毆打過？」我答說：「沒有。雖然身體沒有受過傷，但身心卻是無處在不傷！」她鼓勵我向變態狂提出分手。分手？談何容易，我實在不敢公然向他提出分手的，因為始終提不起勇氣去做！當每天除了上班，便要過著像被軟禁了的生活時，便越來越不想回家了，我被變態狂折磨到精神快要崩潰了。有一次，籍著變態狂準許和大兒子一起出門上街去，我倆母子在街上閒聊了一會，他去他朋友的家，我便在街上走走，來紓緩一下我的情緒。當經過一間旅店時，立刻便想在那旅店住宿一晚，儘管只是一個晚上，可是當知道住宿一晚的房租是五百元的時候，便知道不可行了，更加知道，縱使我付得起那個晚上的房租，但明天呢？後天呢？唯有氣餒和低著頭面對現實回家吧，我是在無可奈何的心情下，回去不想回的家！變態狂如往常一樣，若我順他意時，便風平浪靜，否則又被他虐待，實在太痛苦了，我忍受不了，於是，又再抽出午膳時間去見跟進我問題的女職員求助，她每次都鼓勵我和變態狂分手，但每次我都是低頭不語。我不是個剛強和果斷的人，處事總是瞻前顧後，畏首畏尾，氣憤時勇氣跑出來，氣憤過後便沒事，我始終不敢向變態狂提出分手。

333. 鼓勵

　　有一次，又是受不了他的虐待，我又再去見那位女職員和向她再申訴，我一面低著頭，一面哭泣，也一面道出心中的矛盾。忘不了那一次，那位女職員以嚴肅語氣命令我抬起

頭來望著她，當我和她對望的時候，便感到她有一股銳利的眼神直接的射進我不知所惜的心情，她用堅定的語氣鼓勵我說：「離開他，只有分手，妳才能幫助自己解決自己的問題。」她給了我一個電話號碼，著我有必要時，便直接撥那個電話號碼求救，那麼便有人和我聯絡，我會得到適當的幫助。

334.提出分手

　　過了不久之後的某一次，我又是因為不肯順從，變態狂便如常般推我躺在睡床上，把我折磨得死去活來，這次不知從哪裡來了的勇氣，正當如常反抗他用暴力對我的時候，我突然尖叫的說：「我要分手。」料不到變態狂立刻鬆開緊握著我的一雙手，於是，我便趁機逃出睡房，在那一瞬間，除了驚惶未定，還聽到自己心跳的加速聲！自從敢向變態狂提出了分手之後，我便以行動來逃避他，既然這個火頭是我自己燃點了，跟著便蔓然地燒起來了。例如：若他在客廳時我便在廚房，他走進廚房時，我便立刻走去客廳，晚上盡量睡在床上邊沿，避免會和他接近。料不到當我提出了要和他分手之後，變態狂的變態行為收歛了，他不敢再性騷擾我了，但他對我恐嚇地說過，若他是黑社會中人便一定會殺了我。他還威脅的向我提出分手的條件是，兒女全部要和他住在一起。當時我滿腦子亂了，要擺脫他的意志力已沸騰到不可收拾的地步了。尤記得我告訴他說：「儘管你提出什麼條件我也接受，原因只有一個，就是一定要和你分手。」很慚愧，

當時我是為了一己之私，為了要徹底得到自由便甘願放棄我的子女。當再去見那位跟進我問題的女職員時，我便對她說我願意依照變態狂提出我們分手條件是，我要放棄五個子女。那位女職員反對，她認為變態狂年事已高，無能力照顧尚年幼的子女，法律上我有撫養權照顧我未成年的子女。一直生活如在地獄裡，既然可以扭轉乾坤了，我的膽量也大了，於是便告訴變態狂，瑞典法律是他不可以自主地霸佔五個子女的撫養權。變態狂是很不喜歡樂兒和有智障的女兒，於是，他選擇了要大兒子和最幼的一對小兒女作為分手條件，我不想節外生枝便同意了。我們沒有婚姻証明，一切從簡，於是，某部門幫助變態狂善後我們分手的事，很快的，他便和我三個子女離開了我的家。分手之後，我的生活又來了一個大轉變。因為再不用每個月要向福利部交代清楚我在工作上得到了的薪酬，然後便領取小小補助的生活費。從而回復我自力更生的概念，自由自在的生活，不用向變態狂每個月再借貸來渡日，不用晝或夜被他性騷擾，不用失去我需要的自由，不用被暴力壓著不能動彈的身體，在我耳邊不斷的聽他向我訓話，不用…不用…總而言之，可以擺脫了變態狂的魔掌，我是什麼都不在乎的。我沒有向子女們訴說和交代，因為他們實在是太年幼了。告訴大兒子？我們一向疏離和沒有溝通，所以感到沒有這個的必要。

335.少年不識愁滋味

　　大兒子目睹我一手毀了我們的家，他曾經向我表示過不滿，甚至埋怨的問我：「為什麼要這樣做，世界上沒有什麼是不能解決的事。」跟著，他沒有再說下去。我猜他下面的一句是「不需要和爸爸決裂到要分手的地步。」我沒有正面回答，更加沒有向他交代由始至終內裡的原因，因為萬語千言不知該從何說起，有感他正是少年不識愁滋味，沒走過風霜的路，怎會明白局中人個中的苦況！

336.心情矛盾

　　大兒子一向不在家，性格外向，同學多，朋友多，家中發生了什麼事，若我不相告，他是毫不知情的。我不知道變態狂有否為自己搏同情和搏親情，而在他面前掩著良心中傷我，直覺大兒子是十分不滿意我決絕地離開他年邁的父親，我曾經考慮過向他剖白一切，為自己取回公道，但我是受過學校的傳統教育，知道什麼是禮、義、廉、恥，尤其是恥那個字，因為我半生生活在受盡羞恥的感受裡，所有的羞恥事我好意思向子女們啟齒嗎？！在禮教的分析下，真的不想讓子女們知道自己父親的變態行為，從而破壞了他們在心中，父親都是慈祥的形象，以致影響了他們純潔的小心靈！但又矛盾的為自己受的屈辱而感到心心不忿，被他們的父親長期虐待，折磨，我幹嗎要吞下這口冤屈氣，最後決定，要在大

兒子面前表白我才是受害者，為何不惜一切要徹底擺脫他的父親。於是，我向大兒子提議說要去變態狂的家，因為我要當著他的父親面前來對質，一心以為我敢和他父親當面對質，應該不會虛構事實，來醜化他的父親，而美化我自己吧。大兒子也贊成我的提議，我猜，他是想知道我和他父親分手的來龍去脈，到底是什麼一回事，要走到家變這個地步。

337. 大控訴

這一天的天氣很寒冷和下著大雪，我穿了一件厚身的冬天大衣，一到變態狂的家，我便先把大衣脫下放在走廊的一張椅子上，跟著，我們三個人坐在客廳，我便開始大控訴了，我理直氣壯地聲討他父親是如何的虐待我，欺凌我，忘記了大控訴是從哪裡先開始，只深深記得，正當細訴到他的父親是怎樣經常用強暴手段逼我入睡房，然後用暴力壓著我的身體，逼我要聽他一大堆的訓話，剛剛說到那裡的時候，大兒子卻加插了一句，他說：「妳不肯入睡房，爸爸怎能相逼妳。」在大控訴開始的時候，變態狂是沉默不語地聽著我對他的指控，但當大兒子從中加插了，偏幫了他的那一句說話時，形勢便完全不同了，變態狂立刻為自己辦護的說：「是的，是的，妳不肯入睡房，我怎可以逼妳。」事出太突然了，一向慣於忍讓的我，霎時間無言相駁。因為無人為証，我自知已被他們孤立了，縱使敢當著他倆人面前對質，說真話，但大兒子對我已早有成見地站在他父親的一邊來維護他，使我覺

得縱使我們是當面對質，也不會為我帶來有任何效果的反應時，我有必要繼續去講事實嗎？下去只會自討沒趣的，這場大控訴還未完結我便已處於下風了，根本沒有為自己辨白的機會了，與其是這樣，幹嗎還白費唇舌繼續說下去呢！當時我一言不發，一聲不響，立刻步出變態狂的家。在雪地上行行復行行時才感到寒冷，原來我在滿胸憤怒的心情下，在離開他們的家時忘記了穿上我的冬天大衣！我性格是不管你是誰，若你對我有無理的反感時，我對你也不會有好感到那裡的。自從大控訴被腰斬了之後，我和大兒子沒有再見面。遇著學校放暑假時他通常有做暑期工的，他有時候會帶些水果來探我，我卻避而不見，是我自己疏離他，是我自己不願意見他。因為我很介意，很介意他無知地偏幫他變態的父親。不禁又想起當年情的當年事，我的一對小兒女和變態狂住在一起的時候，他倆經常在放學後偷偷來探望我，但我卻仍然是不懂珍惜他們和關心他們，縱使他們來了，我沒有因為他們掛念我而感動的對他倆噓寒問暖，或問候他們的近況。不久我這對小兒女沒有再來了！到現在我仍然十分內疚和後悔，為什麼我總是冷漠對自己的子女？檢討過去，我真是無資格做他們的母親！

有一次，我想帶我最細的女兒出埠，但變態狂不允許，他還振振有詞的說：「這是瑞典的法律。」豈有此理，和我講法律？好，我便和你講法律吧。不久，我的一對小女兒一起重返我的家，大兒子可能從少便覺得沒有得到過母愛和關心，他很有可能藏在心內對我有多不勝數的不滿，我又嫌他

是個不聽我說話，不受我教的兒子，我們一向便存有很大的代溝。可能種種是我猜對了的可能，因為他仍然是欣然地和他變態父親同住在一起。不久實在不想仍然住在 Flen 了，於是，我帶著四個子女搬到另外一個城市居住，幾年之後，大兒子因為上大學，進修工程師課程時也搬來我住的城市上學。雖然我們的關係仍然是疏離，但有時候他也會來我家探我一會兒的。隨著歲月流逝，子女們長大了，他們各人有自己的家庭，自己的工作，自己的事業了，我坎坷的故事也差不多要寫完了。

338. 我的人生觀和生命的價值觀

在收筆之前便略談談我對人生觀和生命的價值觀吧。我不是能幹，而且是個智識淺薄的人，我對人生觀的概念是很簡單的。抱著值得我追尋的事，我會堅持去追求，堅持自己的夢想或目標，絕不會輕易放棄。盡量實現做到在過自己想要擁有的人生，不要浪費一去不復返的生命。至於生命的價值觀對我來說也是很簡單，抱著人生在世，若能負責任的做到向自己有個交代，這個交代就是來到這個世界，我不只是打了一個轉，而是我終於做到了我認為我是不枉此生。

339. 結論

　　是時候要寫結論了，感謝我的第二故鄉瑞典，是瑞典使我否極泰來，讓我能改變了自己的命運。衷心謝謝瑞典一向重視和關心長者在晚年需要的照顧和需要的幫助，是瑞典施與長者們在晚年也能過的安穩和有保障的生活。感謝生命，因為我還健在，仍然有機會感受子女們的關懷。昔日可能是我的背景，可能從未感受過什麼是親情，而致不懂體會自己子女的需要，他們沒有得到過母愛的關懷和相依的溫暖，但卻很幸運，今日也能得到我的大兒子，細兒子和細女兒他們三人施與我無比的溫情和關愛，使我除了感觸更加添了無限的愧疚。永遠存著無言的內疚，為人父母，若目睹自己的子女們長大成人，結婚生子，自當懷著歡欣心情來祝福他們，但我卻什麼感覺都沒有，只覺得這是人都會經歷的階段而已！細兒子在婚前和婚後都與另一半來探我時，不知為什麼我總是逃避和他們坐在一起，忘不了每次他們來，我只是循例的應酬了他們一會兒，便自己走進廚房裡忙，掉下他夫妻倆人在客廳裡獨在。不愛和他們坐在一起的原因是感覺很不舒服，很不習慣，更加不知道找什麼話題來傾談。當他們向我告辭，我反而有十分輕鬆的感覺，和欣然相送！幾次之後兒媳都沒有再來了，我毫不介意，也毫無感覺的繼續活在自我空間。但當執筆起稿時從回憶、檢討，才知道昔日對子女們，曾做過多不勝數的過錯事。當越檢討自己便越感到愧疚！這也是二十多年前是我其中一件的過錯事，當大媳婦學做了一些甜品，大兒子興致勃勃的帶來給我品嚐，我除了不

懂領情還很過份地當著他的面前先來一個離晒大譜的批評說：「這是不會好吃的，是沒有水準做的甜品。」甚至大媳婦在懷孕期間，而且胎兒已漸成人形的時候，但很不幸，卻突然小產了，我不但從沒有探訪過，關心過，慰問過他們，甚至不當這是一件很難過和很可惜的傷心事！如果不是因為寫這書而緬懷往事，才知道一切一切該珍惜的我不珍惜，更錯過了對子女們該施與的親情的日子，以至今日，便是我畢生不能釋懷的遺憾事！實在不想再檢討我沒完沒了的一切往事，在此除了特地衷心向子女們深表愧意之外，在我的餘生唯有默然背著無言愧疚的包袱吧。擺脫不了被良心懲罰，這是我活該的！實在十分感激我的兩個兒子和幼女兒他們三人對我的豁達和諒解，珍惜在人生旅途上我們有機會相聚在一起，珍惜在這個世界上在茫茫人海中我們能結下母親與子女難得的緣份。但也不能不寫下聽說有一位出名是懼內，畏妻的古人，他名叫陳季常，很湊巧，原來也有一個是現代的，也是姓陳的，是我認識的，他是名符其實，懼內懼到離晒譜，畏妻畏到不正常的人。未結婚時，被公認是個孝順兒，但在結了婚之後，卻是一名悍婦的丈夫，而且被那名悍婦改變了他是個六親也不敢認的現代人。那名悍婦生了五朵金花，在此祝她好運能一索得男。無人能預知將來事，若她有兒子，希望她的兒子長大了之後，也會愛上一名悍婦，也是做個六親都不敢認的人，哈哈，那麼世界便真的有輪流轉這回事了。我明白，世事無完美，其實若有這樣的兒子，若有這樣的悍婦來對自己，也不是件大不了的事，因為現在是他們過他們的生活，我過我的生活，深信沒有下輩子的，既然明白了，怎值得我去介懷呢！

在收筆之前，要特地寫下在十年前我已退休了，時間多了，便常去圖書館看歐洲版的星島日報，當年在那日報的專欄內，常拜讀梁繼璋先生寫的小品文章，雖然每次只有廖廖數行字，但貴精不貴多，在他的作品裡能帶給莫名的感動，親切的共鳴。最近試試上中文網的電腦，然後才知道有自資出書這回事，我是在網上無意中才知悉梁繼璋先生是一位知名人士，繼而看過了一封是幾年前梁先生寫給他兒子的信，看後使我深深感動，跟著，啟發了我仍然有些不足之處的反思，現在我比以前更懂得體諒和珍惜不論親疏的人。但我仍然堅持，不會豁達到自己一廂情願地去珍惜不值得我珍惜的人，以我愚見，珍惜是件知易行難的事，除了珍惜是要大家互相珍惜之外，也取決於值不值得去珍惜。若是單方面的珍惜，對我來說，是件完全沒有意思的事。不得不提大約是十年前的事了，但我仍然是銘記於心的，因為在十年前，我曾經在同一時間寄過兩封電郵，甚至是很無知的，直接的，冒昧的向梁繼璋先生和一位現在仍然有寫專欄的某某先生求助，請他們幫忙找出版商幫助，修改我寫了的稿子，甚至還很天真的想過，希望有出版社和我合作，讓我達成出書的夢。求助原因是害怕負擔不起出書的成本，更自知文筆平平，實在有很多需要修改的地方，而且感到出書好像是要過五關，斬六將才能達成。如沒記錯的話，當年只寄了我書中的大綱作為是向出版商求助的資料，但縱使只有梁先生有回覆和有誠意的幫助我找過出版商，可惜我的劣作達不到出版商要求！不忘當我收到梁先生的回郵時，禁不住感動到涕淚交流，因為遇到一位樂於助人的梁繼璋先生。求人真是很不容易，很不容易的呵！尤其是求一個和自己並不相識的人。感謝梁

先生幫了我這個陌生人，這個和你素未謀面卻厚著面皮寫下求助名字是「瑞典婆婆」的我，不管梁先生他還記得或是忘記了，在此我非要再一次地向他衷心的說聲，謝謝你這位有熱誠助人的梁先生。慶幸我的劣作在博學出版社全力的協助下，相信會實現你在十年前曾寄給我的祝福，因為我的夢想不日終於會成真的了。

在此不忘要感謝博學出版社在背後默默幫助我出書的各位職員為我的服務，跟進我自資出書的事。更加感謝博學出版社編輯校對同事，因為我是業餘的，而他們是專業的，謝謝他幫助修改了我在書中有很多寫得盡是不足之處或是部分錯處，總而言之他們真是我能夠順利出這本書的救星，如果沒有修改和校正，坦白說很多句子的意思都會讓人費解，因為事實上連我自己也不知道我在寫什麼！衷心謝謝各位。

其實多年來我從沒放棄過想出一本是瑞典文的故事書，可惜總是力不從心，以至出書的夢不是被擱置著便是被拖延著。最近有感我不能無了期的浪費時間，縱使多年來一直是不氣餒，不間斷的尋尋和覓覓，固執的總是想在瑞典出一本瑞典文的故事書，而忘記了我已一把年紀了，唉！現在我要清醒了，真是時不與我了，過度的執著會使我真的一事無成和多了一件遺憾事，若不兜圈子是無可能達成我想出一本瑞典文的故事書的夢。相信變，則通吧，所以著手先自資出這本中文版本的，香港人材濟濟，相信是不難找到從中文翻譯成英文的專業人士或翻譯公司把我的故事從中文版翻譯成英

文版。我已有計劃，如果付得起一切成本的話，是會繼續順著推出英文版，跟著下來，在瑞典找專業的英文翻譯人材來相助，把英文版翻譯成瑞典文，那麼，我才算是真真正正的能夠圓夢了。不忘在我心底裡仍然有兩個是二十多年了還未達成的目標。自從因我和我的智障女兒在瑞典住下時，各自得到不少的關懷和幫助之後，和珍惜人只能生存一次的概念下才從而衍生了這個目標，這就是我欠下了我第二故鄉的一個人情債，因此希望在我這輩子裡能做到一件是微不足道和與金錢無關而我是有能力勝任去做的一件小事，目的只是聊表心意和謝意來回饋社會而已。我是個很自量和量力而為，懂得清楚去分析自己的強項和弱項然後來處理事情的人，我這個目標肯定是能勝任的，可惜總是「苦無機會」。不過，我是個執著追目標和追理想的人，抱著只要若我還健在，若還有餘力去做的話縱使己感到會是時不與我了，但若未達成這個目標時我是誓不罷休的。至於第二個目標只是很貪心的追求我想擁有給我自己小小的滿足感而已。也是一句「苦無機會」。但都是不要緊，以我的堅持和不會氣餒的性格我仍然是不會放棄，希望在有生之年達成這兩個目標，對自己的人生有個交代，活著一天便要有一天的希望嘛。唉！話雖如此，也是要看我的造化的！在此祝我好運和如願吧。

　　有感我的大半生若是懂得珍惜身邊的人，今天便沒有這本使我懷著無限唏噓、內疚和自責，來寫下這本我的故事，所以書本取名為：《無奈的遺憾‧懺悔的心聲》。謝謝閱看。

無奈的遺憾‧
懺悔的心聲

作　　　者	：	無名
編　　　輯	：	Annie
封 面 設 計	：	Steve
封 面 插 畫	：	Icebing Lam（林少冰）
排　　　版	：	Leona
出　　　版	：	博學出版社
地　　　址	：	香港香港中環德輔道中 107-111 號
		余崇本行 12 樓 1203 室
出 版 直 線	：	(852) 8114 3294
電　　　話	：	(852) 8114 3292
傳　　　真	：	(852) 3012 1586
網　　　址	：	www.globalcpc.com
電　　　郵	：	info@globalcpc.com
網 上 書 店	：	http://www.hkonline2000.com
發　　　行	：	聯合書刊物流有限公司
印　　　刷	：	博學國際
國 際 書 號	：	978-988-78017-3-3
出 版 日 期	：	2018 年 12 月
定　　　價	：	港幣 $68

Published and Printed in Hong Kong

如有釘裝錯漏問題，請與出版社聯絡更換。

 facebook.com/globalcpc